滄海叢刊

耕心散文集

耕心 著

1987

東大圖書公司印行

© 耕心散文集

作者 耕心
發行人 劉仲文
出版者 東大圖書股份有限公司
總經銷 三民書局股份有限公司
印刷所 東大圖書股份有限公司
地址／臺北市重慶南路一段六十一號二樓
郵撥／〇一〇七一七五－〇號
初版 中華民國七十六年十一月
編號 E 83179①
基本定價 伍元叁角叁分
行政院新聞局登記證局版臺業字第〇一九七號

我所知道的耕心

仲正

耕心在出版這本文集的前幾個月，數次與我連繫，要我替他校對一次，並在文前寫幾句話，留爲紀念。

大凡作者出書，多請名人作序，其目的在增加作品的聲價，收錦上添花之效。但耕心找我，目的決非如此：第一、我不是名人，不能替他的作品增加絲毫份量；第二、這幾年我與耕心較爲接近，他常來找我，除了討論文學上的問題之外，其他生活瑣事也無所不談，他並告訴我童年往事，以及在人生旅途上的困頓遭遇，我從而了解他的爲人，他不喜歡吹捧之類的俗文，他以前所出的幾本書，如《平安客棧》、《兩張漫畫的啓示》、《秋夜》等，都未請人作序，可得證明，我若瞎吹亂捧一番，不但不副耕心本意，也很對不起購買此書的讀者了。不如將「我所知道的耕心」略作介紹，也許較爲落實。

耕心本名羅得龍，後改爲德龍，湖北省鄖縣人，今年六十歲。由於戰亂，他十六歲就離開故鄉，東飄西蕩，少年從軍，受盡苦難，有幾次在戰事中幾乎喪命。年齡漸漸增長，知道所受學校教育不夠，爲了充實自己，把有限的軍中待遇節省下來買書，自行閱讀，讀得多了，也學著寫作，投稿，慢慢地磨練出來。

有一天，他所購買的一本名人言論集，被一位同事借去，那本書是過去的出版物，裏面有幾位「名人」是共產黨。不得了啦，看這種書！卽使不是共產黨，思想也有問題。那位同事如獲至寶，給他秘密呈報上去。所幸此事到了高階層單位，經過研究，認爲不構成思想問題，不了了之，但也足以使他在軍中作事前途無「亮」了。

那件事使他深深感到人心險惡，處處陷阱，也使他覺得在社會上作事，如缺少背景，難有出頭的日子，而把大部份精神用在閱讀和寫作上。只是他的「寫運」也不怎麼順利，寫了三四十年，沒闖出什麼名號，也沒得過什麼獎，和一些大名鼎鼎的作家相比，他是瞠乎其後了。耕心後來另取一個筆名，叫做「邊卒」。卒，現在叫兵，是軍營中最小的腳色，在象棋裏，邊卒是最不受重視的棋子。邊也可以當作邊疆解釋，守邊的卒子，卽使沒有戰爭，老死也不能返鄉。取「邊卒」作筆名，作者的心情是可想而知的。

如果說他在寫作的途程上尙有收穫，就是最初那些年的稿費收入幫了他一個小忙，使得他能在困苦的日子裏，把子女撫養長大，都受高等教育。如今他大女兒出國留學，一個兒子大學畢業正服役中，最小的兒子也將大學畢業。有子女如此，也是人生的安慰了。

耕心的文筆是很好的。他寫小說，也寫散文。小說重情節，需要技巧，絕大多數作者都是在摸索中學習寫作，耕心也不例外，他的小說作品中，很多地方符合小說創作原則，這是天才，也可能是在閱讀名家作品無形中獲得的經驗。散文重情感，並且要眞，眞情流露的作品才能感動讀者，引起共鳴。耕心把他的情感大部份記敍在《兩張漫畫的啓示》裏。這本《耕心散文集》寫事理、寫情景較多。寫事理容或各人有各人的見解，難有定論，寫情景則需要高度的文學修養，才能寫得出色。試看耕心如何寫〈橋〉：

「橋橫架在小溪上，……像小貓一樣，弓起細細的背，緊緊抓住小溪的兩岸，讓行人在它的背上走過。」

再看他如何寫天氣：

「基隆的天氣像棄婦，常是那麼愁眉苦臉，哭哭啼啼；臺北像個神經質的小姐，忽冷忽熱，時怒時喜，變幻莫測；高屏像熱情奔放的少婦，火辣辣的，不宜多親近。」

這種描敍，不但需要深厚的文學修養，也要有豐富的想像力，不是眞正的名家，是寫不出來的。

這本集子有一點美中不足，就是性質不夠純粹，有寫情景的，有論道理的，還有自敍式的回憶和文評，顯得蕪雜。如果在編排時按性質分成幾個大類，也許好些。

一九八七年九月廿四日於中興新村

中國文人的悲哀—代序

自古以來，中國的文人，以愚見大略可分成兩大類：第一類，是美其名曰「學而優則仕」的宮廷文人；利用詩文求得功名，畢生浮沉宦海，依賴朝廷的俸祿生活（他們當然也有賣文墨的收入）。第二類，是所謂「百無一用是書生」的草野文人；他們與功名無緣，一輩子窮愁潦倒，想混個衣食溫飽都很困難。前者，那些擅長鑽營阿諛的，能在廟堂彈冠扶搖，大享榮華富貴，文以官位顯，縱然他們的文品不高，也可揚名一時，他們的詩文有時甚至隨附着他們的官位傳諸後世。有些官位不高，可是文才出衆，一旦風雲際會，博得當權的賞識，馬上平步青雲，官運亨通起來，文名也就更爲大噪，不是一代文宗，便是傳世大儒，瞑目九泉，還要享受後人的冷猪肉。還有那些一生沒有作過高官的，文才也平平，可是他們善於攀附吹捧，也能擠身官場，有機會奉陪末座，和大詩人大文豪們一塊兒混混，分一小杯羹。後者，最幸運的，充其量不過跟隨一二脾性好的大官員，當名幕府（就是現在的私人秘書之流啊），日夜案牘辛勞，唯唯喏喏，戰戰兢兢的混口飯吃。有時心血來潮（也可說是靈感吧），賦幾首詩，作幾篇文，也不過是愁雲慘月，淒風苦雨，以辛酸的淚水澆腹內的塊壘！沈三白和徐葭村就是最好的例子，他們的《浮生六記》和《秋水軒尺牘》能留傳後世，博得後人的同情，眞是不幸中之大幸呢！可是，當我們讀《浮生六記》，沈三白窮愁潦倒時，字畫賣不出去，鵝毛大雪天，兒女抱着衣物進當舖，妻子久病無錢醫治，把女兒送人作童養媳，兒子去當小學徒（如同出賣）；最後妻死子散，一人在外流浪漂泊，其境遇之慘，令人一灑同情之淚！讀《秋水軒尺牘》，徐葭村給陳樾亭信中，提到小兒夭折，不能歸里；給王滄亭、左眉字、王九峯、孫香度等信中，感傷母病子殤，欲南返探親，奈何阮囊羞澀，素手難歸；及至他常年在外東奔西走，連母亡扶柩返鄉窀穸之資也無從籌得，任憑亡母靈骨在他鄉久委風露，悲慘之情，令人不忍卒讀！至於那些命運不濟的，有的設館授徒，成年累月口不離子曰詩云，「作孩子王」，賺得些許束脩，聊以果腹，一輩子埋葬在戒尺裡。如此難苦生涯，心胸怎能開敞，意境怎能高超，目光怎能遠大？偶而有感抒懷，爲文吟詩，怎能不字字酸楚，句句悲涼呢？還有些更沒有機運的，連這個境地也得不到，常年在外東漂西流，欲投一明主，作個食客也不能夠，這裡抽豐半月，那裡混飯幾日，如飛蓬漂萍，到處落拓，這樣慘淡的偷生，胸腹內滿是辛酸積鬱，有時興起提筆，當然是一字一淚，點墨滴血的了！

職是之故，中國的文人，自古以來，都是拚命鑽營，巴結權貴，希冀求得一官半職，在現實的生活中有了着落，再求精神性靈的開拓，作文賦詩，寫字作畫，點綴風雅，美其名曰「身在廟堂，心在山林」，因此，曠達飄逸如詩仙李白，他沒有揚名時，在〈與韓荆州（當時文壇泰斗）書〉中，那種渴望提拔，自許才華，乞願委身的心情，委實堪憐！

「豈不以有周公之風，躬吐握之事，使海內豪俊，奔走而歸之。一登龍門則聲價十倍；所以龍蟠鳳逸之士，皆欲收名定價於君侯。」

「君侯制作侔神明，德行動天地。筆參造化，學究天人。……今天下以君侯為文章之司命，人物之權衡。一經品題，便作佳士。」

他這樣捧韓荆州，韓荆州焉能不心花怒放，飄飄欲仙，不接納提引他呢？先給韓荆州臉上貼了金，然後再自吹自捧：

「十五好劍術，徧干諸侯。三十成文章，歷抵卿相。雖長不滿七尺，而心雄萬丈，王公大臣，許與義氣。……」

「請日試萬言，倚馬可待。……若賜觀芻蕘，請給紙筆，兼之書人，……庶青萍、結綠，長價於薛卞之門。幸推下流，大開奬飾，唯君侯圖之。」

請韓荆州在「文壇」奬掖他，提拔他，這文字像詩仙寫的嗎？（筆者不敢枉貶古人，詩仙的詩，令人萬分敬佩，這裡僅就「與韓荆州書」一文而論。）

再如文起八代之衰的韓愈，他未得志時，在兩次復上宰相書中，那種希旨待援，卑躬乞求的言詞，令人讀之，眞爲這位一代文宗臉紅！

「愈之强學力行有年矣，愚不惟道之險夷，行且不息，以蹈於窮餓之水火。其旣危且亟矣，大其聲而疾呼矣。閣下其亦聞而見之矣，其將從而全之歟？抑將安而不救歟？」「古之進人者，或取於盜，或取於管庫。今布衣雖賤，猶足以方乎此。情隘辭蹙，不知所裁，亦惟少垂憐焉。」（後十九日復上宰相書）

他把自己比作溺於「窮餓於水火之中」，乞憐求引，情辭極盡卑微之能事，這那裡像一代文宗的手筆！

「愈之待命，四十餘日矣。書再上而志不得通，足三及門而閽人辭焉。」

「……故愈每自進而不知愧焉。書亟上，足數及門，而不知止焉。寧獨如此而已，惴惴焉惟不得出大賢之門下是懼，亦惟少垂察焉……」（後二十九日復上宰相書。）

韓愈接二連三上宰相書，沒有回信。數度登門求見，吃了閉門羹，他仍然「自進而不知愧焉」，「足數及門而不知止焉」，如此急急求見宰相，惴惴不安的要出入「大賢之門」，乞求「垂察」「垂憐」，目的何在？追求功名利祿而已！因爲得到功名利祿，生活才有保障，才能進一步發展個人的志趣。文起八代之衰的韓大文豪，不得志時，尚且如此卑微的求人提拔，何況常人呢？

好在韓愈的造化好，他終能得償夙願，官拜吏部侍郞，而揚眉吐氣，爲文尊古，自成一家，傳名後世，實現了他的抱負。假使他不能擠身宦海，以他孤苦零丁的身世沉溺在「窮餓水火之中」，縱使他苦研經史百家，終老在進士第，他能開拓胸襟，發揮才華，成爲一代文宗嗎？至於那些下賤的文人，匍匐在權貴腳下，作義子，爲權貴提便壺，當跟班，拿皮包，乞求提攜賞賜的，更等而下之，不足掛齒了！

宮廷文人中，值得一提的另一支系，是失意文人和殘廢文人。屈原與司馬遷可爲代表。文人志高節廉，才華出衆，性情耿介，忠心爲國，不受權貴驅馳，最易遭嫉。輕則受謗被疏遷，重則被誣陷殺頭；尤其在濁世亂時，這種文人最易遭害！屈原就是這樣生在「蟬翼爲重，千鈞爲輕，黃鐘毀棄，瓦釜雷鳴，讒人高張，賢士無名」的濁世。遇到的是內惑鄭袖，外寵靳尚，下聽子蘭的昏主。偏偏他是個「其志潔，其行廉」有操守的人，又有「其文約，其辭微」的才華；「博聞強記，明於治亂」的學識；和「入則圖議國事以出號令，出則接遇賓客應對諸侯」的才幹。怎能不遭讒謗，不見疑主上，被疏遠放逐呢？堅貞耿介的屈原既不能「從俗富貴以媮生」，「送往勞來，斯無窮」；又不能「將呰哫栗斯，喔咿儒兒，以事婦人乎？」，「汜汜若水中之鳧，與波上下，偸以全吾軀」；更不能「隨駑馬之迹」，「與鷗鷺爭食」；只好懷着滿腔孤憤，被髮行吟澤畔，顏色憔悴，形容枯槁，最後自沉汨羅，留下〈離騷〉、〈漁父〉、〈懷沙〉、〈九歌〉等名著，留給後人去吟咏感慨吧！

至於司馬遷的遭遇，和屈原相去不遠，伴君如伴虎，作臣屬的有時因才被黜，有時因言獲罪。由於他正直敢諫，爲李陵訴不平，「欲以廣主上之意，塞睚眦之辭」，不幸「未能盡明，明主不曉」，而以「爲李陵遊說，遂下於理」，「拳拳之忠」不但「終不能自列」；反而「卒從吏議」，身受宮刑，終身作「閹人」！只好「隱忍苟活，幽於糞土之中」，把滿懷的委屈，發洩在文字上，留下《史記》千古名著，讓後人讀往事，明忠奸，辨是非，知善惡。不要再蹈昏瞶迷惘的覆轍，以免忠良卻步，政綱不振，生靈塗炭。存心之良苦，令人敬佩！他受腐刑後的苟活偷生，受苦忍辱，是何等的辛酸悲痛，比起屈原自沉，猶有過之！

當然，視宦海如阿鼻地獄，不願爲五斗米折腰的文人也有。可是太少了，打開二十四史，能找出幾人？像陶淵明那樣眞能看破官場，辭官賦歸，淡泊明志的文人，更是鳳毛麟角。所以他在〈歸去來辭〉裡的表現，眞如困鳥飛出樊籠，囚犯走出牢獄，那種還我自由，輕鬆開朗，載欣載奔，返回家園的歡愉情懷，多麼感人啊！也就因爲他有這樣唾棄官場的明智，愛好田園的雅興，才能培養他的高潔情操，寫出恬淡超逸的田園詩篇，永垂不朽。可是，要自逸超越，淡泊明志，必須有不畏窮困，安貧樂道的精神才行。這一點，古往今來，有幾個文人能及得上陶淵明呢？所以，在他之前，在他之後，看不到像他那樣淡雅自適的詩篇，怎不令人感慨！

至於那些沒有功名，落魄的草野文人，既不能浮沉宦海，得到一官半職，養家活口；又不能像陶淵明一樣擇善固執，安貧樂道；只好流離奔波，侘傺蹭蹬，窮愁潦倒一生了！

如金聖嘆批註唐詩千首，選入來鵬詩兩首，以橫斷面推算，從他這兩首「寒食山館書情」，「鄂渚除夜書懷」詩中，可以看出他就是這樣一個鬱鬱不得志，落魄文人的典型。令人讀他的詩，想見他愁苦的一生，不禁泫然淚下，感慨萬千！

在「寒食山館書情」中，他是這樣抒懷：

獨把一杯山館中，每經時節恨飄蓬；侵階草色連朝雨，滿地梨花昨夜風；
蜀魄啼來春寂寞，楚魂吟後月朦朧；分明記得還家夢，徐儒宅前湖水東！

在「鄂渚除夜書懷」中，他是這樣感嘆他的際遇：

鸚鵡洲前夜泊船，昏燈獨客對淒然；難歸故國干戈後，欲告何人雨雪天；
筯撥冷灰書悶字，手攤寒席去孤眠；今年又是無成事，明日春風更一年！

前首說他每逢寒食，恨自已沒有固定工作，如同飄蓬，到處流落。感傷杜鵑的悲啼，仲春的寂寞，而引發歸思。春到寒食清明時節，正是草長鶯飛，桃李爭豔，大地錦繡的陽春鬧景。可是他的心情落寞，繁花似錦的春天，在他心中卻變成了寂寞！想到楚囚的窘迫無計，同病相憐，連還鄉的夢也作不完美，這是多麼悽愴的生涯啊！後首中說他除夕不能回家團聚，客宿舟中，獨對孤燈，無語問蒼天，淒涼之情躍然紙上。撥爐中冷灰，寒席孤眠，這又是多麼酸楚的寫照！而更悲哀的是「今年又是無成事，明日春風更一年」；從這兩句中的「又」和「更」字著眼，可以看出他以往的歲月多是失意，回顧前塵，從痛苦經驗中展望未來，不敢存好的希望，明年後年，只怕也是慘淡的時光。這兩句詩中的況味，眞如孤雁哀鳴，嫠婦悲泣，淒涼辛酸之極！

從這兩首詩中，可以看出來鵬的生平是何等的失意落魄。他是南昌人，大中咸通間舉進士不中，客死揚州。他一生侘傺，飄流不定！他的詩如他的人，沒有揚眉吐氣。唐詩三百首，唐宋詩選中，都沒有選他的詩。金聖嘆爲其子雍強說唐詩七言律體，選入作者一百三十八人，批註千首。來鵬的這兩首詩能被選入，令千百年後的讀者讀到他這兩首詩，以及精湛的批註，對他的悲慘人生，不禁唏噓感嘆，一灑同情之淚，也算是得遇知己，聊慰於九泉的了！

中國的文人，像陶淵明那樣淡泊明志，高風亮節的畢竟太少；能在宦海中浮沉，名留史表的也不太多；尤其從前科舉時代，你求不到功名，便註定你一生作悲劇人物。像羅貫中、施耐庵、蒲松齡、吳敬梓、金聖嘆等，這類不熱中官場，寄志山林的文人，十分難能可貴。否則，如詩仙李白，一代文宗韓愈，在不得意時，尙且那樣卑躬乞求於權門，至於那些才華品德不高的文人，爲了名利，不得不拚命鑽營攀附了！《儒林外史》中的老童生周進，進了貢院，看到天字號的號牌，不禁積鬱上湧，眼花心酸，昏倒在地，何止是値得同情，更是令人可憐！

一九八二年作品

目次

山

山，穩重、敦厚、堅強、踏實，有仁者之風。

山明水秀，組成美景，有山無水顯得乏味，有水無山顯得平凡。

江南多山水，亦多美景。桂林山水甲天下，在於石山奇形怪狀，灕江碧綠清明。

江北多平原，遼闊田野，行走數日，不見一山一丘，眼目所及，不是一片葱綠，便是無垠黃沙。格調雖別緻，但板滯少變化。

三峽中黃牛最險，江水如萬馬奔騰，峻巖似削壁矗立，山驚水險，氣勢磅礴，蔚爲奇觀。天祥到太魯閣，經九曲洞、一線天、燕子口，一溪中劈羣山，兩岸奇峯揷天，嵾嵯擁抱，日中陽光不入，崢嶸巇嶮，造成罕見奇景，眞是鬼斧神工！

獨秀峯筆立桂林市中，小孤山坐臥揚子江心。房屋櫛比鱗次圍抱孤峯，碧綠江水環繞獨山，別具風格，亦爲奇景。

山、雲、河流、瀑布、板橋、小舟、茅亭、古廟、老樹、樵子、漁夫、牧童、老翁等，皆山水畫中的素材，其中三五組合調配可成美景，然不可無山，無山不成景。

山有煙雲繚繞，形成活景，煙飛雲走，變幻莫測，妙景可遇而不可求。惟有心者能捕捉短暫的變化，留作永恆的紀念。

一九七九年作品

塔

塔，造型高雅突出，線條挺拔優美，輪廓玲瓏秀麗，是建築中的翹楚。

塔，有孤傲不羣的風骨，堅定不拔的氣概，昂然屹立，不懼雷電襲擊，不畏風吹雨打日曬；好像人類自強不息的君子，萬夫不敵的勇士。

塔，宮殿、亭臺、拱橋，風格別緻的中國建築，構造鬼斧神工，格局華美多姿。

寺廟有塔的配襯，顯得格外莊嚴華麗，名山有塔的點綴，顯得特別光彩秀氣。遊日月潭，遠眺慈恩塔，筆立山巔，插入雲表，姿態幽靜，意境脫俗，極富詩情畫意，令人心曠神怡。

中原城鎮多實心塔，且富傳奇，不但有公塔母塔之說，還有塔可以鎭壓邪魔，給地方帶來安定祥和的神話。

哲人康德愛塔，清晨黃昏，常在花園中眺塔沉思。鄰居院中樹木高舉，阻擋視線，他不得望塔而成疾，影響其思想著作，鄰居主婦聞悉，砍伐院中樹木，他復得看塔心願，成爲美談。

塔，多彩多姿，給人多美感，令人多遐想。

一九七九年作品

龍

龍，國人心目中的萬物之尊。帝王時代，恭稱皇帝是眞龍天子，皇帝穿的衣爲「龍袍」，睡的床爲龍床，書桌爲龍書案；皇帝的子孫爲龍子龍孫。

龍爲四靈之長，麒麟是陸上走獸，鳳是空中飛禽，龜是水陸兩棲介類；惟有龍，能在天上飛行，興雲作雨；可在陸地行走，盤居深山；能在水中遨遊，興波作浪；還可大可小，時隱時現，變化莫測，「神龍見尾不見首」。

龍，祥瑞的象徵。年節慶典廟會，舞龍以兆喜慶。古時的銅陶器皿，現代人的裝飾品，雕刻龍紋，以示吉祥。寺廟中常塑有龍與鳳、麒麟、獅、虎、象的形象，以表壯美祥泰。

龍的姿態雄美氣慨軒昂，國人稱傑出之人爲人中之龍；馬碩大者爲龍；健美小馬美壯少年稱爲龍駒；讚美人的威武強健爲龍馬精神；志向抱負遠大者爲龍瞻虎視。

「飛龍在天，聖人爲王」，龍是太平盛世的吉物；堪輿家視山勢爲龍，稱福地爲龍脈龍穴。

易經爲首的乾卦，元亨利貞，賦陽健之性，大吉大利之兆，以龍的行態變化爲釋詞，視龍爲陽健吉祥的表率。

龍，國人心中的神物，外國人眼中的中國表記。

一九七九年作品

鼠

鼠，嘴尖齒利，尾長眼突，藏頭縮尾，一副賊相。擅長穿壁打洞，偷竊本領高強。然而它的所作所為，見不得天日，必須晝匿夜出，在黑暗中進行其偷竊勾當。

鼠肚小，卻十分貪心，一夜到亮，東竄西跑，忙着偷竊食物，這裏咬兩口，那裏啃一點，食物經它爬過咬過，人不敢再食用，棄之可惜，這是鼠令人可惡者一。

鼠門牙，十分尖銳，能穿石透木，它找不到食物時，到處亂啃亂咬。名貴衣物被它咬破，遂失去價值，修補不能復原，丟掉可惜，留着看了氣惱，這是鼠令人可惡者二。

鼠身體小，跑跳快速，又會假物隱藏，不易捕捉。《說苑》〈政理中〉說：「社鼠，燻之則恐燒其木，灌之則恐敗其塗，此鼠所以不可得殺也，以社故也。」「投鼠忌器」，是以「鼠以社貴」，「鼠以器貴」，這是鼠令人可惡者三。

最令人可惡者，鼠皮毛骯髒，寄生細菌，跳蚤，食物被它接觸，極易傳染疾病，尤其傳染鼠疫，快速之極，爲害之大，小者可以毀鄉，大者可以滅國，恐怖之極，令人談鼠疫色變！

鼠這樣可惡可恨，人人想得而殺之，俗語「老鼠過街，人人喊打。」由於鼠如此令人討厭，凡與它有關的辭句，皆非善類。《說苑》：「夫國亦有社鼠，人主之左右是也！」，「鼠喻人主左右之爲害之臣也。」

鼠子、鼠輩，輕詆小人之稱。

鼠目無光，喻人見小，元好問送奉先從軍詩云：「虎頭食肉無不可，鼠目求官空自忙。」

鼠肚鷄腸說人量小，鼠肝蟲臂比喻微末。

鼠有行動，頭左右探視，偸偸摸摸，遲疑不前。人若優柔寡斷，被譏爲「鼠首僨事」，沒有果斷。

人們這樣討厭鼠，輕視鼠，鼠卻與人類結下不解緣，有人家的地方就有鼠，它成了家庭的一份子。同時，它們繁殖快，會藏匿，人們想盡方法捕殺、藥毒，總不能絕其種、滅其族。它有它的生存之道，人奈何它不得！

猫是鼠的最大尅星，會捕捉鼠、呑吃鼠。然而鼠善逃避。猫大鼠小，鼠到之處，猫不能盡至。猫少鼠多，不能盡殺鼠。

鼠狼也是鼠的尅星，可是，鼠狼喜歡偸鷄，放臭屁，且皮毛値昻，也是人追捕之類，牠自身難保，有機會偸咬鷄多方便，何必去鑽窟爬洞捕捉老鼠。

如此說來，鼠雖這樣可惡可恨，不受歡迎，但它有「得天獨厚」的生存造化，它們得「偷生」，能「子孫綿延」，捕捉不完，毒殺不盡，這不是「天意」嗎？

十二生肖中，鼠形最委瑣，體最小，然而它卻「領袖羣倫」，佔了第一位，作了「開路先鋒」。當初設十二生肖者，如此安排，難道「寓意」的是：人生要「偷」，才能過活嗎？

一九八四年作品

羊

羊，體形健美，行動敏捷，性情溫馴，與我們人類相處甚善，在我們的歷史上，牠扮演了不少角色。

羊字古與祥通，又與陽同聲，我們祖先視羊爲吉祥之物，文人畫家的作品中常用羊來象徵吉祥如意，三陽開泰等大吉大利之意。

羊與我們相處友善，又象徵吉祥，造字者以羊大爲美，羊我爲義來贊美牠。羔羊跪食母乳與烏鴉反哺的報恩表現，同受我們稱道。山西汾州最有名的美酒以羊羔爲名，更擡高了羊的名氣。

羊性溫馴，易合羣易管理，不像其他畜類難得馴服。獅狼虎豹必須關在鐵籠中，惡犬必須鎖上鐵鍊。才不會傷人，笨豬必須圈在欄中，才不會弄髒環境。羊，常是自由的。牧羊人在山坡上放一大羣羊，畫面給我們的印象是平和悠然的。在馬戲團看馴獸師指揮獅虎表演，牠們雖經過嚴格訓練，在皮鞭抽打下，還時常張牙舞爪不聽指揮，一不小心，向馴獸師猛烈攻擊，恐怖的場面，令人驚心動魄！

人類頭腦發達，有智慧有思想，由初民的茹毛飲血進步到今天的錦衣玉食，我們祖先強食弱肉的惶恐生活已成陳跡。但今天的獸類還是和數千年前一樣，在山林裏仍然過着強食弱肉的日子。在動物影片中常有獅虎捕食羊的殘忍鏡頭，令人不忍卒睹。造物主何其不公平，把羊創造得如此柔弱，永遠不能向獅虎對抗，永遠作獅虎的口糧，令人為牠叫屈？

在十二生肖中，羊雖不如牛虎龍馬雄壯美觀，牠的輕靈活潑另有風格，比起鼠兎蛇鷄猴狗豬受看多了。在六畜中，牠不如牛馬為我們耕田拉車，但牠死後留下的皮毛，功用又遠非牛馬可比。

羊這樣馴良可愛，又是吉祥的象徵，我們應善加愛護牠，不知打何時起，把牠與牛豬同列三牲，作我們的祭奉犧牲品，我們這樣待牠很不公平。二千多年前子貢不忍看慄然的告朔之餼羊，曾為牠請命赦免。

更可惡的，有人掛羊頭賣狗肉作騙人的勾當，有人狼披羊皮假冒偽善害人，對羊是更大汚辱，羊何其不幸，受此牽累。

一九七九年作品

猴

猴是靈長動物，聰明通人性，能學人語，喜歡模倣人的動作。四肢發達靈活有力，攀、爬、抓、跳、蹦、跑、翻、騰，十分敏捷，在動物中無出其右者。性急喜動，東抓西搔，左蹦右跳，難有安定之時。「看你猴急的樣子」，「他急的猴跳」，「火燒猴屁股狂蹦亂跳」，「孫猴子當皇帝毛手毛腳」等有關猴性的俗語，都是形容人性子急躁，手腳不安寧。國劇「美猴王」，「安天會」，「鬧龍宮」等猴戲中，扮演孫悟空的演員，表演猴王抓耳搔腮，拔毛捉虱，蹦跳翻騰的種種姿態，很討人喜歡，尤其是兒童。

從前走江湖跑碼頭的「藝人」，訓練猴子騎馬，騎狗，騎羊，穿衣戴帽，頭套面具，耍刀舞槍，演猴戲混飯吃。

在農業社會，民間缺少娛樂，喜慶廟會，有場猴戲可看，老少歡喜，鑼鼓一響，馬上能招來許多觀衆，圍開場子，一猴一狗一羊，便可表演出許多「特技」「花樣」，博人一笑，討些賞錢。那三分像人小頭小腦的毛猴，穿上綵衣，戴上王冠，套上面具，騎在狗（羊）背上，擺起架子耍刀舞槍，儼然有幾分人的模樣。

猴戲由來已久，禮樂記，樂書，《太平廣記》均有記載。也許由於猴戲的啓示，吳承恩在《西遊記》中特別把孫猴子成王稱聖神化一番，成了傳奇大英雄，偸吃過仙桃壽酒，武功變術，蓋世無雙。天兵天將打不過牠，老君的煉丹爐燒不死牠，妖精的毒藥葫蘆不能把牠化爲膿血，往西天取經途中，消滅許多妖魔，制伏許多惡人。老龍王怕牠，玉皇大帝也懼牠三分。只有外邦的佛祖如來，觀世音能降伏牠。由此可見「懼外」的心理，古已有之，神佛的法力，也是外國的厲害。

由於「齊天大聖」武功蓋世，鬧過天府龍宮，保唐僧往西天取經成了正果，中原許多寺廟中有猴王爺的一爐香火（彰化也有悟空廟）。祂的知名度比關帝爺大，因爲關公給人們的「忠義」典範，是精神教育。猴王爺能迫使龍王旱天行雨，解人的倒懸飢渴，幫助莊稼收成，是實際需要。夏天逢旱不雨，信士弟子保甲鄉紳恭請猴王爺大駕去請龍王行雨。這雖是民間迷信，在愚昧的農業社會裏，天旱艱困的時候，卻有安定人心的力量。有時湊巧，在祈雨的歸途中，忽然天變雨落，如了人們求雨的心願，對猴王爺的法力，更爲敬仰膜拜了。

猴類雖然出了個「齊天大聖」，出盡鋒頭。可是，猴子畢竟是野獸，沒有理性，隨時會野性大發，張牙舞爪攻擊主人。再會馴猴玩猴的人，手中少不得一根皮鞭，隨時鞭打牠。

由於猴子生性太野，不能成爲家畜一份子，像貓狗一般享受寵愛自由。必須把牠關在籠中，或是用鐵鍊鎖着，同時牠長像不雅，喜愛東搔西抓蹦來跳去；養猴玩猴多是男人，且是下三流人物的玩意。很少見到婦女耍猴的。在從前，有些玩猴的販夫走卒，肩膀上爬着隻猴子，招搖過市，顯得很「江湖」。若是一位綺年玉貌的小姐，牽着一隻搔耳抓腮的毛猴在馬路上走，便不成「體統」，令人驚異了。

歲次庚申，由猴值年，寄望猴子今年不要毛手毛腳，性急發躁，惹禍生事，給社會帶來不安。要發揮你的祖先「齊天大聖」的大無畏精神，往西天取經時的忠心義膽，爲國家社會消滅妖魔，剷除牛神蛇鬼。督促龍王及時行雨，不旱不澇，五谷豐登。社會安樂，軍民生活幸福，同享太平。

一九八〇年作品

鳳凰花

夏天，南臺灣是屬於鳳凰木的季節，在馬路旁、在小巷裏、在人家的圍牆內、在花園中，到處可以看到怒放在翠綠枝葉上的鳳凰花，它們像火炬般熊熊的燃燒著，像雲霞般多采多姿，像藝術家的生花妙筆，把大地塗抹得鮮明錦繡，平添無限光彩。

我對鳳凰木十分偏愛，喜歡它粗獷的體魄，挺拔的雄姿，你仰視它，會感到它有大將的風範，豪俠的神情，會從心底升起一種景仰和嚮往；景仰它的洒脫風骨，嚮往它的豪放精神，會受到它的薰染，感到自己的胸襟開闊，精神振奮，而引發你的雄心壯志，想望去創造一番轟轟烈烈的事業。

鳳凰花盛開的時候，充滿了熱和力，它有火焰般的美姿，彩霞般的光豔，它那金紅、橙黃的色彩，絢麗照人，它那波浪似的花簇，一團團的堆疊著、燃燒著，呈現出充實之美。

在春天，鳳凰木別有一番情調，碩大的軀幹，覆以層層疊疊，如傘如蓋的，碧綠的枝葉，密密的，濃濃的，顯得器宇軒昂，英姿雄發。這時它給人的印象，像力搏萬鈞的勇士，驍勇善戰的少壯軍人；從它的軀幹中，從它的枝葉上，發射出一股富於生命力，富於創造心，富於進取欲的氣氛。令人看了，感到年輕奮發，朝氣蓬勃。

在花木中，堪與鳳凰花比美的，只有北方的榴花，它們都是富於陽剛之美的，都有拔山蓋世的強者之風。所不同的，榴花比鳳凰花顯得年輕少壯，所以它的花比鳳凰花紅豔，它的葉比鳳凰花濃綠。然而它們的昂昂雄姿，同樣攝人心魂，氣勢逼人。

姿態豔麗，洋洋大觀的花木很多，如桃李、櫻花、桂花，都有其可觀賞的美妙，但他們的風格卻不能與鳳凰花、榴花相比，桃李是濃豔的，櫻花顯得嬌柔，桂花雖然有高貴的風儀，但不若鳳凰花和榴花，予人以強者之風，顯得雄壯豪放，不同流俗！

鳳凰花怒放時，顯得那樣熱情奔放，絢麗多姿，大概是它開放在炎夏，吸收了太多的太陽熱力的關係吧。也許是它同情我們現在的人看不到鳳凰了，它在這炎熱的季節中，展覽它多彩多姿的花簇，讓我們從它的錦繡花浪中，一睹鳳凰的風儀美姿。

人與人之間的認識瞭解，是漸次遞進，由淺而深的；人與物之間，也是一樣。我初次看到鳳凰木，是一九五四年，在左營的一所國校門前，當時我的視線被它火炬般的花團所吸引，非常驚異它的磅礴氣勢、豪邁風格，可惜我那時還年輕，也只是一時的驚異而已，沒有多觀賞它、認識它。及至一九六〇年我移居臺南，在中山路、公園路的兩旁（公園路的後來砍伐掉了）看到了一排排的鳳凰木，高大挺拔，枝葉匹連，紅紅的花團堆滿枝頭，連綿如雲，才感受到鳳凰花有這樣的雄壯氣勢，令人從心裏讚美不已。

後來又在成大校園裏，看到數株蒼老的鳳凰木，枝榦高達十數丈，葉稀花淡，疏疏朗朗，昂首雲表，一派傲世的氣概，大有老當益壯的風範，你立在它的腳下，顯得自己渺小卑微；你仰望它，會羨慕它那超然物外，飄逸的風骨，不羈的神情。

我常在欣賞了鳳凰木之後，感到莫名的慚愧，覺得我們生爲萬物之靈的人，有時不如大自然中的草木那樣開闊豪放，而畏首畏尾的生活在愁苦之中，成日在爲柴米費心勞力。

我每年夏季，精神要比其他的時日振奮，心情比其他的時日開闊，這大概就是看了盛開的鳳凰木，而受了它的感染和影響吧。

一九七一年作品

橋

村前有兩座小橋，橋被星羅棋佈的稻田擁抱着，小路兩旁有幾家小店和農舍，橋下溪水奔流，潺潺有聲，兩岸竹樹連綿，綠蔭如蓋，微風過處，竹枝搖曳生姿，風景淡雅淳樸，充滿了村野情趣。

我每天到村前公路上搭車，必得經過小橋，看了橋畔的風景，常勾起鄉愁，懷念遙遠的故鄉的橋，和我在流浪的歲月裏走過的橋。

我的故鄉是個很小的山城，交通不發達，兒時到三里外的外婆家，十五里外的姨媽家，便算是出遠門了。在童年記憶裏的第一座橋是到姨媽家，出北門時經過的一座小石橋，橋橫架在小溪上，寬不到五尺，長不到兩丈，青石白灰砌成，像小貓一樣，弓起細細的背，緊緊抓住小溪的兩岸，讓行人在它的背上走過。故鄉多山，道路嶇崎不平，沒有車輛，連人推的獨輪車也看不到，石橋雖小，卻能擔負起它的使命，行人的腳步，把它背上的青石踩得亮光光的，而兩旁的小欄杆，卻嶄新如初砌。每次我從姨媽家回家時，經過小石橋，坐在石欄杆上歇腳，或是到溪邊捧點兒水冰冰臉清清口。

故鄉沒有車輛，沒有太寬的道路，所以也沒有大橋，記得兒時見到的一座最大的拱橋，叫響水橋，在東門外數里，跨越一條叫響水的小河流，橋寬丈餘，長約數丈，橋下河水湍急，在亂石中擊起雪白的浪花，發出嘩啦嘩啦的聲音，所以叫做響水橋。橋的底層是青石板作基，上面是紅磚砌成，古色古香，十分雅緻。橋兩頭有二三茅棚。設攤賣零食、香烟，看攤的都是老人，長袍瓜皮帽，手拿旱煙袋，把拱橋配襯得更富東方情調了。

因爲故鄉多山，小溪小河也特別多，在鄉野裏走動一天，不知要經過多少河溝，走過多少橋。由於河溝太多，(我想主要是沒有車輛)有些橋搭的非常簡單，兩三塊木板，或是三五根大竹竿併在一起，搭在兩岸，就算是一座橋了。有些河床較寬，可是水淺，擺幾塊大青石，也算是一條橋了。人在石橋上走，一步總得一跳，遠遠看去，好像在河上飛躍，別具風味。這些橋，雖然簡陋，卻野趣橫生，都可以入詩入畫。在臺灣，交通發達，車輛多，一條小溪搭座橋，也得大興土木，又是鋼筋，又是水泥，把橋建築得十分堅固，格調上大同小異，千篇一律，沒有故鄉那些簡單的小橋，富有情調，令人發懷古之幽思！

我國的拱橋，是世界上有名的建築之一，它不但線條優美柔和，而且經久耐用。它不用鋼筋，沒有樑柱，卻能牢固的搭在河流之上，眞是富有藝術的一種建築。不少西洋建築家，驚奇我們築拱橋的力學，和它的建築方式，而下研究工夫。在我的流浪歲月裏，走過不少拱橋，記憶裏最饒風趣，別具格調的一座拱橋，是一九四五年春天，由鄂北行軍到川東的途中所見。橋橫跨一條崎嶇的山溪，寬兩丈餘，長數丈，全用大青石塊砌成，橋上不但有雕刻的石欄杆，還蓋了層騎樓式的樓閣，樓下兩邊擺攤賣瓜果零食。攤與攤之間，有石凳石几，供來往商旅休息。橋臥在兩山環抱的谷底，太陽早晚照不到，且有山風穿入其間，橋上十分涼爽，在石凳上坐坐，看看谷中風景，疲勞頓消。

我見到最大的鐵橋是黃河大鐵橋。橋在鄭州以北，跨越黃河，銜接兩縣，北通武陟，南接廣武，南北兩岸各設有車站，約有十幾華里長，兩岸互望不見對岸橋頭，像一條巨大的爬蟲，臥在滾滾的黃流之上。據說有一百零八個大橋墩，墩的樑柱是巨大的鋼管打入河底，掏空泥沙，內裝鋼筋水泥。抗戰時，橋曾被破壞數次，僅被炸燬鐵軌，炸不斷墩上的樑柱。南岸是起伏的土山，北岸是無垠的黃沙，我們過河時正當初春二月，天旱風緊，塵砂漫天，黃流滾滾，不見一隻鷹鳥，氣魄豪放而又蒼涼，眼目所及，一片荒漠，如置身古戰場，令人心悸。

過去許多公路橋是用木材做的，這大概是偏僻地區缺乏鋼筋水泥的關係吧。我在川東看過一條大木橋，長數百公尺，上面還搭有天篷，兩岸各有街市，東岸二四六逢場，西岸三六九逢場。日中而市，百物麕集，鄉人扶老攜幼，有的用背簍，有的肩挑着貨物到場上來交易，十分熱鬧。最大的特色是，賭徒們賭寶，兩張大方桌並列，圍得水洩不通，呼單叫雙，聲震全場。我們的營地離此三十里，半月來此領一次糧，中午在場上休息午餐，東岸的場名已忘，西岸叫馮家場。一九四五年春天，我軍從老河口撤退，搜集數千木船，在數百公尺寬的漢水上搭了一座浮橋，數十萬部隊和車輛，很快的從這座浮橋上撤往西岸，向西轉移，然後燒燬浮橋，使日本鬼子無法過河追擊，這是我平生看到的最大浮橋。

一九四九年冬天，隨華中長官公署，由柳州往南寧撤退，途中經過遷江縣，被黔水隔阻，河面不寬，而水流很急，這裏平時不是重要通道，不但沒有橋樑，船隻也很少。僅有兩集躉船供車輛渡河，當時華中數十萬部隊，數千輛車子，困集在東岸，車隊排達數十里，僅這兩隻躉船一次僦一、二輛車子，用竹篙撐過河去，這是多慢多急人啊！當時長官公署下令，重要車輛器材優先，人員次之。東岸的人員眞是如熱鍋上的螞蟻，等了一天，才搜集一千多個空汽油桶，四個桶一組綑牢，在河面上以相等距離繫好，上蓋木板，搭了條臨時的浮橋，供人員徒步過河，這是我平生見到的一條最別緻的浮橋。

俗語說：隔山容易，隔水難。山隔數十里，可以慢慢爬過去；水隔三五丈，沒有橋樑，沒有渡船，便無法到對岸去，因此橋對交通的關係太重要了。尤其在交通發達的今天，鐵路公路，一橋斷燬，這一段路馬上癱瘓。在作戰時，橋的價值更爲緊要，往往因一橋的獲得和毀棄，而操勝算。

橋對我們的交通這樣重要，因而產生了許多傳奇故事。七夕牛郎織女相會於鵲橋，陰陽相隔的奈何橋，魚鼈蝦蟹相助修成的洛陽橋。（這是一座眞實的橋，因爲其工程太艱難，才有此傳奇）白蛇許仙相會在斷橋……多至不勝枚舉。由於這些傳奇受人歡迎，進而搬到戲劇上。羅勃泰萊與費雯麗因演「魂斷藍橋」而走紅影壇，以二次大戰爲背景的「桂河大橋」，韓戰爲背景的「獨孤里橋之役」，都是很有名的橋戰影片。更有一部叫「橋」的德國影片描寫五六個青少年學生，熱愛祖國，盲目的死守一座橋，犧牲的精神，令人們同情而又敬佩。

在藝術和文學上，橋也佔有一席之地；尤其在我們的國畫上，有了橋的表現，東方的風格便特別突出。所以國畫中的山水，幾乎百分之九十以上都有橋的安排。像板橋流水，山野竹橋，茅亭小橋，老人騎驢過板橋，打着破雨傘的隱士，頭戴斗笠、身披簑衣的村夫冒着風雨過小橋，戴風帽策杖冒風雪過橋的騷人墨客，以及牧童橫吹竹笛在牛背上過橋等，這些意境和畫面，把我們中國的閒適、恬淡、和平、自然、純樸的民族性，都表現出來了。

由於橋能象徵東方的風格，它不但在山水畫中常利用到，在詩詞上，它更被詩人們表現得多采多姿，幽美之極。如宋之問的＜桂楊橋懷人＞：「江雨朝飛絕細塵，陽橋花柳不勝春。」杜牧的＜寄韓判官＞：「二十四橋明月夜，玉人何處敎吹蕭。」李商隱的＜詠淚＞：「朝來碧水橋邊柳，未抵靑袍送玉珂。」韋莊的＜菩薩蠻＞：「騎馬倚斜橋，滿樓紅袖招。」看這些寫橋的詩詞多美，閉目凝神勾畫起來，都是一幅好極的畫。可是，給我的印象最深，還是馬致遠的＜天淨沙＞：「枯籐老樹昏鴉，小橋流水人家，古道西風瘦馬，夕陽西下，斷腸人在天涯。」這意境多蒼涼，冷漠，把一個流浪人落魄的心情襯托到盡致，令人讀之不勝感慨，尤其流落在異鄉的人讀這首曲，更爲之唏噓！

人與人的心靈之間，常有一座橋樑溝通思想和情感，這一座看不見的無形的橋，比橫跨在河流之上供人們行走的橋更爲重要。當兩個人的心靈之橋溝通的時候，它所發揮的作用，我們是不大注意的，可是，當這座橋折斷了，兩人的心靈之間出現了鴻溝，這時我們才感覺到這座橋的重要性了，想把它再修復，有時眞的比建築一座大鐵橋還困難！魯仲連是這方面的最好的建築師，可惜，從古到今，像魯仲連這樣搭橋的能手太少，而人與人之間的心橋容易分裂，陷出鴻溝，這眞是一件可嘆的事！

一九七六年作品

臺灣的鱉

一九六七年遷來臺中，有天去豐原，在途中發現路邊有塊奇異的廣告，一塊丈多長的牌子上，畫了幾隻斗大的鱉，頂上一排字寫着「×厝大鱉種」，中間一排寫着「鱉苗繁殖中心」。這種賣鱉的廣告，平生第一次看到，一種好奇心的驅使；同時由於看到牌子上幾隻斗大的鱉，引起鄉思(故鄉在漢水之濱，鱉是常見的東西)。一天下午，我去參觀了這家養鱉場。

鱉在臺灣身價很貴重，大概是怕小偷光顧，鱉場大門緊閉，園裏養着幾頭大狼犬，我撳電鈴，狼犬狂吠，主人叱止犬吠，開了大門，我道明來意，主人指派一位十七、八歲少年引導我參觀，解說繁殖鱉苗的程序，和養鱉的常識。

這個養鱉場規模不小，佔地將近一甲，築有渠溝引進溪水，內有大中小鱉池數個，和孵卵設備。少年先引導我看幼鱉池，池大約數十坪，裏面有無數比一元銅板略大的小鱉，在池中游來游去，尋找食物，有的伸長着小頸子，東張西望；有的搖擺着圓背，四隻小爪不停的扒划。鱉的形態本是十分醜陋，令人討厭的，可是池中那些小鱉娃兒，卻不失其天眞活潑，令人看了也不禁莞爾。

「幼鱉不能同大鱉放在一起養」，少年帶我去看大鱉池時說：「若放在一起養，餵飼料時，幼鱉爭奪不過大鱉，同時，有時大鱉饑餓了，也會吃掉幼鱉！」我點頭一笑，暗忖以大吃小，強食弱肉，惟有在這些下等冷血動物中，最爲顯着，最爲原始了！

大鱉池約佔地數百坪，中央設一小沙洲，有橋可通岸上，洲上種着甘蔗，是母鱉產卵之所。圍着沙洲，許多巴掌大或盤子大的鱉游來游去。少年告訴我，目前在臺灣，養鱉是一種新興事業，更適宜於居住在鄉村的人家作爲家庭副業，利益優厚，銷路十分好，斤半以上一斤可賣二百元，一斤以上一斤可賣一百六十元。我問他鱉價爲何這樣昂貴？他說鱉肉鮮美，營養豐富，尤其荷爾蒙特多。臺北許多大飯店爭相訂購，宴席上有了鱉，才顯得名貴。尤其是近年住臺美僑喜食此物，因而銷路更爲大增，供不應求！

當我發現兩三隻鱉爭食一隻死雞時，我問少年通常餵鱉什麼飼料？他說通常在魚市場買來賣不掉的腐臭魚作飼料；有時也餵死雞死貓之類的東西。他看我一怔，接著說，先生你想啊，生長在河中海裏的魚鱉，碰到死雞死貓死狗，還不是都吃掉了。我沒有表示意見，他急忙又接著說，海裏淹死的人畜，還不是都果了魚腹。虱目魚的主要飼料是水肥，可是它的肉十分鮮嫩，也很有營養。我不得不點頭表示他說的合理。可是我心裏暗想，這就是「化腐臭爲神奇」的眞理了，鱉之所以這樣富於營養，含大量的荷爾蒙，就是吃了臭魚爛蝦、死雞死貓長大的緣故！然而吃鱉的人是不會追本尋源想到這些的。

少年引導我去看孵卵器，有電化、天然兩種。所謂電化，是器內利用電的熱力孵卵；所謂天然，是利用陽光的熱力孵卵；電化的孵卵器，一年四季可以使用，天然的則只適宜於夏天。他打開一個電化的孵卵器給我看，器中有數層沙盤，盤內沙裏埋著鱉蛋，中央有一小盆，內有水和沙，幾隻初出殼，和一元硬幣大小的幼鱉，在盆內爬動。孵卵器製造得很美觀，外面包以光亮的鉛皮，裏面是一層層整齊的沙盤，有電燈照明，有溫度調節器，頗像十層的高樓大廈！

少年告訴我，出殼後的幼鱉放入小鱉池，半月後，就有買主來拿去，目前鱉苗缺貨，買主要在兩月前來訂購，才買得到。現在是春季，一尾十二元，到了夏季，一尾要十五元。幼鱉一年後可長到十三兩到一斤，年半以後，便可出售。因爲利厚好銷，養的人一天天增加，尤其臺中地區的水源好，到處都有灌溉的河流水渠，只要有土地，挖兩個池子，便可以養了。臺北近郊有些人用自來水養，必須要蓄水，過濾，（因自來水中含化學藥粉）才可使用，那裏有臺中方便。

辭別場主，在歸途中，我想起鱉今天在臺灣，身價這樣高貴，這樣優遇的受人豢養，受人賞識，這眞是鱉們在臺灣大大的走運了，它們的祖先恐怕連作夢也想不到的吧！

在筆者的故鄉，鱉是最厭惡最下賤的東西，平常人家不但不吃它，看了它就惡心，只有販夫走卒，市井俗流的人才敢吃它。因其形態醜惡，不受人歡迎，所以有許多難聽的別號：腳魚、甲魚、王八、肉頭、團魚等，而且常把它和卑鄙羞恥的事連想在一起，某人戴綠帽子，被罵作老甲魚、王八。沒有主張，懦弱窩囊人的，被人叫作肉頭、王八，同時有些人用「鱉種」「鱉孫子」作爲狠毒的罵人字眼。更有一句罵人的俏皮話：「小米粥裏煮湯糰煮粉絲，你是鱉子，鱉蛋，帶鱉孫！」那就更難聽了！

長江兩岸的市鎭碼頭上常有賣滷鱉的，（尤以宜昌、沙市、漢口爲多）像北方人賣燒雞一般，盤子大小整個的鱉滷好，放在木盤中，賣給過往旅客，和碼頭工人，以現在的臺幣折算，二十元左右一隻，眞是非常便宜。

我很奇怪，在大陸上非常低賤的東西，在臺灣卻十分名貴，物以稀爲貴當然是原因之一，同時或許也是一種「橘生淮南爲橘，生淮北則爲枳」的水土不同的關係吧。若是說冷血動物也有「命運」，鱉今天在臺灣該是當了時令，走鴻運了！

在臺灣三十年，常看到有些所謂「新興事業」「新奇的玩意」，一窩蜂的興起，又很快一窩蜂的沒落，如養雞，養鵪鶉，養鳥，養兔子，養羊蟲，以及現在還在苟延殘喘的養牛蛙，養鰻，都曾經如怒潮狂風般的侵襲臺灣，但爲時不久，又如冰蝕土崩的敗落了！其中尤以養鳥爲最，不知害了多少人！在高潮時，一對錦靜鳥價高萬餘元，一對胡錦也值五六千，可是垮下來時，能值幾文？而今鱉正當時令，可是它不像鳥，除了供人觀賞一無用處，鱉是供人實際飽口腹之慾的，因其含有大量荷爾蒙，正投某些「飽暖」之徒的所好，所以它的行情，將一天天看漲，自無疑問。不久前到臺中市，在火車站的廣場上，看到一家高樓掛著一塊數丈長的大廣告牌，上面霍然爬了幾尾鼓大的鱉，伸長肥頸肉頭，向路人作廣告呢！

一九六九年作品

由「香胰子」說起

日前讀姜貴先生新著《曲巷幽幽》，發現一個久不見用的名詞「香胰子」（小說時代背景是民初），二十年代，大陸許多偏遠小鄉鎮還有人用這個名詞，後來漸漸絕跡，由「香肥皂」取而代之。

前年時報「人間」有篇文章論老舍的小說，說他愛用華北方言，許多用語，現在居留美國的青年看不懂，尤其「香胰子」更為生冷，為何不用「香肥皂」。當時寒爵先生在其專欄中特為說明三十年代的香肥皂，包裝紙盒上的商標印的就是「香胰子」，「香胰子」不是方言。可是寒爵先生沒有進一步說明那年代為什麼把香皂稱為「香胰子」。

清末民初，西風東漸，引進許多外國貨物，當時民智不及現在開化，一般愚夫愚婦對舶來品的名稱不瞭解不適應，只有用他們的語言，給它們另取「偏名」。筆者大膽假設，他們取名的方法，略可分以下幾種：

一、原來我國有的東西，凡進口貨品或用外國技術製造的，皆加一「洋」字，如：洋鎖、洋線、洋布、洋火、洋蠟、洋麵、洋油、洋帽、洋襪子、洋房、洋船、洋人（外國人的通稱）等。

二、以物品的功用取名，如腳踏車是代步的工具，它的功用與馬、驢相同，叫它「洋馬」、「鐵馬」、「鐵驢子」，與本省同胞把馬達三輪車叫「鐵牛」同一道理。手套戴在手上取暖與襪子相同，就叫它「手襪子」；肥皂的功用是滌物去汚，我國從前滌物去汚的東西，通常用碱、皂莢和豬胰臟，俗稱胰子，把胰臟與酒釀搗碎洗臉，不但易去油汚，多天還可保護皮膚不皺裂，筆者幼時見婦女們用過。肥皂的功用與胰子、碱相同，當時就把肥皂叫「洋胰子」、「洋碱」。洗臉用的香肥皂就稱它「香胰子」。不過，香肥皂這一名詞很早就見諸文字，在《紅樓夢》中就出現了，《紅樓夢》中的香肥皂是根據那裏來的，請「紅學」專家們去考證吧；很值得一考證。

三、以物品的形狀取名，如襯衫初入中原，許多穿的人把前後襟露在褲腰外面，後襟拖在臀部像綿羊尾巴，就叫它「綿羊尾巴」；放足後，女學生穿方圓頭黑布鞋，像鰱魚頭，就叫它「鰱魚頭」；大衣像舊時道士的鶴氅，叫它「大氅」；手槍裝在木匣內像盒子，便叫它「盒子炮」；披風披在身上，上小下大像一口鐘，叫它「一口鐘」，披肩像半截簑衣披在肩上，叫它「斗篷」；這兩件衣物在三十年代的文學家傅東華、李清岩、李健吾、傅雷、黎烈文的翻譯小說中常見到。

四、因社會進步開化而流行的風氣，取得特別名詞，如婦女放足後半解放的腳，美其名曰「文明腳」，西洋舞臺劇輸入中國（話劇）當時又叫「文明戲」，抗戰前後，外國手杖在國內頗流行，它不同老人用的拐杖，稱它為「文明杖」。

語言跟着時代的進步，社會的繁榮，民智的開化在演變。我們現在看到數十年前的「香胰子」、「文明腳」、「羊肚手巾」、「一口鐘」，會覺得好笑不雅。可是，我們今天流行的「原子襪」、「原子筆」、「原子褲」、「太空被」、「太空鞋」、以及「迷你裙」、「迷你車」，在數十年後，不會被我們的子孫感到好笑不雅嗎？

一九七九年作品

鬍子

每天早晨起來，必須要作的事情，刷牙洗臉刮鬍子。睡了一夜，口乾舌燥，眼角苦澀，洗刷之後，頓感清爽俐落，這是件輕鬆愉快的事情。惟有刮鬍子卻很令人煩惱(我想有很多中年以上的男人有此同感)，調整刀片，用熱毛巾搗嘴，塗肥皂沫，刮來刮去，忙了半天，仔細看看，總有幾根鬍椿子頑固的反抗的挺立在那裏，令人啼笑皆非！冬天，下巴還沒有刮乾淨，嘴唇上的肥皂沫已經冰冷，刀片好像不利，黑叢叢的鬍渣子總刮不淨。夏天，熱毛巾一搗，滿頭大汗，嘴唇周圍血管暴起，心裏叫着注意，注意，有時還是皮破血流。

每當我刮鬍子的時候，內人在臥室化妝，有時我走去看她，她正聚精會神對鏡描眉塗口紅，臉上總露着微笑，與我刮鬍子的情景相比，有如天壤，這大概是上帝對女人獨厚的地方。

有時我一面刮鬍子，一面自問，我為什麼要刮鬍子？明知是一件煩惱的事情，卻要天天刮它。刮了鬍子有什麼意義？顯得年輕漂亮嗎？是為整肅儀容嗎？不見得，這是文明給現在的人帶來的「災害」，古人不理髮不刮鬍子，還不是生活了幾千年。

人類什麼時候開始刮鬍子，誰發明刮鬍子？恐怕很難找到答案。在我們中國，最早大概是用刀把長鬍子割成短鬍子，曹操有次戰敗逃走，恐怕敵人認出他，拔劍把鬍子割了一半，也許他就是割鬍子的創始人。後來進步到用剪刀修剪，再進步到用剃刀剃光，西洋的保險刀輸入後，才用保險刀刮的吧。

一九五五年我開始刮鬍子，那時鬍子稀疏柔軟，每隔一週刮一次，不用塗肥皂和熱毛巾搗，只用溼毛巾擦一下，便輕而易舉的刮得乾乾淨淨，沒有痛苦的感覺，皮破血流的事情也很少發生。

隨着歲月的增長，鬍子也跟着變硬增多，刮的次數由四五天一次增加到二三天，到現在的一天一次，而且必須要塗肥皂用毛巾搗，才能把那些討厭的「野草」剷除掉。

我有二十多年刮鬍子經驗，應該是「斲輪老手」遊刃有餘了，可是說來慚愧，每次拿起保險刀，總是戰戰兢兢，如新兵初上戰場，惟恐掛彩，偏偏用力過猛，或左偏右斜，一串血珠子冒了出來。想刮得乾乾淨淨，刮了半天，仔細看看，總是百密一疏，腮頰上，或是下巴下面，殘存着幾根鬍渣子，挺挺的瞪着我，好像在譏笑我的技術不夠高明。

四十年前初踏上社會，我十分羨慕年長的同事們嘴上的鬍子，也十分喜歡看他們刮鬍子。盡管他們刮鬍子的時候，或齜牙咧嘴，或鼓起腮幫子，或緊鎖眉頭，或似笑若哭等等表情並不美觀。我羨慕他們有鬍子，是因爲那時鬍子在我的心目中，是一個智慧成熟，經驗豐富的象徵。由於我沒有鬍子，感到自己幼稚愚笨，有時作錯了事，被上級「刮鬍子」：「嘴上沒毛，做事不牢」！立卽慚愧得面紅耳赤，無言答對。

鬍子是象徵男性美最突出的標誌，一個男子到了長鬍子的年齡，鬍子會自然的長出來，他的男性美也跟着表露出來。同時，隨着年歲的增長，鬍子也會改變，二十左右的年輕人，剛生出的鬍子稀疏柔軟，好似春天的幼苗，充滿青春活力；三十左右的青年，鬍子開始變得濃密粗硬，如盛夏的樹木，茁壯蓬勃，精神昂然；四十到五十的中年人，鬍子開始發黃變色，配着額頭的縐紋，好像秋天飽滿的稻穗，這是一個人的成熟季，他的智慧和經驗，他的堅實和穩定，都隱藏在他的鬍子裏、縐紋裏；六七十歲的老人，鬍子變得疏朗花白，與頭上的禿頂白髮相映成趣，有如翻白蘆花，給人一種飄逸蒼然的氣象。所以，有些青年留點兒小鬍子，可以給他增加幾分英俊帥氣；中年人有的留鬍子，看上去穩建瀟脫；老年人留一把銀鬚，有一種飄飄然，超脫物外的神情。

一個男人到了長鬍子的年齡不長鬍子，看起來有些彆扭。從前宮廷裏的太監不必說他。有些人在年輕的時候，爲了漂亮，懶於刮鬍子，空閒時用鑷子把鬍子從根拔掉，到了老年長不出鬍子來，下巴像個老太婆，令人看了很不舒服。

鬍子是男人特有的標記，也是象徵男性美最突出的地方，有些人的鬍子，好像註了册的商標，成了他獨有的「招牌」。二次大戰時的兩個大獨裁者，希特勒和史達林，前者那一撮小鬍子，看上去神經兮兮，妄誕乖張，他的思想作爲也就是神經兮兮，妄誕乖張的，把當時的世界搞得遍地烟火，鬼哭神嚎，千萬人死於非命。後者的兩撇掃把似的大八字鬍，陰森恐怖，令人心悸，他緊追希特勒，妄想稱霸世界，二次大戰後，把世界攪的四分五裂，億萬人失去自由，過着非人的生活！

已故的電影明星克拉克蓋博和羅拔泰勒的鬍子也很有名，蓋博那放蕩不覊，玩世不恭的髞鬍子，在「亂世佳人」，「紅塵」及「一王四后」中，不知迷住了好多女人的心。泰勒英俊瀟灑的小鬍子，在「魂斷藍橋」，「茶花女」及「暴君焚城錄」，「刼後英雄傳」中，也使很多少女爲他傾心。老牌諧星差利卓別靈，西班牙的滑稽明星康丁法拉西斯，他們的小牙刷鬍，小八字鬍，襯托着他們所飾演的小人物，在「淘金夢」，「大獨裁者」，「環遊世界八十天」以及「小人物狂想曲」裏，在那些悲歡離合，受盡人情冷暖的折磨中，他們笑中帶淚，淚中帶笑的表情，詼諧滑稽的動作，看了令人無限同情和感動。正走紅的查理士布朗遜，他的鬍子堪可比美蓋博，有股粗獷放蕩的男性美，在「大太陽」、「朋友，再見」中，也很受女人們的喜愛。以上例舉的這些人物，假若他們都沒有鬍子，他們獨特的性格就無法顯現出來，給人的印象就不會那樣突出。尤其是克拉克蓋博，他沒有鬍子，在「亂世佳人」中能演活白瑞德嗎?在「紅塵」中能給人那樣深刻的印象嗎?羅拔泰勒沒有鬍子，在「魂斷藍橋」中會那麼英俊，帥氣十足嗎?查理士布朗遜早期在影片中沒有鬍子，就沒有現在性格、富男性魅力。還有卓別靈和阿丁，他們若沒有那可笑的鬍子，所扮演的角色，就不會那樣詼諧有趣，滑稽可笑了。

由於鬍子能代表一個男人的個性，我國的國劇就十分誇張的利用鬍子的形式色調來象徵劇中人物忠奸善惡、剛柔方圓、仁厚險詐、文靜粗暴的個性。因此，國劇中的鬍子有三、滿、扎、二濤，一字、八字、倒八字等形式，和黑、灰、白、紅、紫、藍等色調。同時，劇中人物還可以用彈鬚、捻鬚、抓鬚、甩鬚、捧鬚、亮鬚、吹鬚、咬鬚等等動作，表現他在劇中喜怒哀樂的心情。試想，假若國劇中沒有這麼多形式的鬍子象徵劇中人物的個性，人物的刻劃與表現，就不會那麼深刻生動。孔明在「空城計」中若不戴黑髯，他就無法表演他當時的機智，鎮定。張飛若不戴扎，他就無法表演出暴躁的性格。

鬍子的形式，也可以代表一個民族，一個地區，一個國家的風格。我國古時的一般農工商人，喜歡留八字鬍，所以外國影片裏的中國老人都是八字鬍；日本人愛留仁丹鬍和一字牙刷鬍，歐洲人喜留半月形的蓋唇大鬍，黑人，非洲人多于思鬍，以及代表美國的山姆叔叔的山羊鬍等，都有地區性和民族性的色彩。

鬍子有這許多樣式，中年以下的男人，看自已鬍子的濃疏隨意選擇形式去配合自已的臉形。可是到了老年，總不如它原有的形式自然美觀大方。歷史人物有美髯之稱的關羽的鬍子，我們不能親眼得見（只有在國劇中看到），現代人物有美髯著名的已故的于右任，及國畫家張大千，他們的鬍子我都看過，那股飄逸超然的風範，令人敬羡、嚮往。

隨着人的年齡變更，鬍子跟着漸漸變化，由柔而剛而弱，由黑而灰而白。可是，有時遇到特殊情況，在短暫的時間裏發生突變，伍子胥被困昭關，心煩意躁，精神困苦，一夜之間，鬚髮皓然。張巡被俘罵賊，怒髮沖冠，鬍鬚豎起，硬如鋼針。

人的心理有時非常矛盾，從前年輕的時候，我是那樣羡慕人家刮鬍子，希望自己長鬍子。現在自己有鬍子了，而且天天要刮，對鬍子的看法卻有一百八十度的轉變，不但討厭自己的鬍子生長得那麼快，還視刮鬍子爲苦役。最令人失望的，是自己的智慧經驗，不如所希望的有長足的增長。反而有時作事畏首畏尾，沒有從前年輕時那股初生之犢不畏虎的勇往直前的精神！有時作錯了事，被上司瞟一眼，心中的慚愧，比年輕時被「刮鬍子」：「嘴上沒毛，做事不牢」更千萬倍。從前自己年輕，還可以希望自己長鬍子長智慧，現在可不能希望自己返老還童，再從頭做起了。

一九七七年作品

男人的頭髮

「太古時候的人……他們的頭髮，和野獸鬃毛一樣，生長脫落，聽其自然。那時根本說不上形式，隨意披散着。癢了用指甲抓，打了結用手指梳。長滿虱子、蟣子各式各樣寄生蟲，汗垢蓬亂，可以想見。」

以上這段話，摘自拙作〈女人的頭髮〉，這不止是說太古時候，女人的頭髮是這種情形，男人的頭髮也是如此。

人類進步到知羞愛美，住屋穿衣，女人用野花、獸牙、骨片、貝殼裝飾頭髮；男人大概也知道洗梳頭髮，裝飾頭髮。何時進步到製造梳子梳理頭髮，把頭髮束起來，在頭頂挽個髻，便於戴帽子，這是了不起的創舉，惜史無明文。據中文大辭典對髻、紒、結的解釋，只說出西漢以前，無人作髻者於頭頂，但起自何時，沒有詳細說明。辭海對椎髻解釋說後漢書梁鴻傳，鴻妻孟光梳椎髻，這許是女人梳髻的第一手資料。又對髻的解釋是灶神名，莊子〈達生篇〉有「灶有髻」之說，灶神想必是男的，他梳髻所以有此名。果如是，戰國以前就有人梳髻了。束髮不管起自何時，男人披髮，與女不分，又不便戴帽，進步到束髮戴帽，是我國文化的一大突破。

男人披散着頭髮，後看像女人，前看似瘋子，實在不雅觀。筆者小時看過三皇廟裏供的三皇神像，以樹葉遮體，披頭散髮，非男非女，形如魔鬼，令人恐懼。任頭髮隨便披散着，容易牽攀鈎掛，作事行動不便。女人用繩條把頭髮紮起來，或在腦後束個「馬尾巴」，或在兩耳邊紮兩束髮綹；男人模倣她們也把頭髮束紮起來。爲了與女人有所區別，把髮束紮在頭頂，挽個髻。比女人紮在腦後和兩耳邊，做事更方便利落，這大概就是男人髻的由來。文化進步到穿衣戴帽，頭頂的髻藏在帽子裏，不但與女人的區別更大，也十分美觀。

大漢王朝征服夷狄，文物交流，夷狄的辮髮流入中原，給中國人腦後帶來一條「豬尾巴」，雖然那時的辮子是滿頭的髮編的，不同於滿清的剃頭編髮。因「豬尾巴」不美觀，不曾普遍流行。同時，士大夫要戴冠巾，背後拖條辮子沒有把髮挽髻藏在冠巾中雅觀，辮子當然不會受歡迎。

可是，辮子拖在少女背後，辮根紮上兩三寸長的紅綠絨繩，前面梳起劉海，卻平添幾分嫵媚。於是夷狄的辮子，在中國少女的頭上流行了。辮子和劉海成了少女的標幟，到出閣時，才把髮束髻於後腦杓上。

金人編髮辮另成一格，腦袋瓜子前面剃的閃光發亮，好像唱大花臉的藝人剃的「月亮門」；

後腦杓上留塊巴掌大的頭髮，編根小辮拖在背後，是「豬尾巴」的眞正由來。蒙古韃子倂金滅宋，統治中國九十餘年，金人的小辮子隨同番邦文化流入中國。所幸那時韃子沒有強迫漢人剃頭編辮子，漢人雖受異族統治，還有梳髻和編辮不剃頭的自由，金人的「豬尾巴」當時不能成氣候。

不幸二百多年後，滿清入主中國，滿人是金的後裔，繼承了金人的剃頭編辮子，這次他們獨吞中華，不客氣了，強迫漢人學他們，剃頭編辮子，不准束髻！我大漢民族，數千年以孝治天下，身體膚髮受之於父母，不敢輕易毀傷，爲「護髮」極力反抗。於是，在滿清「留頭不留髮，留髮不留頭」的暴政下，好多大漢子民被殺了頭，作了「護髮」烈士！

道光時，洪秀全與石達開等起義抗清，號太平天國，恢復大漢文化習俗，男人不剃頭，女人不纏足。可惜他們迷信洋教，內部不團結，互相忌殺，雖攻陷六百餘城，終被滿清消滅。大漢男人的頭要繼續剃下去，那條「豬尾巴」仍然拖在背後。

腦袋瓜子前面剃的青光閃閃，後腦杓編根辮子拖在背後，實在不雅。不是外族強迫，大漢人民恐怕很少人願意這樣處理他們的頭髮。然而，日久成習，到了清末，被剃了兩百多年的頭，大家也就見怪不怪了。 國父領導革命，推翻滿清，民國成立，可以不剃頭梳辮子剪掉頭髮了，這時偏偏有些人竟忘本，反而倒轉去「護髮」要留辮子！

怪人辜鴻銘，就是個典型愛梳辮子的人物。聽朋友說，辜鴻銘在北大任教時，一襲長袍馬褂，戴水晶大片墨鏡，背後拖根「豬尾巴」，是他的招牌。記得舊高中英文課本上，有篇文章記述英國某哲學家來中國觀光，去成都拜訪辜鴻銘，看到辜的「豬尾巴」，還特別記了一筆。

民國成立後，男女剪掉辮子，「西式洋頭」隨着科技大炮、洋服絲襪流入中國，上海、南京、漢口、廣州、天津、青島，這些大都市的婦女，固然開風氣之先，追着洋婆子髮型跑；男人也不甘落後，平頭、背頭、中分、偏分、汽車頭、火車頭、飛機頭……等，一波一波學着流行。抗戰勝利，還都復原，人心歡騰，學洋之風更爲興盛，男人燙髮，成了一時風尚。三十八年政府遷臺，艱苦奮發，提倡克難運動，一度禁止奢侈品進口，沒有電視，全國上下生活節儉樸實。那十來年，進口的男士髮型不多，也很少看到奇裝異服。進入六十年代，我國有了電視，工商業發達，國民生活水準提高，衣食住行跟着飛昇，尤其男女的髮式更爲突出。披頭合唱團風靡世界，青少年起而倣效，披頭的旋風狂掃臺灣。後來嬉皮的不修邊幅，亂髮蓬鬆又領風騷，臺灣的青少年抓住嬉皮的流風，又瘋狂了一陣。現在流行長髮，背後看不知是男是女的青年男人滿街都是，尤其那些明星歌手之流，更是走在髮型的前端。外國明星流行什麼頭，他們馬上照樣模倣起來。有幾位年輕歌手的頭髮太像女人，表演時把頭髮向腦後束起來（怕取締），只敢面對鏡頭，不敢側過身去，一側身便露出「狐狸尾巴」！社會上有這些明星歌手「起領導作用」，長髮還會不風行嗎?!

說起留長髮，也不自今日始。抗日前後，中原有些地方的腳伕苦力，多天蓄髮保暖，省剃頭錢，把頭髮留到齊衣領，剪的齊齊整整，像現在高中女生的「西瓜皮」。俗稱「帽蓋子」又叫「盆頭」，像隻瓦盆覆蓋在頭上，李石曾晚年留的，就是這種頭。

愛美是人的天性。一個女人一生花費在修飾頭髮的精力、時間、金錢，無從算起；愛修邊幅的男人，在這方面消耗的精力金錢也不少。過去有兩句俗話：「男人要風流，三天理次頭；女人要風流，一天三次油。」可見人們對頭髮之重視了。

人的招牌是臉，我們看一個人長的美不美，先看他（她）的臉蛋，接着就是看他的頭髮。頭髮之與臉蛋，有如綠葉之與紅花。所以，現在靠臉蛋吃飯的小姐、小伙子們，天天要上美容院、理髮廳去做頭髮，洗頭擦油吹風。假若一位小姐臉蛋很美，描了眉、畫了眼圈，塗上唇膏，擦上腮紅，而頂着個光光的尼姑頭，好像沒有屋頂的房子，那光景太不調和了！男人也是一樣。

國人審美觀念，頭髮要黑要亮要柔，才算是美髮。頭頂牛山濯濯固然不美觀，黃棕灰白混雜一起，或是鋼絲一般劍拔弩張，也不好看。於是，染髮劑、柔髮藥應運而生，能把你的白髮變黑，硬髮變柔。白髮蒼蒼，或是滿頭「鋼絲」的老先生，走進理髮廳「改造」一番，白髮變成了青絲，鋼絲變成了柔髮，馬上會年輕十歲二十歲。現在的理髮廳比往日多，原因在此（去「馬殺鷄」的到底是極少數）。

說到染髮，不得不一提三國東吳的喬相國。他老先生在那年代就知用「烏鬚藥」。不是他送劉備一匣「烏鬚藥」，在甘露寺相親，不被吳國太相上，被孫權殺害，三國的歷史就得改寫。

儘管科學發達，人類的智慧有時可以「巧奪天工」，最後還是逃不過榮枯消長的自然規律。染髮劑能把白髮染得漆明鑽亮，只是暫時的「美化」，不是根本「改造」。幾天後色澤慢慢消褪，與新長出的髮根，白灰棕黑的五色紛雜，混成一團「多彩亂麻」，反而「欲蓋彌彰」，比不染的更爲難看。

同時，染髮也要看年齡。中年人，精神還旺盛，把灰白的「二毛」，染成一頭「烏絲」，顯得神采奕奕，平添幾分俊氣。若到七老八十，臉上佈滿皺紋老人斑，配上疏朗的白髮銀鬚，顯得灑脫飄逸，矍鑠厚重。他若也把頭髮染得漆黑，下巴刮的寸草不留，看起來非常不自然。不但沒有添加美感，反而醜化了！某女作家說史本塞屈賽晚年的造型，比他青年的時代好看多了，誠是高見。

職是之故，人在某一階段，有某一階段的美境。青少年一頭黑柔秀髮，顯得英俊挺拔，望之令人生愛；中壯年鬢邊飛霜，顯得成熟穩健，望之令人生羨；桑榆之景，皓首銀髯，顯得超邁飄灑，望之令人生敬。違背自然現象，塗染僞飾，自欺欺人而已！

雖說人到中老年，頭髮變成灰白，是自然現象，有它灰白的境界和美感；可是，由於人怕老，也就怕見白髮。一個人第一次發現頭上冒出白髮，其驚懼之情，有如罪犯聽到宣判重刑。心中敲響老的警鐘，要煩惱好多天。頭上有白髮的人，才知個中情味。

因此，古今多少騷人墨客，爲見白髮吟出許多感歎的詩句：「多情應笑我早生華髮」；「白髮三千丈，緣愁似箇長」；「一事無成雙鬢斑」；「而今聽雨僧廬下，鬢已星星也」；「黃花白髮相牽挽，付與旁人冷眼看」；「出門搔白首，莫負少年志」；「他鄉生白髮，舊國見青山」；「白髮漸多何事苦」；「莫等閒白了少年頭，空悲切」等，眞是今人觸目驚心！

黑髮變白，雖屬生理現象，而常受心理「催生」。一個人煩惱多，常苦悶不樂，心躁性急，易生白髮。伍子胥被困昭關，一夜間鬚髮皓白。筆者鄰居一男孩，投考大學名落孫山，補習準備次年再考，就在這一年之間，一頭黑髮變成了白髮。

頭髮與人的儀表，日常生活關係這樣重要，難怪有些人很重視頭髮了，尤其婦女們；還有那些爲他人修飾頭髮吃飯的人，髮型的千變萬化就是他們想出來的。其目的在表現女人的美，男人的性格；另一目的在吸引異性。因此，頭髮與情慾也有很密切的關係。男女成婚稱爲「結髮」，原配妻稱「髮妻」。銀幕、螢光幕上的影片中男女相愛，常互相撫摸對方的頭髮。有時頭髮就是情慾的象徵。要出家爲僧爲尼的男女，必須先剃掉這「三千煩惱絲」；換句話說，就是「消除情慾」。

頭髮能美化人的儀表，給人帶來煩惱，也能幫人賺錢謀生。古時練武的人有種「辮子功」，靠頭頂一根辮子闖蕩江湖。玩大把戲(現在叫馬戲團)賣藝的少男少女，利用頭髮懸空盪鞦韆表演特技。有時窮困需錢用時，還可以賣髮救急。歐亨利的名短篇小說〈聖誕禮物〉，女主角賣掉她的滿頭金髮，買錶帶送丈夫作聖誕禮物，表現了她的純情摯愛，令人敬佩。

由於頭髮能影響我們的儀容、生活、情感、精神、思想，自古受人重視，周公「一飯三吐哺，一沐三握髮」，受人歌頌（雖歌頌的不是他的頭髮）；孟子的仁政主張「頒白者不負載於道路矣」，受人推崇；宋襄公的作戰原則「不殺二毛」，雖被後人譏爲「婦人之仁」，但他對中老年人的仁慈之心，是很高尚的；岳飛的「怒髮衝冠」的愛國情操，令人敬佩；甚至吳三桂爲陳圓圓的「衝冠一怒爲紅顏」，也頗引人「同情」。及至清初，那些寧留髮而不要頭的「護髮」烈士，更值得謳歌了！

一九七八年作品

女人的頭髮

提起女人的頭髮和裝飾，有如一部二十四史，不知從何說起。研究人類歷史文化的人，要從太古時候，原始人茹毛飲血穴居生活着手，女人的頭髮與裝飾，雖是小事一件，與人類的文化發展多少有些關係，要知道女人頭髮的型式和裝飾的演變，爲了方便，只好也從太古時候說起吧。

太古時候的人過的是原始生活，穿樹葉獸皮吃野生物，與野獸一樣，他們的頭髮，也和野獸的鬃毛一樣，生長脫落，聽其自然，那時根本說不上形式，隨意披散着，癢了用指甲抓，打了結用手指梳，長滿虱子蟣子及各式各樣的寄生蟲，汚垢蓬亂是可以想見的。

到了人類進步到住房子穿衣服，知道愛美，裝飾自己的時候，女人們最先打扮自己的大概是頭髮吧，因爲頭髮長在頭頂，別人最易看到。作個大膽設想，她們最早的裝飾品，不過是野花、獸牙、骨片、貝殼之類。及至人類文化進步到以金銀珠玉作飾物，用梳子篦子梳理頭髮的時候，女人的頭髮，在飾物與形式上有了驚人的進步。除了通常用的金簪銀釵玉搔頭珠花之外，還有什麼翡翠瑪瑙甚至珍珠寶石特製的頭飾。像皇后一品夫人公主小姐戴的頭飾，少說也有千百種。一個女人的頭要實實在在的裝飾起來，以現在的價格計算，花費百兒八十萬不爲多，你若不信，可以從國劇許多旦角頭上的飾物看出端倪（若那些飾物都是眞珠寶金玉的話）。

髮型方面，花樣也是很多，什麼單鳳朝陽、雙鳳朝陽、百鳥朝鳳，髽髻、抓、墮馬髻，獅子滾繡球，二龍戲珠等，分出許多名堂。跟着朝代的遞換，男人的喜愛，女人的爭奇鬪艷，形式在大同小異中，有許多變化。不過，幾千年來，女人的髮型儘管千變萬化，惟一不變的是頭髮任其自然生長，長的越長越黑越好。還有一個大分別，已出嫁的婦女梳髻；未出嫁的少女，額前垂劉海，腦後梳一條大辮子，或是梳雙辮子順兩肩垂下。要出嫁時才開臉（用線扯拔去臉龐上和頸脖裏的毛髮）梳髻。這種流風，一直到民國成立，才倡導婦女剪髮；有些偏僻的地方，到了抗戰初期，才接受到這一文明的洗禮。可是，因爲婦女留長髮的時代太久，當時中年以上和農村的婦女，不易接受剪髮的運動，仍然我行我素，編辮子梳髻，只有城市裏的女學生和有新思想的婦女率先響應。所以這剪髮的運動，不緊不慢的推行了二三十年。

由於長髮不易梳洗，在日常生活中佔去婦女們很多時間；兩年前某電視臺選出美髮小姐，她的長髮幾乎超過腳後跟，節目主持人問她洗一次髮需要好多時間，她答說需費二三小時，現在有熱水器和吹風機可利用，從前的人洗頭要燒水，用太陽曬乾，其費事費時可想而知。從前的家庭，每家有一梳頭匣子，內裝大小梳子、篦子、頭油膠水、頭繩、挑髮的籤子等工具，普通的家庭自己輪流交換梳，有錢人家請人梳。於是有「梳頭婆子」這一行業，和現在的女子電髮師同一性質。所不同的現在的婦女自己上電髮院，從前的梳頭婆子到家裏來爲你服務。

到了三十年代，婦女的剪髮運動才算推行成功，戰前在上海廣州北平武漢等大都市流行的歐美髮型，跟着政府的撤退，流行到大後方重慶成都西安昆明，由於當時提倡節約，追趕時髦的畢竟是少數婦女。那些沒有電燈的城市，用特製的鐵熱筒燒木炭爲婦女們吹髮，就不成格局了。至於交通不發達的小城鎮，很難接受這些洋風氣，婦女的頭髮是剪短了，除了清湯掛麵式，王母娘娘式，雙小辮等式樣，因爲沒有電風吹，變不出什麼花樣來。

抗戰勝利後，政府復員，工商繁榮，經濟景氣，各大港口商埠交通流暢，歐美舶來品大批進口，女人的髮型也追隨跟進，當然是名女人和電影明星跑在最前面。當時好萊塢的紅星如莎莎嘉寶、麗泰海華斯、蓓蒂葛蘭寶、蓓蒂戴維斯、費雯麗、英格麗寶嫚等她們的髮型都很受歡迎。國內的明星像陳燕燕、黃宗英、白楊、王丹鳳、周璇、李麗華、白光、歐陽莎菲、莎莉、龔秋霞等，她們的髮型也都有許多婦女模倣。不過，她們的風潮，只在一二流的大都市流行，三四流的都市，不過流行些飛機型，火車型這類附庸時髦的名詞罷了。

臺灣光復之初，一般婦女喜歡模倣日本女人的髮型，大陸來臺的人多了，隨着上海和香港的風氣，轉變模倣歐美婦女的髮型。五十年代，一部「羅馬假期」影片的叫座，排骨美人奥德麗赫本的髮型，像颱風一般，征服了臺灣的婦女，有志一同，爭相模倣，「赫本型」成了當時女人的

「口頭禪」。十八九歲的少女當然要模倣，二十五六歲的少婦也可以模倣，三十以上的婦人也勉強叫做一個赫本型，還有四五十歲的半老徐娘，也跟着盲目的要師傅爲她做一個赫本型。不看自己的臉型，不看自己的身材，不看自己的年齡，與奧德麗赫本的髮型相配不相配，認爲時髦就是美，大家一窩蜂的追逐，臺北街頭，幾乎無女不赫本；這一股流風，少說也吹了十多年，眞可說是空前絕後！

赫本風之後，臺灣婦女的髮型，尤其是少女們，變的花樣又多又快，今天學美，明天學歐，混雜不一。流行過的，隨便統計一下，有鷄翅型，馬尾型、鴨尾巴、披頭嬉皮型、阿哥哥、單挑翅、大凸頭小凸頭、娃娃型、鳥巢型、草菇型、埃及艷后型、以及近來走紅的妹妹型、黑人頭等，名目繁多，令人難以想像，走在街頭，看得人眼花繚亂，到底是那一種髮型好，叫人難下評語。

不過，女人的髮型與她們的鞋子形式一樣，變去變來，總是大同小異，一堆頭髮頂在頭頂上，如同鞋子一般花樣再變，總是一雙鞋穿在腳上是一樣。那一天，有個女人若剃個光頭，光着腳丫子不穿鞋能夠成氣候，形成流風，不但電髮院皮鞋店要關門。男人們走在街上都會「非禮勿視」，也許會減少許多桃色案件，和家庭悲劇。

一九七八年作品

女人的年齡

世界上最神秘莫測的事情，莫過於女人的年齡，尤其影歌星和交際花草之類的名女人。她們的年齡，眞眞假假，增增減減，有時連她們自己都搞不清實際活了幾歲！

她們這些靠「臉面」生活的女人，想出名走紅，主要的條件是年輕漂亮。一個想走紅的女演員，臉蛋不美，年紀不輕，縱使你的演技很好，很難大紅大紫。反之，你年輕漂亮，有導演捧你，僅具三分演技，也能一片而紅，成爲大明星。可是，出名走紅後，還得小心翼翼使自己多年輕幾年，若一旦被人看出你接近「徐娘」，當第一女主角的日子就不多了，你將慢慢消沉下去！

四十年代，北平李麗影劇雙棲，舞國封后，名氣之大，今日的女明星望塵莫及。可是來臺後，人已珠黃，一次在金山劇院演出「白蛇傳」，身段板滯，腿腰欠活，嗓音低沙，白口不潤，她的力不從心，很令人爲她捏把汗。後來她寫「風月誤我三十年」，也只好在回憶中自我欣賞以往的艷麗歲月。

一九七七年白光復出來臺演唱，已逾知命之年，接受訪問時，再怎麼裝腔做勢，裝不出往日少女的風姿；演唱時再怎麼賣力，也唱不出三十年代「蕩婦心」，「血染海棠紅」時的水準。李麗華作了祖母，還有勇氣演少婦少女，向觀衆飛眼（她演戲一向如此），居然有人捧她是「常青樹」，眞是異數！

歲月對女人這樣的冷酷無情，像一把利刃時時刻刻在她們的臉上戳刻年輪，在凌遲她們的心。她們怎能不惶恐，不千方百計來對付它，積極的行動是割皺紋、拉頭皮、節食減肥、塗脂粉；消極的精神抵抗是自欺欺人，栓住年齡。老舍在其小說〈面子問題〉中，塑造了個「堅守青春」的典型人物——交際花，她十八了三年，十九了四年，二十了五年。筆者一位芳鄰，十年前搬近村子來，一口氣過了五個三十九歲生日，後來她的兒女結婚出嫁，才委委屈屈度過四十大關。目前爲假護照被日本驅逐出境的某歌星，一九六七年她已十六歲，以玉女的姿態，一曲「關達拉美娜」，在歌壇初露鋒芒，在日本演唱時，說她是二十四歲，也算駐「齡」有術了！

對年齡增長的感受，男人比較豁達多了，除了少數在談戀愛或找工作時，自己「減壽」；有些年輕人初入社會，怕人家說他嫩，上司說他「嘴上沒毛，做事不牢」，還偸偸給自己增加年齡，裝老氣呢。有些到了「不負載於道路」的年歲，頂多在理髮時，把「二毛」染成「一毛」，如此學少年而已。至於那些聽其自然頭頂銀絲的人，對老無畏無懼的精神，更令人可敬。

不過，人總是喜歡年輕的，哀樂中年以後，不分男女，有時人家說他年輕了幾歲，心裏總是飄飄然，頗爲受用。所以，「逢人減壽」這個交際口惠，人人會用，人人樂意接受。因其送者不費，受者欣然。

一九七九年作品

襪套

近來看到一些小姐的腳踝腿肚之間，套一截線織品，有的套在襪子上，有的套在褲管外面，鬆垮垮的，打着層層縐褶；說它是襪子吧，沒有穿在腳上，說它是褲子吧，只那麼短短一截套在腳脖上。乍看，有幾分像從前軍人打的綁腿，結帶鬆了，滑溜下來擠在腳脖上，不知它叫什麼玩意？第一次聽到人家叫它「綁腳襪」，心想大概是美國人「發明」的吧，因它有幾分像美國軍人的綁腿。第二次聽某服裝設計小姐在電視節目上，評審迪斯克舞賽，評語某比賽者服裝時說，他的服裝樣式別緻，加上腿上的「襪套」，更加帥氣。這才知道它的名稱，不禁大悟，這玩意大概是「迪斯克」帶進來的，流行起來，作了小姐們的裝飾品。

「襪套」這名字不知是洋人取的，國人翻譯過來，抑是國人給它取的。若是國人取的，大概是根據「袖套」聯想到的吧。提起「袖套」，有人會想到上班寫字的人，為保護袖管，套在袖管外面的「袖套」，這種袖套全為實用，沒有人當裝飾品戴着它在馬路上亮相。走筆至此，想起大陸中原一帶，冬天婦女小姐戴的保暖袖套，恐怕很多人不知道。大陸中原一帶婦女的衣袖寬大，冬天冷，不做事情，可以雙手揷進袖管取暖，作事時袖管灌風，為取暖計，她們用毛線或是棉線，編織成七八寸長，像毛衣的袖管，貼肉戴在小手臂上，上至肘拐，下到手腕。襖褂袖口露出一點兒袖套邊緣，看起來像裏面穿着毛衣，倒也別緻（三十年代還有人戴）。有些「登徒子」「荷花少」，有時也戴上它冒充穿了毛衣，在人多場所，故意翻起外面的袖管，露出半截「袖套」，張揚炫耀！

不管「襪套」的名字從何而起，倒是名副其實，它實實在在是半截襪子套在小腿上。若說它「美」，「帥」，筆者的俗眼看不出它美、帥在那裏，像一截煮熟的大腸頭，鬆脫脫綯巴巴，套在襪子外面，顯得多餘，反把腳踝與小腿之間的曲線蓋住，現出臃腫的樣子。套在褲管上，顯得累贅，走路死板板的，把褲腳與鞋子之間的「韻緻」破壞儘盡，那有美感可言？

可是，有人說「流行就是美」，這話不錯，尤其小姐們的衣着，花樣百出，變化莫測。以褲子說吧，不久前的小喇叭演變成大喇叭，褲裙；回到直管的老爺褲、淑女褲，再變到像抗戰時軍人穿的半截褲，上寬下窄的「馬褲」，燈籠褲、熱褲，少女們喜愛的牛仔褲，今年流行這樣，明年流行那樣，風行時，大家一窩蜂的盲從，穿的人當然說它美，不穿的人不敢說它不美，等到風氣過去，成了廢物，誰還說它美，現在還能看到幾位小姐穿着褲腳兩尺寬的喇叭褲，方頭麵包底的鞋子在馬路上招搖？

「襪套」剛起步，尚未形成大氣候，也許馬上會領起「風騷」，流行三兩年，這年頭，流行就是美，它正躍躍欲試，等着瞧吧！

一九八三年作品

鄉居雜記

臺中的天氣

沒有來臺中以前，常聽朋友們說，臺中的氣候好，頗有大陸的情調；四季變化，雖不像大陸那樣明顯，可是交了秋冬，早晚寒涼，中午暖和，氣溫的升降幅度大而緩慢；不像臺北那樣忽暖乍寒，捉摸不定；也不像屏東那樣暴熱窒悶，令人難耐。

在臺中鄉居兩年，覺得朋友們所言不虛，臺中的氣候溫和平穩，不乾不濕，而且空氣清爽，鮮少烟塵；也許是我居住的地方，附近沒有大烟囱冒煤烟的緣故，只要是晴天，蔚藍的天空就像從水裏沐浴過似的，總是那麼清亮遼闊，仰首眺望，令人心胸開曠，有振臂欲飛的感受。

來臺二十多年，基隆、臺北、高屏我都住過。基隆的天氣像棄婦，常是那麼愁眉苦臉，哭哭啼啼；臺北像個神經質的小姐，忽冷忽熱，時怒時喜，變幻莫測；高屏像熱情奔放的少婦，火辣辣的，不宜多親近；惟有臺中，有如小家碧玉，嫻靜明秀，平易近人。

泥土的聯想

這裏的泥土是灰色的，據說灰色泥土很肥沃，我常在田野阡陌間散步，發現田裏的稻子結出的穗，肥大飽滿。果園裏的荔枝，春末夏初，綠蔭如蓋，果實纍纍，成熟期間，一團團火紅的果實，壓得樹枝幾乎垂到地上，眞是令人看了，垂涎三尺。這裏的鄉民說，他們頭家厝產的烏葉荔枝，全省獨一無二，是臺中的特產；每當收成時，村前公路兩旁，三步一攤，五步一棚，擺着大簍小簍的烏葉荔枝，賣給過路的旅客。烏葉荔枝，沒有酸味，肉嫩核小，鄉人誇說是此地的特產，名符其實。

灰色的泥土，使我想起故鄉（鄂北）的田園，不是「一切都是故鄉的好」的偏見，客觀的說來，臺灣的土壤，實在比我的故鄉要遜色，因爲臺灣地壳薄，土質鬆——挖個坑，再把挖出的土塡入坑內，不能復原，故鄉的土壤則相反。再則，這裏的土壤要使用大量的肥料，才能生長良好的農產品。故鄉的土壤，隨便施點肥——霉爛的垃圾，或是水肥，上點蔴餅粉，便算是最好的肥料了。有些好田地，下種時上一次肥料，就可等待收成了。這裏則不然，從下種到收成，要下好幾次肥。

姚雪垠在他的「揷牛車麥稭」中說：「這是一踹一腳油的地」。兒時常聽外祖母誇說她家的地好：「這些地像豆腐干，多油多棉！」由這些形容詞，可見故鄉的泥土多麼好！

晶瑩的小溪

村子附近有好幾條小溪，小溪裏的水灌溉田園，有幾條，在放水時有水，不放水時便乾涸，有兩條則是常年流水聲潺潺，兩旁竹樹連綿，溪水清澈見底，游魚可數，日落時，我常帶着小兒女在溪邊散步，聽歸巢的鳥兒鳴叫，看天空的彩霞飄舞，蒼茫的遠山，翠綠的田野，沐浴在金色的夕陽裏，像敷了層淡淡的油彩，顯得非常的柔和、優美，這時大自然的美景，像一首詩，一支輕音樂，令人輕鬆愉快。

一天，四歲的老三看到溪水裏倒映的雲彩，逆流飄飛，風馳電掣，高興的大叫：「爸爸，爸爸，小河裏也有一個天喲，也有雲彩，我們跳下去捉雲彩！」

他的幼稚的想法，令我好笑，旋卽一想，在他的幼小的智慧裏，這也是個新奇的發現啊，我對他解說了半天，他仍然不明白倒映的道理。

芝蔴與玉米

夏天，我在附近幾塊田裏看到芝蔴，枝榦像貧血的孩子，那樣瘦小，收成時，也不過三四尺高，枝椏上結的角子是那麼稀疏不飽滿，我看後，不免爲農人的辛苦耕耘叫屈。是種子不好呢？

還是氣候不適宜？抑是田裏的土壤不夠肥，芝蔴居然生長的這樣弱小？

芝蔴是我故鄉主要農產品之一，需要播種在上等的肥田裏，俗語有句俏皮話：「好地種芝蔴。」好地種芝蔴，當然生長的十分肥壯，枝榦有一人多高，巴掌大的葉子，摸在手裏，肉耐耐的，油膩膩的，收割時，農人把葉子打下來，滾水漂過曬乾，當菜料用，因其有油質，煮麵條吃，非常滑溜，所以貧苦的農民，多大量儲存起來，以備次年度荒春。

故鄉大量產芝蔴，蔴油非常便宜，一斤豬肉的錢可買二三斤蔴油，在臺灣則相反；榨過油的蔴餅，碾粉是上等肥料，遇到荒年，還可以當糧食充饑。芝蔴稭是很好的燃料，易燃而火力強，我想，在農作物中，芝蔴是沒有一點兒糟蹋的，長出土面的東西，都有用。

秋天，我在這裏也看到了玉米，和芝蔴一樣，這裏的玉米也不起眼。榦子人把高，穗子一尺來長，和故鄉的比起來，小多了。玉米也是故鄉的主要農產品，榦子有丈把高，穗子近兩尺長，像棒錘一般。

這裏的玉米，大部份未長老就摘下來，小販煮熟賣給人們作點心吃。成熟的老玉米，多是作飼料，或是爆成玉米花賣給兒童吃。在我的故鄉，玉米的吃法可多了，磨成細麵作饟，粗粉煮粥，碾成米作飯，還可以釀成燒酒，成色和高粱不分軒輊。

肥大的烟草

臺中產烟葉，用科學的方法栽培，加上烟酒公賣局的指導，烟草生長的非常快速，我們村子附近的農田，秋天大部分種烟草，一出門就可看到，若你稍不留意，感覺它就長高了幾寸。由此可見其成長之速。

故鄉的農民，秋季差不多每家都要種些烟草，焙乾後作旱烟吸。只有極少數農人種了賣給烟舖裏作水烟絲。回憶孩提時代，故鄉吸香烟的人不多，那是屬於知識階級，講究排場的人家，及交際場所的人吸的。普通人家都是吸水烟，據說吸水烟，經過水濾，火氣小，勁力平和，上等的金絲烟，比普通香烟好。可是水烟袋攜帶不方便，只適宜家庭裏用。像趕廟會，野臺子戲場裏，則有「裝水烟」的行業者，把可以伸縮，像魚竿天線似的烟袋嘴，拉出數尺長，送到客人的嘴裏，吸上三五鍋，用手揩一下，再送入另一客人嘴裏，既不雅觀，也不衞生，所以水烟袋遭了時代的淘汰，現在在臺灣幾乎絕跡了！

可愛的早晨

鄉村的早晨清新可愛，當東方的朝霞呈現玫瑰色，大地慢慢張開清亮的眸子，展開甜甜的笑臉，這是一天中最美麗最可愛的一刻。這時，你在田埂上走走，看朝霞的紅彩，映在晶瑩的露珠上，聽小鳥在竹梢樹枝上跳躍歌唱，遠山蒼黛，天青似水，田裏的烟草，像經過訓練的軍隊，整齊的排列着，昂首挺胸，精神抖擻，令你看了，有種奮發圖強，朝氣蓬勃的感受。

我常在五點多鐘起床，在阡陌間跑步運動，迎接這一天最美的一刻。當朝霞染紅東方，金紅色的太陽爬上山巔，我的早課完畢，散步回家，感到遍身輕鬆爽快，精神振作，心胸開闊，好像年輕了二十歲，在這可愛的早晨裏，我欣賞了大自然的美景，也鍛鍊了身體，眞是一舉兩得。

一九七〇年作品

鄉野的春天

寶島的春天來得早，不像大陸江北，經過春風解凍，百草發芽，桃李爭豔，春天才慢慢降臨大地，在臺灣則不然，未過舊年，春天已經來了，過了元宵，農人便開始忙着春耕，屬於冬季的菜類、烟葉等農作物，快速的從田疇裏撤退了，留下的殘枝敗葉，在犂尖的翻滾下，埋入泥土，去「化腐朽爲神奇」了，經過放水鈀土，滿目灰土，又變成了汪汪水田。一塊塊鏡子似的「方塘」，遍佈田野，水天相映，烟雲飄飛，視野爲之開闊，天地好像大了許多。

農人們一番辛苦，秧苗挿入水田，片片新綠便在田野裏展開了。均勻鮮活，充滿了新生的情趣，令人看了，由心底泌出輕快的感受。春天的腳步，就在這嫩綠的稻秧上，翩翩的走到人間。

水田新秧，在臺灣一年可以看到兩次，不是新奇的景象，可是別離了一冬，看厭了昂藏的烟葉，肥胖的白菜，（在臺中鄉村）再見水田新綠，田野從老態龍鍾，一變而成青春少年；好像我們人類脫下重裘，換上單薄衣衫，當然另有一種舒鬆清新的意趣了。

臺中的氣候，冬天少雨，雖然水渠處處，水田不愁灌溉，可是新挿的秧苗，能有春雨滋潤，當然長得更好，同時空氣乾燥，塵土飛揚，也需要春雨洗滌調節，人們當然也渴望天降甘霖。「春雨貴似油」的俗諺，在臺灣也是用得上的。所幸今年春雨來得恰是時候，而且下得也很夠量，斷斷續續的下了十多天，數日不見，新秧長高了不少，田埂上的野草野花也在打苞發芽，畏冬的老樹，枝柯也露出了點點嫩黃，大地在春風的撫摸下，在雨露的滋潤下，開始欣欣向榮了，這就是大自然的神奇奧妙，一度春風，幾點雨露，萬物便有了無限生機，無窮的希望，眞是「雨足郊原草木柔」了。

× × ×

故鄉的春雨細如牛毛，密密痲痲，下得十分纒綿悱惻，如烟如霧，簷滴似有還無，令人感到慵慵懨懨。這裏的春雨是淸湯掛麵式的，晶簾一掛，通天接地，根根可數，不緊不慢，不濃不淡，下得非常優然自得，令人神淸氣暢。

× × ×

田野的春天，常看到的是路旁的野花，田園裏的菜花，前者是隨意點綴，稀稀落落的開在小路旁，田埂上，和如綿的野草爭取甘露春暉，葉小花瘦，顯得楚楚可憐，可是也很生氣盎然。後者以氣勢取勝，大塊大塊的田園，被金黃的花海淹沒，耀眼生輝，微風過處，花浪起伏，金波閃閃，蔚爲奇觀，可是只能遠看，不能近賞。

一天從檸檬園旁經過，看到園中的花樹，粉裝玉琢，好像故鄉的李園，朵朵的花兒，粉白淺紫，中吐黃蕊，頗有一種淡雅自然的情調，比起陽明山的櫻花杜鵑，別有一番風趣。

三角蘭（俗稱紫刺花）栽培成盆景，盤根錯節中，伸展出幾根嫩枝，開出朵朵小花，三片紫薇薇，紅豔豔的花瓣，中藏蛋黃心蕊，別具格調，可是在鄉野裏，被人用作圍籬、棚架，便不那樣錦緻了，然而，她卻得其「自由發展」的機會，長得十分豪邁，如八大山人的潑墨，氣勢非常雄壯，春天一到，她最早開放，一團團，一叢叢，形成紫波紅浪，好像天上落下一塊彩雲，灑落在枝葉上。眞是洋洋大觀，野趣橫生！

× × ×

田野的朝暾是優美的，春天田野的朝暾更優美，田野的早晨，天朗氣清，遠山空靈，大地新綠，沐在金色的晨陽裏，顯得無比的調諧鮮活。你站在田埂上，仰望靑天，俯視田野，心裏感到說不出的暢快。這時，你就是這大自然的主宰，眼前的美景是爲你而設置的，朝暾在你的胸腔裏點燃希望的燈，你覺得——幸福和滿足。這是生活在成日與塵烟爲伍的都市裏的人們，所享受不到的。

× × ×

處在亞熱帶的寶島，田野四季長靑，冬天沒有經過冰凍雪封，春天就看不到解凍的景色，雖然也看到些許嫩黃新綠，和大陸中原一帶比，就不夠氣魄了，更看不到桃李爭輝，柳絮飛揚，榆錢飄舞的風光。假若你住在都市裏，一不留神，還沒有看到春天的影子，夏天已經到了。只有住在鄉野裏的人，還可以看到些春天的氣象。

一九七〇年作品

山在虛無飄渺間

蔥綠烟田

上阿里山看日出，嚮往了多年，這次總算一了心願。

一九七九年十一月十二日下午一點左右，小火車從嘉義北門開出。小小的四節車廂，一廂十幾排座位，一排僅可坐三人，可說是「迷你」火車了。

初來臺灣，住九曲堂，到大樹鄉看朋友，坐過臺糖的小火車，比馳往阿里山的小火車大一些，在平地行馳，掛的車廂多，都是普通車，廂內只有靠廂壁兩長排木板坐椅，沒有現在的中興號設備好，綠絨海棉靠背椅，沒有茶水招待，也沒有隨車服務小姐。四十年代，不僅小火車如此簡陋，縱貫線上最高級的對號快車，也只是膠皮靠椅。時隔三十多年，交通工具之進步，阿里山鐵路的小火車可見一斑。

馳出市郊，「迷你」小列車，在田野裏搖搖擺擺緩緩前進，眺望窗外，一方方葱綠煙田，片片扇形的葉子，在陽光下微風中，有的昂首空中，有的輕輕的搖擺着，一排排像訓練精熟的學童做團體操，精神抖擻，神采飛揚，給這深秋的田野，平添無限生氣。

記憶裏，煙田對我是親切的。在故鄉的秋天，一望無垠的黃色煙田，如同春天無涯無際的翠綠麥浪，同是中原廣闊田野醉人的景色。現在，故鄉正是煙葉的收穫季，一匹匹寬闊金黃的葉子，倒吊在繩索上，離地三四尺，用木棍撐着，一行行排在田裏，谷場上風曬（現在煙寮裏烘焙）。風過處，前葉撞後葉，一排排起伏的波動着，由近而遠黃浪濤濤，蔚爲奇觀，同時，葉葉相擊，發出嘩嘩啦啦的聲響，此起彼落，或高或低，湊成一曲天然的音樂。

在臺灣，現在卻是煙葉茁壯期，兩尺來高翠綠的煙苗，一棵棵有如正在發育的健美少年，挺拔昂揚，生氣勃勃，硬把嘉南平原的深秋扭轉成春天。

秋山野景

過竹崎站，車子減速爬山。一窗秋景向後緩緩移動。山邊路旁的聖誕紅吐出嫩黃的花苞，衆星捧月似的，被艷紅碧綠的葉子托着，俯仰搖曳在微風中，婀娜多姿，給秋山帶來多少嫵媚。還有那不知名的紫紅植物，從根到枝葉，紫薇薇如瑪瑙紅玉雕成，明麗多彩，給鐵道兩旁的山腳綉一條花邊，也給秋山增加不少光彩。

果園裏的橘樹，壘壘的果實壓彎了枝頭。田裏的玉米，尺長的穗子吐出金亮的鬚。收割後的稻田，還沒有耕犂，稻梗參差的挿在泥土裏，農家門前曬着一攤攤菜乾。火車經過，谷場邊的狗追着汪汪吠叫，驚動了鷄鴨，張着翅膀四下逃奔。一副秋山田園圖，充滿了純樸無華的野趣。

看了這秋山野景，引起鄉思。故鄉秋天的山野，除了常綠樹木，這時還伸展着翠枝綠葉。大多草木已開始凋落。只有楓樹燒一樹紅葉，和籬邊的黃菊，給秋景塗幾筆色彩。那裏像四季如春的臺灣，時入深秋，仍是草木葱翠，生氣蓬勃。

八十多里的車程，要過五十多個山洞，阿里山鐵路隧道之多，令人驚異。車子爬山一會過一個山洞，景色在窗口變換。山谷在車左，過兩個山洞，換位到車右，山坡的方位亦隨着變換。經過樟腦寮，車子之字形盤旋上行。服務小姐特別介紹這一帶的換位風景，請旅客注意欣賞。樟腦寮的村舍，很快的被丢在山下，車子繞一山，村舍在左邊山腰，再繞一山，它又跑到右邊山腰，如此來回換位，慢慢下沉縮小，最後像一團積木，隱沒在谷底了。

山在虛無飄渺間

遊山玩水，不在所遊之地是否有名，奇景妙景，常是可遇而不可求，在個人的領會取捨。尤其當山中霧騰雲起時，景色的變化，瞬息萬千。這類「活景」，往往乍現忽隱。妙景當前，無心人如睹無物，讓它從眼前白白溜走。有心人能在景色變化時，攝取他喜歡的「鏡頭」，收藏在記憶裏，以後慢慢回味。

過奮起湖，羣山星羅棋佈，一團團灰濛濛的雲霧，從右側山腰慢慢升起流動。一團薄一團厚，有的淡有的濃，擠擠撞撞。一會聚攏來，一會散開去。刹那間，遠處兩個山峯被淹沒了。一轉眼，從雲團中冒出幾棵樹，一塊崖石。有些雲塊像一羣灰綿羊在山腰狂奔追逐。那邊一團團厚厚的雲霧，從山谷中浪潮一般湧了過來，和前面的雲，滙合在一起形成一片雲海，有的如淡掃，有的似潑墨，擁抱着羣山，一羣山峯好似一羣小島，在雲海裏載沉載浮。

車子鑽過兩個山洞，倏的豁然開朗，另一邊的羣山，沐在夕陽裏，像塗了層金黃油彩，沒有煙雲，樹木蒼翠，崖石矗立，清明亮麗，像在窗口掛一副水彩，擺一盆盆景，又是一番氣象。大地景物自然的變化，如是奧妙。前山後山，向陽背陽，雲開霧闔，茫茫山巔，蒼蒼竹樹，夕陽殘照，組合成不同美景。

鑽石閃光

這兩天有冷鋒過境，山上氣溫很低，過奮起湖時，就得加件毛衣。車到阿里山，天已很晚，在旅社吃了晚飯，和琴到車站前面的小街買了些山產。回到旅社就寢，準備次日早起看日出。

阿里山的雲海和日出的照片看過不少，明天的天氣好壞，實際景象如何，不敢預想。海上觀日出，碧波拋火球的奇景見過幾次。一九五〇年，從海南島來臺灣，船行四天四夜，晴空萬里，風平浪靜，看了幾次「海抛球」「海吞球」日出日落美景，令人難忘。四十六年夏天，在鵝鑾鼻山頂某單位休假，又看了幾次海上的日出。前次是在船上，這次在山上，人站的位置高低不同，所取的角度有別，霧氣的厚薄也有差異，所以日出的景色，一次有一次的美妙，一次有一次的特點，非筆墨所能形容。

次日五時二十分，服務生叫我們起床，乘車到觀日樓下面的廣場，這時東方還一片濛濛，尙未出現魚肚白。上到觀日樓後面平臺，石欄邊已站滿了人，欄外也站着幾個少年，手端相機，準備拍日出。

葡萄藍的天空掛着一牙殘月，閃爍着幾點寒星。羣山默默，宇宙靜寂。環顧四野，茫茫蒼蒼，雲封霧繞，寧靜無聲。但覺冷風拂面，侵人肌膚。黎明前的一刻，顯得特別寒冷。

一會，東方初吐白色，天色漸漸清亮。靑灰的天幕上，一層濃濃烏雲在慢慢移動。靑色的天光刹時變成珠灰。我們一邊找地方站定，一邊擔心天色陰暗，看不到日出。

一位拿着喊話筒的先生來到平臺，向遊客報告日出的方向，夏天偏東，在平臺的左方，秋天偏南，在平臺的右方。二十分鐘後，對面的烏雲沉下山去，太陽就從玉山頂上跳了出來。

我們選了個地方靠石欄站定，天慢慢淸亮，對面那抹雲繼續下沉，玉山慢慢從烏雲後面探出頭來。一線曙光從山後閃亮出來，把山邊的雲彩染成了琥珀色。有人叫着太陽從那裏出來了，我看着腕錶，還沒有到時候。

玉山頂上的天色由珠灰亮成蛋青，由蛋青亮成玉白，瞬間，整個宇宙醒了過來。看日出的人羣都屏住了氣，眼睛靜靜的瞄着玉山頂那方晶亮的天光。

倏的，玉崩石裂，一點晶光從玉山頂下躍了出來，銀光閃閃，連連往上跳升，越跳越大越閃亮，刹那間，光華萬縷，晶瑩剔透的一顆圓圓的大鑽石閃耀在玉山頂上。銀藍色的光芒噴泉似的射了出來，給羣山雲樹鍍上一層金紅的光彩。瑰麗絢爛，鮮艷奪目，宇宙在朝日光芒的照耀下，誕生了新的一天。

傲視塵寰一老翁

早餐後，遊覽山上風景，過姊妹潭，見妹潭小小池水幾已乾涸，周圍無一點綴，姊潭水深，有一木橋通潭中央，覃般並立兩草亭，有一些古意。在這高高的山上，能有潭水橋亭，十分難得，遊客紛紛在潭邊橋旁拍照留念。

我留意的是山區森林，紅檜杉樹，一株株挺拔矗立，像一羣樹的隊伍。在山頂遠望下去，翠蓋連綿如雲，一陣風來，碧波起伏，綠浪滾滾，此起彼落，前推後擁，濤聲呼嘯，別緻的景象令人看了，想引吭高歌。

過一小吊橋，順小溪走下山坡，沿鐵道散步，乍擡頭，赫然一巨木，挺胸昂首立在山邊，神采奕奕，儼然若皤皤一老翁。它豪邁的屹立在那裏，仰望雲天，風骨凜然，顯得非常高大傲岸。

我仰望着它那豪放灑脫的風采，從心底升起無限的敬慕。

三千多年的歲月，風吹日曬，雨打霜侵，才磨練出它這樣超脫颾怡的境界，才能如此傲視塵寰。

參觀了博物館，在博愛亭旁又見一巨木，神氣也很颾灑，風骨也很脫俗，在羣木之中，也算蒼蒼一老者，也能令人望之肅然起敬。比剛才的巨木卻年輕了一千年，顯得強壯精神多了。

歲月是最能考驗萬物的了，在它的磨練提撕下，越經得起考驗的，越顯得堅韌剛強。三千年的巨木比二千年的巨木，氣概格外豪邁，風采格外灑脫。就是因爲它有更高的超然境界。

一九七九年作品

朋　友

人際之間，最普通的關係是朋友，最深厚的關係也是朋友；最單純的關係是朋友，最複雜的關係還是朋友。

兩個陌生人認識以後，頭回生，二回熟，見面點頭打招呼，可以說是朋友了。可是兩人間沒有感情，生死禍福互不關心，關係十分普通，這就是所謂的點頭之交。

兩人意氣相投，患難與共，禍福同享，感情之深厚，遠超過手足，必要時，甚至能爲對方犧牲身家性命。古人說：「刎頸之交」，指的就是這種朋友。

另有一種朋友，平時少往來，可是各人心裏都有彼此的影子，一旦對方有了急難，必捨生忘死去救助他，這種友誼非常單純，只有道義二字，也就是淡淡如水的君子之交。

另外，彼此未見過面，因文字結緣，而經常魚雁往返；或探討人生哲理，或研究讀書心得；交換意見，溝通思想，兩人的精神像電波一樣互相連繫，這種朋友謂之「神交」，也是非常單純的。

再有一種人，經常三五成羣，吃喝玩樂，相好時如膠似漆；一旦反目，便拳頭相向，甚至白刄相見，這就是市井之流的酒肉朋友。

還有一種朋友，稱兄道弟，親熱之至，可是，當你得意時，他口裏奉承，心裏嫉妒；你失意時，他當面安慰，卻背後譏笑。有時爲了爭名奪利，他明裏是你的朋友，暗裏卻是敵人，調三斡四，甚至還會害了你的性命，這種朋友，社會上太多，十分複雜。

以上列舉的幾種朋友，僅是朋友類型的抽樣，人際之間，形形色色關係複雜。在我們人生旅途上，不知要遇到多少朋友。如你運氣好，交到好朋友，對你的人生事業必有很大的影響，管仲若不是有了鮑叔牙這個瞭解他的朋友，他如何能一展長才，扶助齊桓公九合諸侯，一匡天下，得爲仲父之尊？若你不幸交了壞朋友，對你的人生事業也有極大的影響，莫懷古交了個小人湯勤，害得他家破人亡，妻離子散。呂祿被好友酈寄出賣，滿門被誅。若干年前，臺銀一位職員張蒼年，只爲二十萬元被總角之交的老友汪震謀殺，這條新聞曾轟動一時。

孔子說：「益友三，損友三」；友直、友諒、友多聞，是益友。便辟、善柔、便佞，是損友。結交朋友，要小心謹愼，不可意氣用事，不要被情感矇蔽，應多用理智去觀察，如此，是非善惡，自然難逃慧眼。

雖然朋友形色複雜，善惡多變，可是在人生旅途上，卻不能沒有朋友，也不能不交朋友。俗語說「在家靠父母，出門靠朋友」，有位作家還說「友誼是人生的陽光」，短短幾句話，充分說明了朋友在人生歷程中的重要性。尤其當此工商業高度發達的社會裏，更需要朋友的協助。

朋友之間要遵守一個義字，這個義字包含忠義、誠義、信義、仁義四種意義。能遵守這個義字的人，才是好朋友。從前教育不普及，奔走江湖的人物少受教育，但是，他們就憑這個「義」字，走遍三山五嶽，五湖四海。他們一言九鼎，絕不輕諾寡信，他們自立規條，且信守不渝。別小看他們這些草莽人物，我國的許多傳統精神、道德規範，還是靠他們流傳下來的。

朋友之間，貴在能推心置腹，肝膽相照。東漢劉秀就是個典型人物，所以他深得人心，且憑藉這個助力，創出中興漢室的大業。司馬遷與任少卿，李陵與蘇武，都是推心置腹的典型朋友，讀他們的書信，一字一句都是肺腑之言，字裏行間表露的眞摯友誼，令人敬佩，也令人嚮往。三國演義裏的桃園弟兄，水滸傳裏的武松、林冲、李逵、魯智深等，這些小說裏的傳奇人物，都是肝膽相照的鐵錚錚漢子，他們的爽快直率，忠誠信義，給後世喜交朋友的人，立下了典範。

在這工商發達的社會裏，社會人心敏感善變，古道熱腸的人已不多，講信守義的人更少，人際之間，爲了追逐名利，不惜勾心鬪角，爾虞我詐，無所不用其極。朋友之間，更是今不如古，一切衡諸利害關係，今天可以互相利用，明天也許相互傾軋，道義二字，蕩然無存。欲求忠誠信義，推心置腹，至死不渝的朋友，實在是很難！

一九七九年作品

知己

「相識滿天下，知心能幾人！」

「人生得一知己，可死而無憾！」

古人用這些驚心動魄的字句，來形容知己朋友的珍貴難求，眞令人感動，亦不勝感慨。在我們人生歷程中，只要你下定決心，鍥而不捨地努力追求，任何功名富貴，均不難追求到手，惟有知己朋友，卻是可遇而不可求。難怪很多人要感嘆「知己難求」了。

國人向來好友，對交友之道尤其注重。孟子把朋友列入五倫之中，由此可見，朋友對人際關係的重要了。

朋友的類型很多，不管你是患難之交、點頭之交或刎頸之交，都必須遵守信義二字。儘管如此，也只能說是做到了朋友的本分而已，如要說達到「知己」的程度，那還差得遠哩！

嵇叔夜與山巨源信中說：「人之相知，貴相知其天性。」所謂天性就是個性，朋友之間能瞭解彼此的個性，且能容忍對方的短處，取納對方的長處，互不嫉才，互不計過，這才算是知己。對朋友能達到這種境界的，首推鮑叔牙。他與管仲二人經商，由於他知管仲家貧，常讓管仲多分點錢。及至共同謀事，管仲的計劃常行不通，他不怪他無能，反而認爲他時運未到。管仲三次出仕，三次被逐，他認爲管仲沒有發揮才能的機會，而絲毫沒有輕視之意。管仲領兵作戰，進後退先，別人譏笑管仲怯懦，他卻能體諒管仲家有老母，要留身奉養。甚至後來管仲助子糾攻擊小白，事敗被囚，他亦不見怪管仲，反將他舉薦給小白，終成九合諸侯，一匡天下的大業。所以管仲說：「生我者父母，知我者鮑叔。」這眞是肺腑之言，亦是知己的最好註釋。

司馬遷說：「士爲知己者用，女爲悅己者容。」朋友之間能做到不爲己、不貪、不妒，而爲知己所用，也著實不是件容易的事情。豫讓爲報智伯之恩，漆身呑炭改變形容，以圖刺襄子，事雖未成，但名留千古。諸葛亮爲報劉備三顧茅廬的知遇之恩，鞠躬盡瘁，死而後已。同時，士爲知己者用，並非奴才般的盲目效命，還要互切互磋，勸善規過才行。李世民與魏徵是君臣又是知友，魏徵敢剴切直諫，陳言二百餘事，而太宗均一一虛心採納，於是，乃有盛極一時的貞觀之治。

司馬遷在朝廷力排衆議，爲李陵鳴不平，幾乎被誅，後慘遭蠶刑生不如死；後漢書稱贊他「士爲知己者死」。左伯桃成全羊角哀赴楚，自己凍死荒山中。侯生年老不能隨信陵君去救趙，自刎送別，以明心志。荊軻刺秦王，在易水辭別燕太子丹，唱出了他的必死決心：「風蕭蕭兮易水寒，壯士一去兮不復還！」這些慷慨壯烈的絕唱，多令人感動，多令人敬慕。

綜合以上幾點，朋友之間，要互相知其心意，明其個性，識大義而不計小節，不但要能共貧賤且能共安樂，必要時甚至能有犧牲自己成全對方的決心，這樣有始有終，才算得是眞正的知己。

可是，我們要找到這樣的知己，古往今來，能有幾人!?

一九七九年作品

物質生活與精神境界

七十年代，我國進入開發中國家，工商業逐漸發達，經濟日見繁榮，進出口活絡；使得很多胼手胝足，奮力創業者，趁此時機，奠定了事業基礎；亦使不少投機取巧之徒，在這些年中，渾水摸魚，巧取豪奪，得到許多意外之財；當然，一般社會大衆也受惠不少，收入頻增，生活水準提高很多。

可是，世事往往利害互生，由於近年國民收入增多，物質生活提升，而精神生活不能跟進，道德規範鬆懈，產生浪費、奢侈、糜爛等副作用；隨着這些不良的副作用，搶刼、欺詐、姦殺等社會案件急劇增加，這可怕的現象，如肉腐蟲生，後果堪虞！

社會上的浪費、奢侈，早已亮起紅燈，有人裝潢一個客廳花費百數十萬元，買套沙發數十萬元；有人進口一輛轎車一兩百萬元，吃一桌酒席十多萬元；有人泡明星、歌星，一晚擲金百十萬元……等，已不是新聞！

但是，社會上這樣浪費、奢侈，若有格調、有水準、有風趣，看着順眼，浪費也值得，可歎的是，大多數暴發戶、土包子開花式的糜費，沒有一點水準、格調！花了大把鈔票購置的豪華家具，裝潢的房間，不但沒有使他們的生活境界提高，增加幾分雅趣，反而顯得更爲粗鄙、庸俗！比如說有些人的客廳吧，擺設着酒櫃（裏面的「樣品」酒瓶落滿灰塵）、咔咖橱裏堆滿小孩的玩具，圖畫故事書、電視機、錄影機、音響、收錄音機、電冰箱、鋼琴、沙發、茶几、靠背椅，以及「老人茶具」（包括小瓦斯爐及開水壺）。壁上掛壁毯，油印的西畫、國畫，乃至月曆上剪下來的中西女明星人像等等，把整個客廳「塞」得像雜貨店，如此裝潢擺設，有何情調？

這樣家庭裏的主婦，認爲凡進口貨價碼大的服飾化妝品，必定「高貴」，於是，她喜愛的，便買來穿戴，買來抹，穿戴的一身「珠光寶氣」，臉上塗抹成「舞臺妝」，比禮儀社紙紮的「玉女」的臉還艷麗。有這樣的主婦，當然有同類型搭配的男主人，他的服裝儀表，和太太「旗鼓相當」，形成「絕配」。

這樣暴發戶式的家庭，都市鄉鎮到處可見。這樣土包子開花式的人物，馬路上到處碰得到。同時，這類人物大都「私得心太多」、「公德心太少」，隨地拋棄菓皮紙屑、吐檳榔渣、製造髒亂，講話粗聲大氣、口沫橫飛，與他們的「高貴衣着」太不配合，太不調和！

省府主席李登輝，日前在國際同濟會年會上發表談話，指出國人近年生活水準提高，大部分人吃的好、穿的好，住的也很講究，但社會上仍充滿粗製濫造的觀念，生活品質仍然很粗，以致社會倫理、秩序沒有辦法建立，發生很多配合不好的問題，如垃圾、髒亂、攤販問題等，因此，今後如何更進一步提高教育、文化、科技水準，提升國人精神生活境界，應是我們共同努力的目標。

證諸李主席這段語重心長的話，足見筆者前面所言不是無的放矢，物質生活單獨提高，精神境界不能配合，沒有道德規範約束，不但生活品質差，更會產生許多社會問題。誠如李主席所說，惟有提高教育、文化、科技水準，提升精神生活境界，才能升高我們生活的品質，美化我們生活的境界。

一九八二年作品

甘長貧賤，不忘溝壑

「願長貧賤，擁破書，作村學究，陶然自得。」

「處處當存一在溝壑之心，自不至苟且名利之場。」

這是吳稚暉先生早年立志修身自勉之語。看似平淡，實含深意。好像不難作到，徹底實行，卻十分不易。

蓋生而爲人，誰不想富貴榮華，光宗耀祖，過幸福安樂生活。職是之故，社會上芸芸衆生，莫不汲汲追求富貴，戚戚憂心名利。爲求位高寵幸，貪財奪貨，明爭暗鬬，勾心鬬角，只求達到目的，不擇手段；有時甚至血流五步，傷及骨肉，亦所不惜！這種現象，在今日社會，隨時可聞可見。

吳先生生於憂患，出身寒微。祖父死，貸木作棺，以紙糊棺縫。六歲喪母，無以爲殮，父親借錢買棺，墊棺石灰不足，下面鋪層稻草。歸養外祖母，生活仍很困苦，往往斷炊。十八歲敎讀，衣衫襤褸，幾不能就館。外祖母質物購衣，始可赴任。先生早年貧寒如斯，若是常人，或汲汲求取功名，以圖發跡。或貪求財貨，以求富厚。而他不此之圖，卻輕財貨薄名利，願修養品德學問，淡泊一生，作一平凡人。以「願長貧賤，不忘溝壑」，作處人立志之基石，效法古聖先賢忠國愛民之宏願，爲人生之標的。先生可稱得上至人達人矣！

孟子說：「志士不忘在溝壑，勇士不忘喪其元。」志勇之士有此立足點，逢任何艱困利誘，不動搖轉移，才能成就偉大人格，創造不朽事業。吳先生不但常存不忘溝壑之心，還願甘長貧賤，他的志節之高尙，由此可見。所以，他在修養品德，自省方面，曾立下八條目：一、樂貧賤。二、務專精。三、嚴決斷。四、愼威儀。五、寡言語。六、養氣度。七、絕疑懼。八、祛私欲。此八條目，以「樂貧賤」始，以「祛私欲」終。他的自勵自省之功夫，由此可見一斑。

由於吳先生有此「願長貧賤，不忘溝壑」的立心存在，他獻身革命，輔佐 國父推翻滿清完成革命，建立民國。協助 故總統完成北伐抗戰之不朽革命事業。而不願居高位作大官。五院成立，公推先生爲監察院長，他不就。國府林主席逝世，中央請他繼任，他堅執不受。一生只作過中央民意代表，國民黨中央評議委員（都不是官職），如此操守，正是 國父所說「作大事不作大官」。非常人所能得及。

先生逝世前遺言不厚葬，骨灰裝匣，漂流海上。清白來，清白去，深受稱道。故總統褒揚他：「開國元良，多士師表。淹中西之學，究天人之理，秉浩然之氣，爲振奇之人……若論高風碩德，尤爲一代完人……。」如此崇高的稱頌，先生當之無愧。當代偉人中，吳先生的志行操守，高風亮節，我最敬仰。

一九八〇年作品

柔弱常存

傳說孔子早年周遊列國，宣傳他的政治主張，意欲一展抱負，爲天下百姓作一番大事業。奈何他的「政見」未被人採用，失望之餘，遂到周問禮於老子。老子不但教他禮，也教他一些處世爲人的哲學。

一天老子對他說：「君子得其時則駕，不得其時，則蓬累而行。良賈深藏若虛，君子盛德，容貌若愚，去子之驕氣與多慾，態色與淫念，是皆無益於子之身。」這番話頓使孔子心鏡大明，遂趁機向老子請教養生之道。

老子一聲不響地把嘴巴張開給孔子看，孔子一時爲之愕然。老子問他：「你看我口中現存何物？」他答道只看到一根舌頭。老子頷首微笑道：「齒堅先落，舌柔常存，柔弱勝剛強，乃至理矣！」孔子默默點頭，心領神會這「舌柔常存」的含意。

學禮畢，孔子返魯，臨別時老子對他說：「聰明深察，而近於死者，好議人者也；博辯廣大，危身者，發人之惡者也。爲人子者，毋以有己，爲人臣者，毋以有己！」這臨別贈言，使孔子連連稱謝。回到魯國，孔子對他的弟子們說：「鳥吾知其能飛，魚吾知其能游，獸吾知其能走。走者可以爲罔，游者可以爲綸，飛者可以爲繒，至於龍，吾不知其能乘風雲而上天，吾今日見老子，其猶龍耶？」

孔子甚少稱贊人，用這樣的話稱贊人，更屬少見。以龍喻老子修養有道，神而化之，非常人能與倫比，眞是十分恰當。孔子後來所以淡泊政治，而埋首著述，敎育弟子，多少可以說是受了老子的影響。

老子主張無爲，不爲天下先，柔弱常存的人生哲學。到了莊子時再加以引申，不但主張無爲，甚至還主張無用，在〈人間世〉一篇中，他說齊國有一株大櫟樹，粗有百圍，高約數十丈，其蔭足蔽數千牛，枝幹可造數千艘船，從觀者絡繹不絕。有個大木匠帶着徒弟從樹前經過，只匆匆看了一眼，卻一步也不停。他的徒弟仔細看了之後說：「自從我執斧跟隨師父以來，還沒見過這樣好的木材，師父爲何不停下來看看呢？」木匠答道：「算了吧，不要提了！你信不信？它是一棵沒有用的樹木！用它造船，船會沉；做器具容易碎裂，作門油液太多，當柱子用又會生蟲，就是用它製棺槨必定也會馬上腐爛，它是棵沒有一點用的樹木，所以才能這樣長壽啊！你想想看，它若是有用的好木材，不是早就被人砍伐了嗎？」

有天莊子在濮水之濱垂釣，楚王派兩位大夫來請他去作宰相。他手執釣竿頭也不回地對兩位大夫說：「聽說貴國有一對神龜已經死了三千年，楚王還用頭巾覆蓋在竹筒中，供奉在廟堂上。請敎二位，這對龜喜歡牠的骨頭尊貴，死了供奉在廟堂上呢？還是寧願拖着尾巴，逍遙地活在泥水中呢？」二位大夫說：「那對龜當然願意拖着尾巴活在泥水中。」莊子向他們笑笑道：「二位大夫請吧！我願作個拖尾巴的龜。」

老子主張人生無爲，以柔養性，虛靜以觀世變。莊子主張人生無用，歸順自然，保全眞我。兩位大哲人的人生觀都是以寧靜淡泊，不爭名利爲前題，以開闊的胸襟，超越的眼光去看世界。一心所希望的，只是自安自得而已。

可是，一般人生性愛名利喜爭鬬，並不歡迎他們這種「無爲、無用」的思想。幾千年來，研究他們學說的人很多，可是眞正了悟，而達到他們那種境界的，能有幾個呢!?

而更叫人爲之嘆息的是，老莊「以柔克剛」、「無用自保」的處世方法，卻被人斷章取義，用來作爲爭名奪利的手段！

據史記說：有次項羽與劉邦在宴會上同席，項羽對劉邦道：「天下戰亂多年，民不聊生，全是爲了我們兩人。我願和你挑戰比武，以決雌雄。」劉邦微笑答道：「我寧願鬬智，不願鬬力。」項羽武功蓋世，剛勇異常，卻缺乏智謀。後來垓下一戰，卒敗於鄉長出身柔弱的劉邦。探其因果，劉邦深得「以柔克剛」的三昧，未嘗不是打敗項羽，得到天下的主因。

而三國劉備，生逢黃巾作害，天下大亂之期，各地諸侯莫不風起自謀，分郡割地，圖謀天下，劉備本也想謀一方之地，可惜兵微將寡，難成大事。但他深得老子舌頭哲學眞髓，知道鋒芒畢露，容易遭嫉受挫，所以處處藏鋒，時時養晦，伺機而行。當他不得勢而依附曹操時，惟恐曹操洞悉他胸懷大志，而謀害他，於是故作「下流」，在居所後院種菜，親自澆灌，讓曹操以爲他是個「沒有出息」的人。

然而曹操是何等人物，劉備的「無用、養晦之計」如何能逃過他的「慧眼」。在小亭青梅煮酒論英雄時，劉備遍數天下英雄，曹操皆不心許，最後手指着劉備說道：「今天下英雄，惟使君與操耳！」常言道，一山不能藏二虎，英雄不能並存。劉備聞言，直驚得手中筷子落地，好在時當大雨欲來，雷聲大作，劉備遂藉懼雷掩飾，而釋除了曹操的疑慮。劉備這一「無用、柔弱」之計甚爲高明，他的心機謀略，就連曹操也鬬他不過。由此可見，他的三分天下，得來並非僥倖。

民初袁世凱稱帝，見蔡鍔很有才略，想籠絡他。蔡鍔內心極反對，並想推翻他，但身在北京，受袁爪牙監視，不得出京。於是故意沉迷酒色，成日與名妓小鳳仙廝混。袁世凱果入其彀，鬆懈了監視，使他趁機逃出北京，到雲南起義。袁世凱稱帝不滿百日，即被推翻。蔡鍔出京用的也是「無用」之計。

中國功夫，有很多地方也是採用以柔克剛的原理。大凡練武到家的，可以四兩撥千斤，化強力如流雲，以對方之力制對方攻勢，其中奧妙實不易想像。「太極拳」就是標準的以柔克剛的拳術，一招一式，表面看來十分柔弱，慢呑呑地沒有力道，甚至被譏爲「摸魚」。其實不然，它內中所潛藏的功力，極爲深厚，眞練到了火候，與人相搏，對方不能近其身，他卻能在不知不覺間，傷及對方筋骨而不損其髮膚。

現在去劉邦、劉備的時代已遠，去老莊的時代更遠。工業社會，時風趨新，重物質好虛榮，人心極力追求名利，很少再有人去學習老莊，以「無爲、無用」的態度處世，以柔弱常存的方法養生修性；反而是盡量自吹自捧，自我推銷，宣揚有爲，希冀有用，爭奪權勢，爲天下先。於是爾虞我詐，明爭暗鬥，無所不用其極，弄得整個社會烏煙瘴氣，難怪有人要嘆息：「人心不古」了。

所以，現在的人大多不能生活得自由自在，精神不能安適寧靜，操勞緊張，好像沉溺在水深火熱中，日煎夜熬，苦不堪言！

柔軟的舌頭，泥水中的曳尾龜，老莊逍遙自在的人生觀，今天，還有幾人能眞正體會得出其中的奧妙呢？

一九七八年作品

『血染沙場』

——琳兒參加大學聯考紀實

琳兒：數月來，從你收集參考資料，選校系、塡卡報名。你弟弟報考高中、師專。日夜加油作最後衝刺，到你們考試時的「短兵肉搏」，你「血染沙場」（二度鼻出血），打針急救後，抱病苦戰到底。及至最後幾天等待放榜，眞是密鑼緊鼓，戰況劇烈。我和你母親，你和你弟弟，一顆心如熱鍋上螞蟻，焦苦萬分！

幸得天顧，你們奮勇苦戰，總算能「過關斬將」，「奪得錦標歸」，你考取師大英語系，你弟弟上榜省一中、師專。全家人這才展開眉頭，鬆了口氣！

看榜後，全家十分歡喜，我在高與之餘，頗多感慨。你姐弟倆今天榜上有名，得來十分不易，經過十多年的努力不懈，砥礪奮鬪，（處今之世，人生如戰鬪，讀書考試更如戰鬪。）才有今日的小小「斬獲」。

父母培養兒女，學校教育學生，乃「樹木、樹人」的長年大計，要有美好的環境，肥沃的土壤，始能培植成才。是故，八九年前，我們村子裏國小學生轉學之風特盛。一則是期望兒女成龍成鳳的父母心，讓兒女升個好國中，往後好考高中、大學。再則是村國民學校教學方法拘泥呆板，仔細講解的時間少，命學生家庭作業，死抄課文的時間多，有時一篇課文抄寫十多遍。學生不能瞭解課文內容，光是照葫蘆畫瓢的抄寫，對學生有什麼好處？同時本鄉國中的師資很差。國中教育，是高等教育的根基，必須有優良的師資，才能奠定學生堅固的基礎。×國中師資不好，畢業的學生，考上省立高中的比例當然很低。而中市×國中，好班裏畢業的學生，考取省立高中的，往往有二三十名，「命中」之高，非一般國中可比。為了使兒女讀好的國中，將來容易升好的高中，遷個空戶口，還是轉學校，也是作父母的一番苦心。

我沒有望你姐弟成鳳成龍的心，只因我十七歲離鄉背井，漂泊三十多年，因為沒有戴過「方帽兒」，一直在社會上「打滾」！如今兩鬢頒白，還在「為三升米磕頭」，看人臉色。深知在今天以文憑取人的社會裏，若你沒有大學文憑，縱使你有眞才實學，也難希望找到一份好的工作。所以，每年在這酷暑炎夏，成千上萬拚命擠向大學之門的莘莘學子，在考場上的「肉搏撕殺」，慘不忍睹！為了使你和弟弟，在升高中、大學聯考的「戰場上」，有較強的「戰鬪力」，我也「效颦」，遷戶口，把你們遷入臺中市××國小。

你四年下學期開學時，辦好轉學手續，我送你到教室裏去。你生長在鄉下，膽子小，十分懼怕陌生環境，像隻失羣的小鳥，畏畏縮縮，狀極可憐。

開學之初，未辦營養午餐，我每天中午下班後，去接你出來到附近小店吃飯。有時我在教室外面等你下課，老師在改作業，同學們交頭接耳，竊竊私語，你一動不動的直直的坐在那裏看書。你本來瘦弱，這時顯得更弱小了。像一個「異鄉人」，悽悽涼涼孤孤單單，我看了十分心酸。下課後，同學們紛紛向外奔跑，你冷冷清清落在最後，看到我，才展開笑臉，向我跑來。

你分的課桌書斗下面掉了兩塊木板，不能放書本文具，下午放學我去接你時，先量好尺寸，鋸兩塊合板，次日我去把它釘好，當時教室裏還有一位同學，她好奇的看我幫你釘書桌，問你「他是你爸爸啊？」你的眸子突然放射出高興的光芒，向她點點頭。

怕你遲到，你母親每天清晨五時起床，給你弄早飯，讓你搭第一班公車到學校。冬天天亮得遲黑得早，你早出晚歸，兩頭摸黑，我和你媽媽很爲你擔心。直到你升入××國中，兩個弟弟也轉入××國小，你們早晨一起上學，我們才放下心。

我們配的眷舍很小，巴掌大兩個小房間，咳嗽一聲，全屋震動。晚上在鄰舍的電視（有時自己家裏）鬧聲中（時而突然冒出怪聲廣告嚇人一跳）你能鬧中取靜看書到深夜。也許你讀國中三年，早起晚睡，營養不佳，影響發育，國小時代，你是附近同年女孩中較高的一人，三年國中後，變成最矮小的了。

國中畢業，你僥倖考上省立臺中女中，高中的課程壓力重，升入二年級時，看到幾個同學「被當」留級，你心裏十分緊張，惟恐成績册上出現赤字。由於從家到校往返費時太多，沒有時間到補習班補習，我們也請不起家教，只有多買幾本參考書，讓你多開些夜車。

高二分組，是參加大學聯考的前奏，開始收集聯考參考資料，如同大會戰之前的收集情報。凡與聯考有關的各種資料，都要研判分析，預謀對策。進入高三上學期，「開始備戰」，校方提供「作戰資料」，舉行模擬考；我和你母親研究如何選校系，希望在你的實力範圍內，考上理想的校系。這雖是小事一件，卻也煞費周章，若顧慮不周，也許一分之差，造成終身遺憾！

三年級下學期，你要準備畢業考，總復習對付模擬考，準備塡卡報名，正在這「磨刀擦槍」、「奮力迎戰」之際，我生瘡住進醫院。背癰有時爲中年人致命之疾，我臥在病床上痛不欲生，心裏還時刻掛念着你和弟弟的學業，準備聯考的情形，一顆心披撕抓的如割如絞！很想你們到醫院來看我，擔心你們看了我的病況，影響你們讀書的心情，同時病房病床太擠，傳染病多，又怕你們受到傳染，極力忍着不叫你們到醫院裏來。

第一次植皮後（剜去茶杯蓋大一塊肉），脫離危險期，我的心情開朗許多，精神也好了些，週六星期日看了鄰床病人的子女到病室來探望，我十分想念你們，很想叫你母親帶你們到醫院裏來，幾次話到口邊，忍着嚥了下去。這時你準備塡卡表報名，你母親把志願卡拿到醫院來給我看，選校系頗得要領，我放了些心。

醫院裏時日，吃睡難磨，度日如年，尤其在漫漫長夜中，想念你們，輾轉病床，如受烤刑！時常朦朧欲睡，忽然驚醒。思前想後，心裏不安。

二次植皮，三週後，瘡口剛結疤，尚未痊癒，五月卅日提前出院。和你們分別五十多天，自你們出生十多年來，第一次分別這樣久，回家見到你們，心中的高興，如同再生。

聯考之前，分會分配學校教職員監考，徵求監考人員意見，我本來可以請求在本校文學院考區，可以順便同你母親照顧你，爲了避嫌，我請求到新民商職考區監試。你第一天考的不錯，惟國文科作文破題與結尾欠佳。第二天，考完第一節數學休息時，大概因爲那幾天太熱，你很緊張，考數學用腦過多，你突然流鼻血，你母親見狀十分緊張，買來冰塊爲你止住血。可是她缺乏經驗，沒有馬上去請考區醫護人員，給你打針服藥，及至考三民主義時，你作答數分鐘，鼻子又出血，頭昏，舉手向監試先生報告。馬上找人把你扶進考區辦公室急救，考區李主任看你人小體弱，本要送你去醫院，富有醫護經驗的黃燕子女士，念及你缺考一場，全軍盡墨，白白躭擱一年，她立即給你打針、擦藥、按摩、止血穩定後，你進場繼續作答。發現試卷卡片上滴有血跡，你又緊張起來，擔心影響閱卷給分。黃女士急忙用酒精揩去卡片上血跡，而申論卷上的血跡無法去掉。考區李主任，試務負責人趙殿榮先生，會同二位監視先生作下隨考記錄，註明卷卡染血，乃偶發事件，並安慰你安心作答。你抱病忍着頭昏，考完終場。

下午考完回家，聽你母親告訴我詳細經過，再三安慰你，考區主任、監試先生作下隨場記錄，聯招總會會根據記載，按你作答的成績給分的。可是，你和你母親總是放心不下，寢食不安，我只好上函聯招會，申述當時經過實情。

七月十日，大學聯招會來回信說：電子計算機作業組稱：「該生之卡片上發現輕微血跡，惟因紅色血跡不爲機器所辨認，致無影響。」二、查臺中考區所報之違規名册，亦無羅生記載。你和母親看過信後，才安下心。可是人工閱申論題時，還是爲卷上染有血跡，經過一番「研討」，最後認定不是故意染血（隨場記錄不是證明嗎？）照常給分。聽朋友說中央日報曾登此一消息，詳細情形，不得而知。

因爲受了鼻出血影響，三民主義你考的不太理想，恐怕失分太多，你一直鬱鬱不安。尤其到了放榜前幾天，我們十分緊張，如同囚徒等待最後的審判，幾夜不得安枕。你母親幾次告訴我，你考完三民主義，擔心染血不計分，中午休息時，你躺在我的辦公室裏，雙掌合在胸前，閉目祈禱，淚珠從眼角不住滾落。我聽後心如刀割。我兒，流鼻血對你的心靈打擊很大，你的精神受創太重了！

二十四日下午聽電臺新聞，聯招會於當日下午四時半寄出成績單。次日上午下班後到學校去領取，校方不許代領，幸好遇到老友鄒老師，說明我是你父親，他作保證，我才代你領到成績單，鄒老師看到你的總成績說：「很好嘛，有四百二十七點多分。」我馬上興奮的說：「大概可以取在師大英語系」。

我仔細看看你的各科成績，三民主義受了流鼻血的影響，僅得五十九分。而最難考的數學倒得了五十八點多分，英文也有七十二點多分。考乙組本是國、三、史、地四科抓分的；而你的國文、三民主義均不太理想，反而英文、數學得了高分，幫你取在第二志願。三民主義雖考得不理想，在你鼻子兩度出血，頭昏腦暈的狀況下，能堅持到底，有如此成績，也十分爲難你了！

古人十年寒窗苦讀，可以一舉成名，身穿紫袍，名揚天下。今天的學識領域浩瀚，十多年的在學磨礪不懈，幸能擠進大學之門，不過是另一學習階段的開始，還要繼續努力，才能希望將來學有所成，在社會能有一立足之地。雖然，在這「聯考大戰」中，不能一舉成名，光宗耀祖，而拚殺之激烈，戰況之緊張，古今中外少有！就以你來說，自轉學中市××國小，奮力備戰八年有半，在最後「大決戰」中，「血染沙場」、「負傷苦戰」、戰況之緊張，眞是驚心動魄！現在你僥倖考上師大英語系，這一仗總是打的太艱苦，太辛酸了！

我兒，不管你怎麼堅苦應戰，抱病終場，能榜上有名我們總得「飲水思源」，應向教導你的中小學老師們致謝；向與大文學院考區的李主任、趙殿榮先生、黃燕子女士，採取急救措施得當，使你能考完終場致謝；向大學聯招會閱卷組公正處理你的三民主義卷卡染血致謝。

一九八〇年作品

四十篇文章

琳兒，你讀高二，選擇社會組，準備大學聯招報考乙組。那時我曾告訴你，不管你報考那一組，國文的根基一定要打好。將來不論做什麼事情，用得着的地方很多，國文好，就有許多方便，尤其讀文史，國文的底子厚實，學習、研究，就比較容易領悟、發揮。我國古今許多文史名家，他們的國文（深一點說是國學）都很好。國文不好，不能撰文，不能言簡意賅的把你要說的話表達出來。

現在一般高中學生，國文都不太好，由於現行大學聯考利用電腦閱卷，國文科除了一篇作文是人工閱卷，可以自由發揮外，電腦閱卡片測驗題，單一選擇和多重選擇，「標準」答案，都是一個個的「死模子」，考生要「印對」這些「死模子」，非死記死背書才能答對標準答案，別無他途。所以現在的中學生學國文，爲了將來適應聯考「印對」「死模子」標準答案（歷史、地理、三民主義亦如此），把課文的重要成語、名句、辭彙、特殊單字，擇記下來熟讀死背，至於文章的題旨、結構、意境、風格、氣勢，如何破題，起承轉合，首尾相應，反正開闔，闡明義理等作文的手法，卻疏落在一邊，同時加上英、數、理、化、史、地……等學科的壓力，也無暇去欣賞文章的精髓，揣摩文章的脈絡，剖析文章的肌理。職是之故，有些學生讀了陳情表、祭十二郎文、祭妹文、與元微之書、正氣歌，體味不出作者當時的滿懷忠孝節義，仁慈友愛的情感；讀了師說、過秦論、縱囚論，覺察不出文中精微透徹的議論推理；讀了桃花源記、赤壁賦，領悟不了作者心中的題外之意；讀了岳陽樓記、琵琶行，欣賞不出描寫景物聲色的妙筆。這不是挖苦話，事實的確如此。

你就是囿於死背課文中的重要成語、辭彙、字義，沒有仔細分析揣摩過文章的組織，所以你的作文，散漫缺乏結構。寫記述文，零碎拚湊，平鋪直敍，讀之淡而無味；寫論說文，不知如何破題，反正推理，層層剖析，往往幾句話顛來倒去，糾纏不清，一再重複，結果議論不清，推理不明。因而，你在高中三年的國文成績平平，除了死記死背的成語、辭彙，特殊字義尚夠一般水準，作文總十分勉強。一則你不諳作文的組織結構，更不會引氣導勢，再則你少讀好文章，文思不敏，一篇文章草草幾句話就結束，不會舖陳渲染，面面顧到。讀後令人感到意猶未盡，缺乏些什麼，有如烹調，少油無鹽，味道淡澀。

今年，你僥倖考取師大英語系，更需要學好國文，以我的多年體認，一個中國人國文不好，很難學好英文。二十多年前，我在臺北補習英文，同班有幾位年輕女孩子十分用功，發音好，記的單字多，會話、聽寫，也很不錯，可是作文、翻譯，她們都無法提筆，中譯英，看不懂中文意思，如何能譯成英文。英譯中，雖看得懂英文意思，卻無法用中文表達出來，會話、英語對講，可以應付，對講後，翻成國語就沒有辦法。這就是中文的程度不能配合英文，也就是中文不好，學不好英文的明證。試看當代幾位英文好的學人，如胡適、林語堂、英千里（以上三人已故）、梁實秋、姚一葦、夏志清等，他們的中文都很好，所以英文造詣高。總之，中英文「能相得益彰」，始可「左右逢源」運用自如。因此，中國人學英文，有如騎士御馬，中文是御馬術，英文是馬，術高馬馴，方可控制聽任指揮，若術低馬烈，則馬自由狂奔，騎士無可奈何。同樣的，中英文不相稱，發揮無力。這樣比擬雖不甚貼切，道理卻近似。

你聯考作文成績不理想，看了榜你心安定後，我給你講解兩篇古文，分析文章結構、氣勢、境界，作者爲文時的背景感情，以及如何破題、起承轉合、首尾呼應的筆法、選字造句等。使你對文章的組織，有個概念，並從昭明文選、古文觀止上選出四十篇文章，給你作課外讀物。這些文章包括精闢透徹的議論文，文情並茂的信札，寫景詠物的遊記，忠誠耿直的表章，仁義至情的祭文，言詞詼諧，意在言外的諫議，記事明快簡要的敍述文。有長達數千言，舖陳華麗的文賦，有簡短百數十字的小品，這些文章各有風格，都是經典之作。你一月讀一篇，細心探索它們的組織結構、字句辭藻、筆法氣勢、風格意境、陽剛陰柔，直爽委婉，各有特色，各有妙筆。四年中，把這些文章仔細讀完、消化，加上你在學校必修的四書，平日多瀏覽些報章雜誌的語體文章，四年以後，你的國文就會有很大的進步，打下相當的基礎。和你學習的英文能「並駕齊驅」，作一個中學教員，才不會誤人子弟。

給你選這四十篇文章時，我憶起兩件事，其一、四十多年前，我發蒙時，我們的故鄉還有許多私塾，鄖陽雖是湖北省行政第八區，專員公署所在地，設有省立第八高中、女高、師範、縣立初中、小學，教育文風也算鄂北首府。你祖父卻要我先上兩年私塾，讀幾年古書，然後插班縣立小學。當時他給我選的啓蒙書目是：三字經、百家姓、四書、孝經、詩經、禮記等，當時也是「死讀、死背」。讓一個七八歲的孩子讀四書五經，好像蝜蝂扛鼎，心智未逮。可是，只要能熟記其中名言，將來其他文章中讀到的機會很多，隨着年歲的增長，慢慢會瞭解領悟，受益匪淺。其二、我自三十三年春，投筆從軍，戎馬生涯，東奔西走，生活不安定，無暇（亦無心情）讀書，卅九年來臺後，利用公餘，重新整理四書，選讀古文，誦背默寫，分析翻譯（白話）數年之後，頗有收穫。後來學習塗鴉，補白報紙副刊，得力那幾年的自我教育，再讀四書、古文。

我特別提起這兩件往事，讓你知道讀書作學問，沒有取巧倖致，是點滴匯集，日久見功。有些事情，可以僥倖做到，窮人買馬票，一夜可成巨富，惟有求學問，不能一蹴即成，必須一磚一瓦，從墻根慢慢蓋起大樓來。「羅馬不是一天造成的。」切記這句名言，你要立定志向，讀好中文，學好英文，抱着一分耕耘，一分收穫的心，持之以恆的好好學習，自然有大好的遠景。

一九八〇年作品

中、西家庭觀

看了「凡夫俗子」，感到故事情節平淡乏味，家庭問題稀鬆平常，衝突的力量不夠，高潮的起伏薄弱。個人認爲是普通的小品，沒有什麼値得稱道的地方。

可是，爲什麼這樣一部進展滯沉，不受看的影片，居然嬴得今年奧斯卡最佳影片獎，在美國那樣轟動賣座呢？原因在於美式家庭的觀念，與我國大有出入。所以，在他們認爲嚴重的家庭問題，在我們中式家庭看來，不算一回事；在我們看成生死榮辱的家庭大事，他們看來，也許沒有什麼了不起。因此，同事們看過「凡夫俗子」的，十九非常後悔，說這部電影不好。

蓋美式家庭夫婦之間，注重情感、現實、表面的熱情（如下班回家，在大庭廣衆之下擁吻）；中式家庭，夫婦之間，重視理性、精神、內心的關懷；美式家庭看重個體，家庭成員個人主義色彩很濃；中式家庭注重羣體，互助合作的精神很強。因此，美式家庭，夫妻之間，兩心相悅，感情融洽，家庭便很安樂。若一旦夫妻之間，情意不合，感情失和，一方便可不顧後果，要求分手。同時由於他們看重個人自由，精神獨立，要求拆夥的一方，有理無理，是非與否，不顧他人的觀感，親友的指責。所以在「克拉瑪對克拉瑪」影片中，儘管作丈夫的泰德．克拉瑪忠於妻子，在外不拈花惹草，收入交太太支配，愛太太愛兒子，忙完公司工作，即回家與妻兒團聚；工作熱誠，努力上進，公司器重他，給他升級加薪；他又十分正直無私。這樣的男人，在中式家庭中，可說是「標準丈夫」。可是，在現代美式家庭中，克拉瑪太太這位新女性，卻認爲丈夫「在感情方面，冷落了她」，「在精神方面，不夠關注」，有辱她的女主人身份，傷了她的新女性自尊，不甘屈伏作「看家婆」，她要自由、自主、自食其力，發揮她的才能，下堂求去。爲了爭奪兒子撫養權，藉口丈夫不善於照顧孩子，而對簿公堂。打了場不大不小的官司。最後她勝訴了，兒子歸她撫養。可是，這位新女性，總還有理智，有人性；她瞭解丈夫十分勝任照顧兒子，而且父子相依爲命，感情極好，兒子不願離開父親，若隨她而去，不見得比跟着父親更好。最後，她不再勉強了，放棄費了九牛二虎之力爭得的兒子撫養權，獨自一人走了。

這個「婚變故事」，在中式家庭中很難發生。蓋中式家庭重視理性、羣體，家庭成員受到倫理綱常的約束，傳統道德的規範，講究仁愛慈孝，團結合作。像克拉瑪先生的操守作爲，人格品德，在中式家庭中，算得標準丈夫，不但受妻子兒女的尊敬，也受社會的重視。作妻子的有這樣好丈夫，會感到滿足的。萬一也有克拉瑪這種太太出現，要下堂求去。她事先也許會有一番考慮：這樣作，親友會不會議論她？社會對她有什麼看法？因爲丈夫沒有錯。至於精神的關注，感情的冷落、厚薄有什麼標準？再說到兒子，值得爲了這個理由，割離自己的骨肉嗎？這還算得是個母親嗎？如此說，也許有人說我思想陳腐，頭腦落伍，跟不上時代潮流。

可是，請試想，克拉瑪家庭，在沒有破裂之前，三人生活在一起好呢？還是破裂後，分開的生活好呢？很顯然，設若克拉瑪太太，不一味崇尚「新女性」，追求「女權自主」，能體諒一些丈夫的志趣，關心一些丈夫的事業前途，忍讓遷就一時，待丈夫的事業有了發展，穩固之後，工作減輕，多出空暇，自然會改善家庭生活，多分出些時間和精神給太太的。像克拉瑪那樣的丈夫，作得到的。然而不然，克拉瑪太太強硬求去的結果，丈夫一度失業，爲了照顧兒子，生活失去平衡；應付打官司，弄得焦頭爛額，精神、事業受到的創傷，該有多大？而克拉瑪太太又得了什麼？她的心靈精神受到創傷，會比丈夫少？

然而，中式家庭，成員之間，重視理性，受到倫常的約束，禮教的規範，注重羣體的利益。他們的思想行爲，或多或少受到這些規範約束，這些約束是鞏固家庭團結的一大力量。因此，有時或夫婦之間鬧意氣，或父子、母女之間失和，感情有了裂痕，傳統的禮教規範，倫理道德的力量，會把這裂痕慢慢修補起來。縱使夫婦之間的裂痕擴大到要「分手」的邊緣，雙方顧慮到親友的指責，社會的輿論，也會忍讓相諒，設法修好。所以，有時夫妻失和，女主角回娘家聽聽父母的勸解；或是男主角出去看看朋友，散散心，聽聽朋友的意見；一場大風暴，會變化成「雲淡風輕」。中式家庭，夫婦雙方表現的「恕道」和「韌性」，他國沒有。決不會像「克拉瑪對克拉瑪」、「凡夫俗子」中的兩位女主角，那樣意氣用事，不顧後果，說走就走，這能解決問題嗎？

最後，談談「凡夫俗子」的結局，既然康雷的「心病」已好，從黑暗走向光明，他如困獸奔出樊籠，心情開朗，海闊天空，他「新生了」，睡前就吻母親道晚安，母子之間的鴻溝從此可以修合，作母親的應該有此雅量容度。男主人卡賓對妻子吐出胸中「積鬱」，挑破她的「病根」，彼此坦誠相見，該是自我檢討，修補缺失的時候。若是中式家庭，女主人會向丈夫「輸誠」，承認自己以往主見太深，太「愛自己」，今後可以把「愛自己」分割一些出來「愛他人」，消除成見，多採納丈夫孩子的意見，便可雨過天青，相安無事的了。

可是，這位個人主義太強，性格太傲，理想太高，成見太深的女主人，會抱着摔破的磁盤，對她母親連聲說「還可以修補」，而不知道被她撕破的家庭感情，「也可以縫合」。不顧面對現實，檢討改善竟意氣用事，連夜收拾細軟，不顧後果的走了！

這樣的「家庭事件」，在中式家庭中，太稀鬆平常了，不會像貝蒂那樣，演變得非要拆夥的境地！在美式家庭中，女主角才把這「家庭事件」，看得那樣嚴重，才那樣沒有「容量」，沒有「恕道」，任性的一走了之。

一九八一年作品

迎春接福

春爲歲首，一年之計在於春，只要我們好好迎春，掌握春，在這春風澹蕩的美好時光裡，周全計劃這一年的工作方針，生活藍圖，腳踏實地的力行，說不定眞能接到「福」。雖不能「日進斗金」；「萬事如意」也許可以冀期得到的。

在這春陽溫暖大地，春風撫摸大地，萬物復蘇，生機待發的春光裡，勤奮耕耘、播種、灌漑、施肥、剷除莠草、消滅蟲害。使栽培的幼苗順利生長茁壯，開花結實，不讓春光白白流走，就是迎到春，掌握到春。

俗云：「種瓜得瓜，種豆得豆」。「春生、夏長、秋收、冬藏」，春夏奮力耕作，秋天才有好收成。我們在春天流汗播種之際，期望的是將來看到纍纍的果實。待成熟季來臨，葉落實滿，金黃的稻粒山樣登上谷場的時候，我們不是在接「福」，看到了「黃金萬兩」、「金玉滿堂」了嗎？

「迎春接福」作如是解，有何不可？

我國以農立國，大地乃萬物之本，農事爲百業之母；農業如此，百業如此，握一掌百，春有好耕，秋有好收。如此着眼，迎春接福有了落實之點，不是吉祥冀許之詞。

又逢新年，發願全國上下，奮發圖強，努力春耕；堅定信心，迎接收成；「福」，自會降臨。

一九八一年作品

新舊兩個年

自民國成立以後，每隔四五年，元月的月頭月尾要過新、舊曆兩個年，盡管政府機關稱農曆新年爲春節，而民間還是認爲是過年。國人很歡喜過農曆新年，除夕團年守歲，拜神祭祖，探親訪友，遊山玩水，吃喝玩樂，都是過年的好節目。小孩們除了穿新衣好吃好玩，還有紅包拿，比大人更爲快樂。尤其今年陽、農曆新年都有三天的假期，學生們寒假來得遲，過了元宵才開學，心裏的高興就更不必說了。

民國成立，實施新曆法，廢除過陰曆年，無奈中國以農立國，數千年來百姓生活習作，悉以陰曆二十四節氣爲依據，突然更改，頗感不便，何況大陸地廣人稀，農民多文盲，不知陽曆爲何物，更不知怎樣以陰曆換算陽曆。當時新舊兩派知識份子爲推行陽曆，保持陰曆，據理力爭。前者說爲配合時代潮流，引進西方科學，與歐美國家通商邦交，應用陽曆；後者說陰曆爲我國所創，數千年傳統習俗，農民百工向賴之爲工作依據，應仍用之。各有見地，難分勝負，於是新派人用陽曆過陽曆年，舊派人用陰曆過陰曆年。當時有人以：「公說公有理婆說婆有理，你過你的年我過我的年」聯語諷之。

然而，推行陽曆是政府政令，為適應西曆，配合與西歐國家通商外交，勢在必行。勸導不從，政府乃飭令百姓過陽曆年，禁止過陰曆年。陽曆元旦，要民間貼春聯、掛國旗、穿新衣、舞龍獅。陰曆新年，警察要商店開門營業，不准張燈結綵，在街市上看到穿新衣拜年的人，污穢其衣服，元宵節不准玩燈舞獅。筆者故鄉偏僻，抗戰初期還在推行此一禁令，其時又值提倡節約，更不許過農曆年，許多鄉下人與興奮奮地進城拜年，碰到警察，新衣被塗汚，禮物被收去勞軍，急的欲哭無淚。

機關學校軍事單位皆使用陽曆，百姓要到公家機關辦事，非用陽曆計算時日不可，只得勉強把陰陽曆交換適應。陽曆新年，也「官樣文章」一番，掛國旗貼春聯，只是虛應其景，心裏一點沒有過年的情感。而民間的許多事情，如農民耕作播種，漁民出海捕魚，計算潮汐，商人開張，工廠開工，蓋房子破土上樑，搬家遷居，小孩出生命名，紅白喜事，燒香抽籤，掃墓修墳，探病問疾等，皆依陰曆選擇吉日良辰。一年數大節氣拜拜，過年的方式規矩，雖然省略了不少繁文縟節，大體禮數還是依照傳統。

數千年的傳統習俗，代代相傳，不易更改。同時，民間過農曆新年，許多禮節習俗，正可表現我國傳統文化和淳厚民風，只要去除不正當娛樂，不過份迷信，無形中還有股力量導引民心向善。有鑑於此，政府也就俯順民情，雖明稱過農曆年爲春節，事實上民間還是叫過年，非但不禁止，軍公教人員還放假，加發獎金，交通單位加班輸送在外工作的人員回家團年，以享天倫，眞是官民同樂，皆大歡喜！

一九八〇年作品

年節談吃

中國人喜愛吃，講究烹調，聞名世界；烹調的方法之多，吃的種類之廣，筆不勝書。報紙雜誌生活欄中，幾乎天天可以看到有關吃的文章。

前年日人在香港大吃滿漢全席，宴開三天三夜，鳥舌象鼻，熊掌駝峯等山珍海味盡收席中，席間佈置宮殿式，餐具倣古金製，配以各色鮮果，伴以絲竹音樂，侍者着宮服，可說集吃之大成，耗資數十萬，成了世界一大新聞。不過，他們不懂吃的藝術，吃的情調，三天的滿漢全席，宴開數次，十來個人，那裏吃得下那麼多美味，那有時間去仔細品賞其中滋味，席間道具，時地不宜，未免過份奢侈誇張，顯得「暴發戶」氣！

提起吃的藝術和情調，只有我們中國人深知其中三味，烹調方面，蒸炒煎炸燉煮燒熏，講究手法火候，要恰到好處。選材配料，春夏秋冬，需按時變換，擇其當令。酸甜鹹辣，南北口味，各有專長，此中奧妙，若收集成册，可稱爲「吃經」。這些不說，單說吃的環境與時間，就大有文章。

王羲之與兄弟們在蘭亭集會，臨流暢飲，舉杯吟詩。李白和家人春夜於桃李園聚宴，桃李飄香，飲酒賞月，其情其景，眞是如詩如畫，令人嚮往。三十年代中原一帶，還流行踏青，清明前後，邀集親友，攜帶佳肴美酒，到墓地祭掃，郊遊宴飲，時值柳楊初綠，桃李爭艷，大人飲酒猜拳，孩童追逐歌唱，其中情趣，亦十分詩情畫意。九九重陽，天高氣爽，雲淡風輕，文人墨客，結伴登山，或吟詩唱和，或飲酒下棋，更有一種飄逸情懷。這都是中國式野餐，多麼有情調、有意境。

再以逢節過年來說，對吃食方面另有講究。端午節一般人吃粽子喝雄黃酒，有些地方還要吃蛋和熟大蒜頭。中秋節吃月餅鮮果，小年吃灶餅灶糖，過年吃年糕、餃子（北方人稱元寶，以取吉利），上元節吃元宵，清明吃春捲，多至吃湯圓，以上這些年節應景食品固不可少，主要還在鷄鴨魚肉，山珍海味。還有各地的土產，配合各地的風俗，各有吃法各有情味。

我國人在年節中喜歡吃，因爲吃的有來歷有名堂，才吃的有情趣。粽子月餅湯圓每天可吃，沒有在端午、中秋、上元、多至時吃的有意味。年糕餃子臘肉香腸也隨時可吃，而在過年時吃，心裏的感受就不一樣。其中道理無他，中國人喜愛吃，講究吃得其法，吃得其地，吃得其時，所以才吃的有情調，才吃的愉快。

一九七九年作品

從「滿漢全席」說起

高雄市新開張的金世界大飯店，在報紙上登廣告，除了宣傳中西美味，四大名廚，特別強調僅供外賓訂席的「滿漢全席」；席分三類：「金」、「玉」、「精華」；價有三種：一百萬、五十萬、二十萬元。

一百萬、五十萬、二十萬元的「滿漢全席」，在有錢人的眼裏，不算什麼。可是，在薪水階級的一般軍、公、敎人員，和推車小販的心目中，卻是個夢想的數目，也是他們一生血汗數十年辛勞的數目。因爲，一個大學敎授，在講臺上口乾舌焦的喊了數十年，退休金不超過一百萬；一個一生戎馬效命疆場的中級軍官，退休金也不超過五六十萬，一個推車小販，一輩子的辛苦勞碌，糊口之外，難積存個十萬八萬。而金世界大飯店的「滿漢全席」，動輒百數十萬，能不令這些人驚訝、艷羨？

「滿漢全席」的珍饈佳肴，當然不是日常所吃的鷄鴨魚肉，是些罕見的「珍禽異獸」，如龍肝、鳳髓、虎膽、豹胎、駝峯、象鼻、熊掌、猩脣、鴞炙、雀舌、以及活炙鵝掌、生吃猴腦等等。雖然像龍肝鳳髓（根本沒有龍鳳），虎膽豹胎眞品難求，而廚師們也會用盡心機找來代替品，席間的裝設佈置，想必是模倣古時宮庭格局，金銀餐具也要倣古製造；男女侍者，須着滿漢宮服；配以各色鮮美看果，伴以絲竹管絃；加上名酒美點；一切倣效從前宮庭歡宴款式，席開三天，宴設九道，極盡奢侈、殘忍（生吃猴腦、活炙鵝掌、雀舌一盤要殺好多鳥雀，能不殘忍？）之能事！

我國悠久的歷史文化，傳統的倫理道德，雖爲外人稱道；而我們的生活習俗，風土人情，很多外籍人士不太瞭解，在他們的腦海裏是十分神秘的。他們若到金世界大飯店欣賞了百萬元的「滿漢全席」，用了中國古時「倣製」的金銀餐具，見了滿漢宮服的男女侍者，看了形像逼眞的各色看果，聽了古調的絲竹管絃，也許對我國古時的宮庭的宴樂，有點兒「摸象」的瞭解；可是，吃了那些駝峯、象鼻、雀舌、熊掌、活吃猴腦、生炙鵝掌等稀罕珍饈，對我們的觀念，再回到「中國人與狗不能進入（外國公園）」的時代，情況便嚴重了！

因爲數十年前，我們的生活習俗，風土人情，很少對外宣傳。而外國一些來中國旅遊、採訪的傳教士、商人、文人、記者之流，回國後變成了「半瓶醋的中國通」，寫起遊記、小說，爲了吸引讀者，盡找我們弱點爲體材，說中國人愛吸鴉片，骯髒懶惰，沒有公德心，野蠻殘忍（如梟首示衆；吃蛇、貓、狗、鼠、猴腦），輕視女權（討小老婆，養丫嬛），迷信鬼神，搶刼姦淫，暴虐橫行等等，簡直把我們形容成世界上最可怕最可惡的民族（老舍的小說「二馬」，把英國人對中國人的惡劣印象，寫得十分詳盡）。尤其經過山東臨城孫美瑤搶刼火車，綁洋人肉票的事件轟動世界後，洋人對我們的印象更壞了！

現在洋人對我們的印象雖然轉好很多，但不瞭解我們民情風土的洋人還太多。他們吃了「滿漢全席」中的那些罕見的珍饈異味（筆者懷疑他們怎敢吃象鼻、猩脣、雀舌、生炙鵝掌、活猴腦），對我們的印象再改觀，認爲我們仍然是殘忍可怕的民族。金世界大飯店固然賺了錢，而我們社會大衆的損失可大了！

數年前，幾個日本人花數萬港幣，到香港某飯店吃了次「滿漢全席」，我們的輿論界大張筆伐，說日本人是暴發戶，如此奢靡張狂，並責某飯店不該如此招待東洋人。而我們今天居然也有大飯店推出百萬元的「滿漢全席」，不說那些珍禽異獸的材料從何處（有些大陸才有）來；試問，品嚐了金世界大飯店「滿漢全席」中的奇禽異獸，對我們國家社會有什麼意義？

再則，我們今天仍處在飄搖的風雨中，有些短視的異邦輕視我們。雖然在大有爲的政府領導下，我們莊敬自強，渡過重重難關，而且經濟突飛猛晉，社會繁榮安定。可是，政府惟恐我們苟且偸安，奢侈糜爛，一再提醒我們生活節儉，提倡梅花餐，重振抗戰精神。此時此地，金世界大飯店竟推出百萬元的「滿漢全席」，這是什麼心態，這適合時宜嗎？這是對我社會大衆的一大諷刺！

一九八三年作品

菜尾

農曆十一、十二月，本是結婚旺季，民間傳說明年孤鸞年，不利嫁娶，許多打算明年結婚的情侶，提前在今年年尾趕辦喜事。上週接連參加三個婚禮，當了次招待，喜宴完畢，招呼工作人員收拾香煙、酒瓶，看到總務先生指揮服務小姐把剩菜分門別類裝進塑膠桶，頗多感慨。

剩菜本省同胞叫菜尾，辦喜事在餐廳宴罷客，主人收菜尾回家分送鄰居親友，送者不以為不恭，受者不感到不敬，這是本省的風俗。若是在大陸，宴罷客收剩菜回家，首先餐廳裏的人就看不起你，認為你小氣，連吃不完的剩菜，還怕便宜了餐廳，更別說拿回去送人了。在餐廳裏吃不完的殘湯剩菜拿回去送人，是天大的笑話，人家認為這是侮辱。一般習俗，殘湯剩菜是打發乞丐的，或是賣給小飯攤去回鍋轉賣給苦力、工人。國劇「紅鸞喜」：花子頭兒金松辦完了女兒的婚事，請衆哥弟到後面去吃「雜和菜」，這「雜和菜」就是他為人家「辦完喜事」收回來的剩菜殘湯。

一九四五年多筆者在宜昌等船下漢口，一日清晨到碼頭上閒逛，看到一小吃攤生意很好，走去找個位子坐下，老闆送來一碗湯，用筷子翻動一看，碗裏有鷄骨魚刺肉皮菜渣，再看看周圍食客，都是碼頭工人，沒敢吃，付了錢走出攤篷，背後有人說：「明知是賣撡籮的，何必要進來吃」！這「撡籮」也就是剩菜了。

一九五〇年初到臺灣，對本省同胞吃菜尾，看不順眼，在未統一拜拜前，常被朋友邀去吃拜拜，有些主人用成桌酒席招待客人。有些主人大盤大碗燒幾樣菜，開流水席一般，招待一批批客人。前面的吃了，後面的接下去，菜不夠加兩碗，冷了燒熱了再吃。看主人用吃剩的菜待客，心裏很不自在，勉強入境隨俗跟着別人下筷子，總感到很彆扭。

二十年前一位同事同本省小姐結婚，男女雙方一起在飯店請酒，他岳母要他請人幫忙收菜尾，他堅拒不肯，認爲拿剩菜回去是件丟人的事情，鬧得很不愉快。他岳母爲此事耿耿於懷好多年。後來他知道這是本地風俗，悔之不已。

在我們生活中，許多事情要慢慢適應，日久自然成習，外省人在本省生活了二、三十年，對吃菜尾一事，早已習以爲常。現在在飯店宴客——也要叫服務小姐收菜尾，拿回家去送人。

吃菜尾不但是減少浪費，同時可以給生活帶來一些情趣。筆者一位本省同事，對吃菜尾頗有心得。他說菜尾是鷄鴨魚肉齊聚一鍋，五味雜陳，要越多味道越淳厚，回鍋的次數越多越香。三兩好友慢慢聊天，喝酒吃菜尾，邊吃邊添，其味無窮，是人生一大快事。

一九八一年作品

新春談賭

新年中，賭是最誘惑最刺激的節目。連坐五莊，錦上添花一付清一色雙龍抱柱，買進黑桃皇后，作成一付同花順，拿到一對猴子，骰子擲出六點大豹子大把的鈔票往面前摟，此時，心花怒放，如飲醇醪，多興奮、多刺激！縱使手氣不佳，連放幾個「辣子」，買順子成了「五花洞」，拿到了猴三配么六，骰子擲出么二點，大把的鈔票往人家手裏送，此時，臉熱耳燒，心如雷鼓，同樣興奮刺激得你不可言妙！

是賭必有輸贏，參與者都是想贏，沒有甘願輸的（除極少數的政治麻將）。不過，在年節中，賭博時若娛樂的成份多於贏錢的慾望，得失心小，便可賭得輕鬆愉快。一家老小聚集一堂，圍着大圓桌，或擲骰趕點子，或推十點半，呼盧喝雉，下注小而興趣大，鈔票滾來轉去，最後「肥水不落外人田」，裝進自家人口袋裏，賭的目的已達，卻沒有損失，興奮而愉快。

新年假期中，單身漢孤家寡人呆在宿舍裏太覺冷清，電影院沒有愛看的片子，遊山玩水，買車票太擠，看人家雙雙對對，卿卿我我，或一家大小嘻嘻笑笑，一人夾雜其中，感觸更多。邀幾個同類湊上一桌，一天一夜「圍城」下來，不管輸贏，卻把時間在酣戰中殺掉，再蒙頭睡一大覺，次日醒來，年已過去大半矣！

新年到元宵，是賭博郎中大發利市的黃金檔期，這期間有錢有閒的人多，不愁沒有「來人」上鈎，有些商人，年前賺了錢，去賭場找刺激，作幾天「財神爺」，心甘情願；有種商人，年前生意虧損，希望去賭場碰碰運氣，找點貼補，結果瀉肚吃巴豆，災情更慘重，只好怪運氣欠佳手風不順。

賭的種類很多，較文雅的搓麻將，玩紙牌；通俗的推牌九，擲骰子，六門攤，打車馬炮；婦女小孩玩撿紅點，十點半。（紅盒子寶，單雙寶，銅錢寶，番攤，搖升官圖等很少見到）。賭的方法不同，輸了，錢鈔裝進別人口袋則是一樣，心痛也是一樣，一個小孩輸了十元，並不比一個大財神輸了一百萬心痛的輕些。

賭如飲酒抽煙吸嗎啡，極易上癮。抽煙飲酒爲害不太大，很少使人傾家蕩產；賭與吸嗎啡，能使人傾家蕩產，萬刼不復！這些玩意，初沾染時都是好玩，慢慢上癮沉淪，終於不能自拔！很多賭徒是在新年中因好玩而陷進去的。

賭，不是件好事，新年中偶而玩玩，適可而止，不傷大雅。贏了當是僥倖，千萬別認爲是自己段數高；輸了可自慰消災，千萬不要海底撈月，否則，後果不堪設想！把賭當作賺錢的捷徑，更爲不可，那只是郎中的勾當！

一九七九年作品

賭，有毒！

賭可使人傾家蕩產，萬刼不復。或許有人不信，我身上有好多錢，輸光走路，自認倒楣，不去海底撈月，怎能傾家蕩產？這樣你不是眞沉溺於賭，中賭毒未深。嗜賭如吸嗎啡，一旦毒入心髓，你就不能自拔，至死而後已！

外國電影中，常有賭徒跳樓自殺的鏡頭。四十年代傳說臺北市鑽石地帶的西瓜大王賭輸五層樓；鷄蛋餅牛奶糖聞名全省，延平北路義美餅店的老闆把店連招牌輸掉，不就是傾家蕩產了嗎？前年報紙上登過這樣一則新聞，中部某富商六十大壽，請來妻舅、律師、新聞記者，寫下遺囑，把他的全部財產，將來遺留給在美國深造的義子（孤兒院認的），而不留給他親生獨子。因他的親生子嗜賭如命，常在家偸錢還賭債，有次偸開老父支票數十萬元，幾乎退票，損害老父商場聲譽。富商對記者說，我的財產留給義子，他學成歸國，可以作些有益於社會人羣的事；若留給我的親生子，不但害了他，對社會人羣更無益！這位獨子若再不猛省回頭，不就是萬刼不復了嗎？

一個人沉迷賭博，勞命傷財事小，爲害最大的是喪志敗行，一似鴉片鬼子。一個人犯了煙癮，如病膏肓，只要有煙給他吸，叫他幹任何勾當，他都肯幹。賭徒亦然，他缺賭本時，只要有錢給他，任何敗德喪行的壞事，他也敢做。童年常聽老人說賭徒賣掉房地妻兒，最後凍死土地廟的故事，疑心是誇張。其實比這更壞的還有，傾家蕩產，賣掉妻兒，只害他自己家庭，更有甚者，做出危害社會人羣的勾當，也不乏其人。

賭徒多是貪心人，贏了還想再贏，沒有滿足時。有人說過這樣的話，賭徒都想把全世界上的金錢裝進自已口袋。俗語：「久賭神仙輸」，贏了不知收心，必轉贏爲輸，輸了不死心，海底撈月，越撈越深，終於沉淪不能自拔！

逢賭必有假，郎中就是專賭假博贏錢，賭具上動手腳做記號，上下手按媒子，暗語默契，走馬換將等，處處佈陷阱設圈套，只要你賭，不愁你不入㲄。還有道行更高的，憑眞功夫靠手勁，隨心所慾控制賭具。更有眼睛秉異賦的賭徒，賭具過目兩次，要張可全記下，如此「神乎其技」，他暗你明，怎能是他對手？不想把錢奉獻給他，只有不賭。

賭，有毒！接觸不得，更沉迷不得，一旦入迷中毒，後果不堪設想。只要你不妄想贏人家的錢，別人賭術再高，奈何你不得！

一九七九年作品

推銷自己

工商業發達，貨品推銷是一專門學問，推銷方法是否高明，影響產品銷路甚巨。今天傳播公司如此之多，其理在此。高樓頂上的霓虹燈廣告，貼在街道壁上的廣告，隨處可看到。房屋、電器、家具、醫藥等印刷精美的廣告紙挨家送，幾乎天天有。報紙雜誌上的廣告之多，花樣之奇，無法計數。電視節目進行不到五分鐘，廣告片出來了，漂亮的影歌星模特兒，又唱又跳又笑，扭腰擺臀，飛媚眼伸玉腿，極盡「勾引」之能事，結果是廠商、電視公司、傳播公司賺錢，收視者大飽眼福。而最划算的是模特兒，既賺錢又推銷了自己。所以自沈香（模特兒）以後「美人出浴」廣告片特別多。

貨物靠廣告推銷，才有人知有人買。一個人想發揮自己的學識才能一樣也靠推銷，才有人賞識有人用；還要很高明的技巧適時適地配合運用，始能生效。你若眞有本事，推銷得法，也許一夜成名天下知。否則，你只是繡花枕頭、羊質虎皮，任你推銷術再高明，也賣不出高價！毛遂自薦，脫穎而出，平原君稱他：「三寸不爛之舌，強於百萬雄獅」，而名留千古。蘇秦第一次遊說各國，推銷失敗歸家，妻不下機，嫂不爲炊，父母不下堂。受此打擊，他再苦讀，懸樑刺股，學成後，再度推銷，得售六國，封相榮歸，家人出迎三十里，妻嫂匐地請罪，只爲季子多金。推銷自己成功與否，家人看待竟有如此差別，難怪現在的人爲了名利推銷自己不擇手段了！

由此可見，一個人有才能不會推銷不被人賞識，沒有發揮的機會，滿腹才能埋沒一生的多得很。所以，詩仙李白不得意時，也得向韓荆州自我推銷，信中還把自己大捧一番：「十五好劍術，徧干諸侯，三十成文章，歷抵卿相……若日允萬言，倚馬可待」。同時他深知推銷心理學，猛向對方臉上貼金：「君侯制作侔神明，德行動天地，軍參造化，學究天人」。誰戴上這樣高帽子，不心花怒放，不接納他呢？李白推銷自己，如此狂放灑脫，實令人驚奇，可是他眞有才華，否則何能成詩仙！文起八代之衰的韓愈，落魄時向宰相推銷自己，書中那樣哀哀上告的心聲，與李白狂放的胸懷對照，眞是相去天壤！自我推銷雖屬小道，也可看出當事人的器宇風骨。

年前政府舉辦中央增額民意代表選舉宣傳期間，乃候選人推銷自己的大好機會，海報傳單上的文字圖畫千奇百怪，自不待言，有些候選人在政見發表會上爲了譁衆取寵，大放狂言謬論，揮拳跺腳哭笑叫罵，極盡乖張之能事，一個個成了最佳演員。這那裏是在推銷自己，簡直是在拍賣自己，何止是拍賣自己，有的連祖宗八代妻子兒女一塊帶上！更有甚者，效倣特技派歌星，在發表臺上跌打摔滾，狂吼怪叫，與江湖郎中賣藥何異，格調之低，令人發嘔！這樣的拍賣自己，眞是走火入魔！

一九八〇年作品

嚮往大自然

今日工商社會，科學發達，都市生活伸展到鄉村，華屋大廈，到處可見，電氣化家庭設備，早已不是稀罕之物，工廠研究創新，製造各種產品，牧場飼養牛羊鷄鴨，接種孵卵，交配生產，農場種植果樹穀物，培植幼苗，耕耘收割等等工作，都是利用儀器機械操作；及至室內作業，公文檔案，研究計畫，資料統計等，亦進步到電腦處理。今日社會百行各業，用智慧腦力者多，眞正使用勞力的人，十分少見。

可是，人類的生活，並不因科學發達，文明進步，而能輕鬆悠閒，反而由於工商發達，生活水準提高，各行各業競爭激烈，時空距離縮小，日常生活顯得更爲忙碌；同時，由於人們天天困在都市中、工廠內、作業室、辦公廳，過着刻板的機械生活，眼看耳聞，離不開科學、電氣、機械，簡直被現代的生活窒息了，一旦遇到節日假期，都想跑出戶外，到山林鄉野去，呼吸點新鮮空氣，看看自然景色，藉以調劑身心。

這種工商社會生活的緊張繁忙，時空距離的縮小，給人們精神心靈的壓力，生活在地球上的人（尤其自由民主國家），都有同感。節日假期，投向大自然的嚮往，不只是人口膨脹的國家如此，工商發達的國家，都有此傾向。這種親近大自然的心願，美國一九八一年「玫瑰花車」遊行，表現的最爲突出。

數十輛花車，幾乎全是以悠然、舒適、愜意的大自然景物爲主題：飛禽走獸，蝴蝶蜜蜂，大熊小鹿，母子恐龍，大至「海中之王」的巨鯨，小至陸上的螞蟻，都收入花車中。及至「冬天的雪峯」、「春日的桃花」、「夏日的草原」、「秋天的光輝」、「彩虹瀑布」、「野餐烤肉」、「牧場風雲」、「星期天的公園」中的孩子嬉戲、古老戲院；「夏日生活很愜意」中的湖水蓮花、天鵝鷺鷥、小舟；「老松樹」下的釣魚童子；「舊時淘金者的生活」、「十八世紀愉快的夏日」、「文藝復興時期的公園」，這些自然的想像，生活的懷古，眞是美不勝收。其中花草鳥獸，風景人物，再再表現了他們對大自然的憧憬，對過去悠閒歲月的懷想。

世上許多事，利弊相生，悲歡互長，科學昌明，文明進步，工商繁榮，給人類的物質生活帶來許多方便享受，也給人類的精神心靈帶來許多傷害困擾。科學的觸角無遠弗屆，無微不至，原子塵的輻射，電波微波的圍繞，人造衞星的監視探測，工廠廢氣的污染，到處都蒙受它們的「照顧」，今天在地球上，想要找一塊沒有「科學文明」浸染的純自然土地，恐怕很難。至於國際間的軍事、外交、科學、工商業的競爭，爾虞我詐，人際之間，利害傾軋，你搶我奪，明爭暗鬪，今友明敵，變化無常；繁雜糜爛的物質生活，使人性墮落，人情澆薄，更是令人慨歎。職是之故，人心嚮往潔淨純眞的大自然，懷念舊時純樸安閒的生活人情，成了今天生活在都市人們的共同心願。

一九八一年作品

都市的落日

一天下午，騎車經過自由路，見一輪斗大的紅日，在馬路盡頭，櫛比參差的屋頂間，緩緩墜落。馬路上車輛奔馳，行人熙往攘來，瀰漫塵霧的天空，被夕陽熏染得昏昏黃黃，迷迷朦朦；看了那斗大的落日，像衰頹的醉翁，巔巔跛跛，搖搖擺擺的消失在馬路盡頭，不由從心底湧起落寞蒼涼之感！

在高山峻嶺，草原長河畔的大自然裏，夕陽餘暉是最好的美景，古人有「夕陽無限好，祇是近黃昏」的讚美詩句。可是，我們今天生活在工商發達的都市裏，到處是高樓大厦，一排排的電桿，如網的電線，煙囪廣告牌。馬路上車輛「豕突狼奔」塵土飛揚，喇叭聲此起彼落，震耳欲聾，行人匆匆忙忙、混雜、叫囂，像一架龐大的機器。看不到一點大自然的景色，嗅不到一點大自然的氣息！

經濟發展的需求，配合畜牧、農產品的加工運銷，現在的農村也都市化了，交通四通八達，舊厝改成高樓，使用機械播種收割，家庭電器化，男女老幼的衣着裝飾，與都市的人一樣，從前農村的風貌已不存在！

經濟繁榮，人們的生活水準提高，慾望增多，行業之間，競爭激烈，工作繁忙緊張，成天囿在工廠內、作業室、寫字間、辦公室，做着刻板的工作，過的是機械生活。天長日久，人們的情緒、精神，似乎也機械化了，比如周期性的煩惱苦悶、緊張不安，乃至輕鬆愉快，都好像在身體內安裝着控制器，無形中被操縱着。偶而在工作之暇，茶餘飯後，心靈深處突開「天眼」，嚮往點日常生活中見不到的事物，都市以外的大自然景色，不禁悵然若失！

因此，有時仰望那一層層一方方鐵窗鐵欄鳥籠似的公寓，思念四合院式的雕樑畫棟，寬敞的庭園，感到面前的天地，多麼狹小。幾個人擠在咖啡廳喝杯咖啡，付完帳馬上分手，想起「開軒面場圃，把酒話桑麻」，「我醉欲眠君且去」的情景，感傷都市人的生活，多麼忙碌，缺乏情調！

尤其看了那緩緩墜落在馬路盡頭昏昏的落日，嚮往那「大漠孤煙直，長河落日圓」「渡頭餘落日，墟裏上孤煙」的野趣：「大海拋火球，碧波吞巨珠」的壯觀；「荒城臨古渡，落日滿秋山」的夕陽殘照；以及「白日淪西河，素月起東山」的幽美黃昏，令人格外感到惆悵！

一九八三年作品

一包茶葉

農曆十月十五，三官大帝聖誕，賴君邀我吃拜拜。酒醉飯飽，賴老先生要我陪他喝老人茶。準備好茶具，從壺裏放茶時，他高興的對我說：「這是我的小孫子立功，去臺北旅行，在新竹買給我的，他說他們在新竹參觀城隍廟，看到有人賣茶葉，想起阿公喜歡喝老人茶，二十元買了一包送給我喝。」他把茶葉包送到我鼻前，「你聞聞看，是凍頂烏龍茶咧，我喝了兩次，很好。」名勝觀光地區，賣給遊覽客人二十元一包的茶葉，不會是好茶葉，爲了讓賴老先生愉快，我邊喝邊稱讚：「不錯，這茶葉很好！」

賴老先生有八九分酒意，小孫子的孝心給他帶來的安慰快樂，藉着酒興，越發濃厚了，他喝着茶，邊咂嘴，十分得意地，不斷重覆剛才告訴我的幾句話。

他越說越高興，愈高興愈說，後來幾乎有些忘我。他的兒媳過來對我說：「羅先生，我爸爸今天喝的過量了，一直對您說立功給他買茶葉的事情。那天他們學校低年級學生去臺北旅行，來回一天，我給立功買了麵包、蛋糕、水果，另外給一百元零用。在新竹參觀城隍廟，他看到賣貢丸的攤子，想買，頭家說四十元一斤。他不敢買，看到賣茶葉的，想起他阿公喜歡喝茶，二十元一包，他就買了一包回家孝敬他阿公。難得他小小年紀出去玩，還有心念着家裏的人，知道買點東西回家孝敬長輩。所以他阿公一提起這包茶葉，就高興的不得了。」

阿嫂說完向我笑笑，臉上流露出安慰的表情，晶亮的眸子放射出得意的光芒，那神情好像是說：「羅先生，你看我生的兒子多好，那樣小就知道孝敬長輩。」

我看了他們翁媳因兒孫的孝心，那份充滿安慰滿足的表情，十分感動。二十元一包的茶葉，不是貴重之物，可貴的是一個小學三年級學生，在旅行遊玩的時候，念着家中的阿公，買東西孝敬他，由於他的這點孝心，使得阿公和母親那樣高興。由此可見，孝對家庭是如何重要。蓋孝是我國傳統道德，倫理綱常的根本，個人立身處世的基礎。一個人能對尊長克盡孝道，才能進展到效忠國家民族。一個家庭，長輩慈愛，子孫賢孝，這個家庭一定安樂祥和。一個國家，領導者仁德慈懷，臣僚忠義廉潔，這個國家一定富強太平。賴君一家人安樂和諧，生活愉快，因爲他家的長輩都仁慈，兒孫都孝順。

一九八二年作品

看大官

省立臺中女中六十校慶，小女參加慶典後回家，興高采烈的對弟弟說，她看到了好多大官，兩個讀國中的弟弟十分羡慕。

一向鄉居，孩子們看到大官的機會很少，雖然有時在電視上看到大官演講訓詞什麼的，那只是影像，比其眞人相去甚遠，難怪小女第一次看到幾位大官的廬山眞面目，那樣高興。

現在是民主時代，看大官的機會很多，莫說省級官員，中央級的院部長，乃至總統副總統，也很容易見到，我們不是常在報章雜誌上看到總統副總統，與農民漁民工人小販們握手問好的照片嗎?

不過，這種官吏親民，百姓不怕見官的民主作風，是近數十年的事。在帝治時代，百姓不易見到官，也十分怕見官，數千年傳統觀念，認爲見官必無好事，不是觸犯王法，就是短糧缺稅，其結果重者坐牢殺頭，輕者挨打罰錢。俗語：「百姓見了官，無理三扁擔，有理扁擔三」，總之，見官就有罪，官是見不得的！

同時，帝治時代，淸官少（宋朝出個包靑天廣受後代歌頌）惡吏多，他們權法一把抓，審理案件，多是臆度推測，證據確鑿與否，不多實求，動輒「大刑侍候」！而大刑之多之殘酷，令人不寒而慄，結果被告在無法忍受下，只好俯首認罪，往往造成寃獄。

職是之故，百姓怕官，畏敬官吏，如畏敬鬼神，中原有許多地方的人上寺廟拜神禮佛，稱「敬老爺」。見了官，亦稱「老爺」或「大老爺」「太爺」。在他們心目中，鬼神萬能，能使你富貴壽考，也能使你貧賤夭亡；官也是萬能，你的生死存亡，貧賤富貴，都操在他們的手中。這些情形，我們可以從戲劇、小說、唱本中看到。小民見了官，跪地顫抖，頭如搗蒜，哀哀上告，寃枉，饒命，恐懼之情，不忍卒睹。

民國以後，實行民主法治，民智漸開，百姓慢慢敢見官，怕的程度日漸減輕，而且有民意代表代他們說話，現在連縣市長都由他們自已選出，官民之間有了橋樑，距離一天天拉近，和官員碰面，可以握手問好，這與帝治時代，相去天壤！

尤其近幾年來，蔣經國先生自任行政院長開始，走入民間，開親民之風，縣市長跟進，於是，民見官成了平常的事。就任總統後，他仍然在日理萬機之餘，常到各地巡視民間生活情形，工作狀況，與各階層人民寒喧話家常，平易親切，使他們感到興奮與光榮。

所以，現在的人眞是有福，會見官員，乃至國家最高元首，與會見普通親友一般，這是帝治時代的人夢想不到的。

一九八〇年作品

妙文妙句

在前幾天某報七版有一則花邊新聞，臺中市教育局社教課一紙公文，因主旨一句「定二十七日舉辦全市性生活教育及媽媽教室觀摩會」。其中「性」字用得多餘而含糊，本意是「本市性生活教育，其他課的同仁解釋成全市「性生活教育」，而且是與媽媽教室一起舉行，鬧了笑話。

我國文字方體獨立，一字有多種含意，單獨一字可以成句，也可集字成句，運用之妙，千變萬化，稍一不愼，就會出錯誤鬧笑話。尤其古人爲文不用標點符號，斷句就需要很好的文字修養。同時，讀時的抑揚頓挫，亦十分重要，該高時念低了，應頓時不頓，也會笑話百出。如上面那則新聞，應在「全市性」這裏頓的，若提前一字在「全市」這裏頓，把「性」字拉下去與「生活」連在一起，出入就太大了！

由於我國文字個體獨立，集字成句變化多端，巧妙得很，有時一句話可輪轉着念，如從前茶壺上常見的「可以清心也」，可以念成「以清心也可」，「清心也可以」，「心也可以清」，「也可以清心」等五種，都可說得通。

有時一字顛倒，意思大爲改變，如「刀筆」中有名的兩個故事，「馳馬傷人」改成「馬馳傷人」；「破門而入」改成「門破而入」；前者有罪變成無罪，後者重罪變成輕罪。抗戰時流行一句「前方吃緊，後方緊吃」，吃緊二字一顛倒，出入多大！

古人作文不用標點符號，讀時斷句是一大苦，民國八年教育部頒布新式標點符號，是一大進步，對寫文章與讀文章的人都很方便。起初有些人不習慣使用，還編造許多笑話說明用標點符號的好處，鼓勵人用。如拒白吃客的兩句題壁：「下雨天留客（•）天留我不留」，未加標點，經白吃客加上標點：「下雨天，留客天，留我不？留。」巷道墻角行人常小便，治安機關在墻上寫禁止標語：「不管軍民人等不得在此小便」！經不肖之徒如此加上標點：「不管軍民人，等不得，在此小便」！還有人故意把論語上的「君子成人之美不成人之惡」，標點成：「君子成人之美？不，成人之惡」，實在令人發噱！

尤其宣傳標語，應簡明扼要，讓人一看便懂，若累贅艱澀，得不到效果。筆者在中豐公路的公路局車上，常看到椅背後面印着這樣兩行標語：上行「爲你安全頭手」，下行「勿將伸出車外」。沒有標點符號，看來很彆扭，假若是這樣意思：「爲你安全，頭手勿將伸出車外」，可在全字下加一逗點，刪去將字，不是很簡明嗎？若是爲了兩行六字並排美觀，可把頭手二字與安全顛倒一下，勿字上加一請字，刪去將字，便成這樣：「爲你頭手安全，請勿伸出車外」。不是也很通順嗎？

一九八一年作品

明日黄花

日前報載，四十年代「銀幕尤物」麗泰海華絲，年逾耳順，不服珠黃，回顧以往輝煌歲月，沉溺於昔日得意角色「吉達」，不能自拔；或一人在屋裏放拉丁歌曲，顧影自憐，或在大庭廣衆大跳「吉達」熱舞，舉止怪異，令人憐憫惋惜。

海華絲早期與葛倫福特主演「臙脂虎」，一舉成名。後與泰倫寶華、安東尼昆主演「碧血黃沙」，與史都華格蘭傑、卻爾斯勞頓主演「聖血紅顏」，而登峯造極。此三片都有特別出色的熱舞。尤其在「碧血黃沙」中與安東尼昆跳的「鬪牛舞」，揚名於世。在同輩艷星中，她的影齡算得長的。若干年後與新出道的金露華合演「酒綠花紅」；和克勞黛卡汀娜合演「大馬戲團」。以徐娘之姿，與這些小妞們同調脂粉，居然能「平分春色」，搶去不少鏡頭。她也該驕傲滿足。遲暮息影，若耐得寂寞，把她從影的經歷撰寫回憶錄，給憧憬「星夢」的晚輩們，作爲指引，未嘗不是一件莫大功德，給影史留下一段佳話。可惜她不甘寂寞，沉迷昔日光輝，忘形失態，貽笑影城，令人慨歎！

與海華絲同時代，值得一提的艷星，已故的費雯麗，以處女作「亂世佳人」，演活郝思嘉，一鳴驚人，而得金像獎。後在「慾望街車」中，以精湛演技，再度封后。演「魂斷藍橋」，十分哀艷動人，賺了多少青年男女的眼淚。中年與勞倫斯奧立佛分手，鬱鬱不樂，重理衣衫，演「巴黎之春」，已不見昔日風采。最後在「愚人船」中，飾一遲暮美人，艷羨青年男女繾綣擁舞，挑動寂寞芳心，人散夜靜，她獨自手擎殘杯，步下樓梯，竟想「偷閒學少年」，放下酒杯，身轉裙旋，狂舞起來，有腳步響，驚慌止舞，尷尬之情，把一個遲暮寂寞女人的心情，演得入木三分！（不正是她自己的寫照嗎？）

有「最美麗的動物」知名世界的愛娃嘉娜，以「圓桌武士」，「赤足天使」、「妾似朝陽又照君」、「寶華尼車站」享譽影壇，她生得美，放浪形骸，到處留香，製造許多桃色花邊。然而，歲月不饒人，年前看她客串「飛越奪命橋」，體態臃腫，一臉肥肉，往日的艷麗化作條條皺紋，恐怕不能再鬧花邊，供人茶餘酒後作談笑資料。

三十年前震撼影壇的「霸王妖姬」女主角海蒂拉瑪，以妖姬紅遍世界，她遲暮命舛，窮困潦倒，淪爲偷竊，曾當場失手，被捉送囚，結局之慘，更令人感嘆！先以玉女、後以艷后走紅影壇的依麗莎白泰勒，演過「小婦人」、「玉女神駒」、「埃及艷后」、「青樓遺恨」等名片，鬧過多次婚變，去年來臺觀禮金馬獎，在她「福態」姿容中，再也尋不到當年玉女艷后的影子，而架子仍大得可以！

歲月風霜，摧人容顏，毫不留情！今日艷麗美姝，明日鷄皮鶴髮。自然之理，決無倖免。遲暮之年，若胸懷開朗，面對現實，順其自然，在人生舞臺上，心安理得演你該演的賢妻良母，甚或是龍鍾祖母同樣是重要角色，蓋春華秋實，各顯其美。若以祖母之齡，仍醉心從前少女的艷麗，沉迷不醒，竟致失態忘形，可笑亦復可憐！

一九八四年作品

作家的悲哀

——懷念劉非烈、黎隱

有天和一位朋友閒聊，談到目下研究《紅樓夢》的人很多，尤其近日在美國舉行的「國際《紅樓夢》研討會」，更是引人矚目。《紅樓夢》在世界文學中的地位，恐是數一數二的。曹雪芹地下有知，應該含笑安慰。又提及日前某報有則新聞，說梵谷一幅畫價數十萬美金，由歐洲一畫商轉售美國某博物館，梵谷的畫今天「身價」如此高，也是異數，更是件令人感慨的事。他的畫不受當時人欣賞，只在巴黎賣過一張。他窮苦一生，長年靠弟弟賣畫養活，直到他最後自殺，沒有過過一天好日子！今天他的畫如此受人寶愛，他在九泉之下，也會高興吧。

朋友說：《紅樓夢》今天在世界文學領域中的地位再高，研究「紅學」的著作車載斗量。梵谷的畫縱使賣到千萬美金一幅，這些與當時窮愁潦倒的曹雪芹，發狂自殺的梵谷有什麼好處？他們飲恨九泉，白骨也許早已化土，還會什麼含笑安慰呢？他們在窘困失意下嘔心瀝血的作品，只不過給後人留下些賺錢求名的機會。畫商大炒梵谷的畫，中飽私囊；「紅學」專家們大作「摸象」文章，賺稿費又成名。梵谷、曹雪芹若眞地下有知，該抱頭痛哭呢！

朋友的話也許有些偏激，由於他是老作家，作品好，卻失意二十多年，生活一直在「打爛仗」，爲幾個孩子的敎育，焦頭爛額，十多年前常有「自我解脫」的打算。好在有幾個孩子拖着，忍辱偸生，把孩子們盤大，今天才能舒口氣，埋首斗室寫作。他遭遇如此，能不爲當年窘困潦倒的梵谷、曹雪芹抱些不平！

歐陽修說「文窮而後工」，魏森布魯奇說「凡是有價値的作品，都是空着肚子畫出來的。……你愈饑愈苦，就愈畫得好」。中外古今的大作家藝術家，他們的傳世之作，多是在貧困失意中創作出來的！如此，曹雪芹、梵谷、屈原、司馬遷、陶淵明等，他們算是「不幸中之大幸者」，有作品留傳後世，供後人追念仰慕。

可是，像他們這些「幸運者」中外古今，能有幾人？太多「無名英雄」，困隘一生，爲文學藝術鞠躬盡瘁。可憐他們命運不濟，才華不出，生前無名，死後不聞，默默的作了文學藝術的殉道者！

小說、廣播劇作家劉非烈，四十六年患喉癌，初住王錫福醫院誤當風濕病治療，醫藥費、寄往香港奉母的菽水之資斷絕，朋友們爲他聚資，並輪流去醫院陪他。筆者第一次到他病室，天氣酷熱，門窗緊閉，看到床後窗臺上擺一疊稿紙，幾張殘稿，心裏慘痛。這時他已不能起床走動提筆，要筆者代筆給中廣董事長梁寒操先生寫信道謝資助。後檢查出是喉癌，在臺大醫院去世。聽師範先生說，他在臨死前數小時，還叫喊要活下去，有許多東西要寫。（他不知患癌症）聽了令人鼻酸。他死後十年，《喇叭手》出版，知者不多。

一九五八年，女作家黎隱心臟病發，在三軍總院診治，住院期間，她靠在枕上寫作。出院後更加努力，出版長篇《葉落花殘》，《君在何處》，及不少短篇。一九六五年病情惡化，腹部以下腫脹，不能行動。有天她告訴我，大夫說她的病已藥石無效，只有寫作的情感慾望，能支持她活下去，特爲她設計一小桌，臥在床上寫作。一九六六年春去世，留下四個兒女，身後極爲蕭條！

他們是眞正忠心文學的人，奮鬪一生，作了文學殉道者，雖然沒有留下傳世之作，他們的精神卻令人敬佩。悲哀的是，今天除了與他們有交往的朋友有時懷念他們外，有幾人會知道他們呢？

一九八〇年作品

執着與狂熱

文生・梵谷有天和他的老師孟德・達・科斯塔，在阿姆斯特丹散步，經過十七世紀荷蘭大畫家冉伯讓的故居，孟德對梵谷說：「他死時又窮又賤。」

「可是他死時並不憂傷。」梵谷說。

「不錯，他已經充分表現了自己，而且也知道自己作品的眞正價值，當時只有他一人能如此。」孟德說。

「那麼說，只要自己明白，就能滿意了嗎？萬一別人不欣賞他的作品，淡忘了他呢？」

「別人覺得如何毫無關係，冉伯讓可是要畫下去。藝術主要的價值，在於它讓藝術家有自我表現的機會。他死時生命卻已完整。最主要的是他爲自己的理想抱有堅定不移的精神！」

這段對話，影響了梵谷以後的藝術生涯。他不但繼承了冉伯讓的「充分的表現自己」的精神——他對藝術的執着和狂熱。同時他也步了冉伯讓「死時又窮又賤」的後塵——他一生只賣過一張畫「紅色葡萄園」，生活全靠弟弟資助。

執着是對藝術的堅強意志，狂熱是對作畫不斷噴射情感。梵谷決心從事繪畫以後，隨時隨地獵取景色人物，爲他們留下永恆的生命。他要與工人一起生活，捕捉他們的生活動態，他要在大自然的天地裏繪畫，抓住瞬卽變化的光彩。

因而，他畫的人像有肌膚有骨骼也有靈魂。他畫的景物，太陽在旋轉，射出光輝的熱浪；蘋果的汁液擠向果皮，核向外掙扎，衝向成熟；葡萄像要迸裂，直射你的眼睛。他的筆觸是這樣尖銳，他的畫是如此充滿熱情。令他的朋友高更。魯蘭看後，腹內蠢蠢欲動，胸懷鼓蕩。（這大概就是印象派畫的特徵吧。）

「藝術便是戰鬪，它需要全力以赴」。梵谷極爲心儀彌勒，他信守彌勒的這句名言，拚命作畫，把現實生活拋諸腦後，常三餐不繼，不以爲苦。他如此忠於藝術，狂熱作畫，卻不受當時人們的欣賞。從精神病院出來不久，畫了「麥田過萬鴨」之後，精盡力竭，舉槍自殺！

每次看完《梵谷傳》，總是胸臆起伏，感慨萬千！

「沒有吃過苦的畫家，就沒有東西可畫。……藝術家要靠痛苦才能成功；如果你遭遇到飢餓、失意和痛苦，你應該感恩戴德。這是上帝對你的寵愛！」

「凡是有價值的作品，都是空着肚子畫出來的！」

「如果一個人能讓飢餓和痛苦毀了自己，他就不値一救！」

蒼天！難道眞正的藝術家、作家、詩人，他們偉大的作品，都是像魏森布魯奇對梵谷說的這樣，是由飢餓失意和痛苦中創作出來的嗎？

一九八二年作品

哀秋菊

《金瓶梅》中的小丫鬟秋菊，是個典型的悲劇人物。她是潘金蓮的小婢，潘金蓮是西門慶最寵愛的美妾。常言「奴以主貴」，她應該比其他的婢女體面些；其實不然，她不幸遇到的這個主子，是個集自私、嫉妒、潑辣、陰毒、尖酸、刻薄、多疑、奸詐、貪淫、無恥於一身的蕩婦！這位主子除了對幫她爲非作歹，偸人養漢的心腹丫鬟春梅「心存厚道」外；連正室吳月娘都不在她眼裏。西門慶「愛情走私」，她知道了還罵得狗血噴頭，小丫頭秋菊那在她眼裏呢？

潘金蓮在西門慶手裏得到好吃好喝的，和春梅兩人在屋裏分享。秋菊只有守窗門、坐園子的份兒。喝湯啃骨頭的機會也沒有！有次潘金蓮從吳月娘屋裏拿出些點心菓子命她收起來，她偸吃了一個橘子，被毒打一頓，臉上被掐了許多血印子。西門家那樣豪富，她平時連些點心菓子都撈不到嘴（有得吃何必偸），可見她受的待遇是如何苛刻。

潘金蓮有時在西門慶面前得不到好嘴臉，或是在別人屋裏討到沒趣，或是思淫苦悶，藉機發洩拿秋菊出氣，不是打耳括子罰跪，便是叫小廝扯去衣服打板子，打得皮開肉綻！她含寃受苦，無處申訴，只有忍氣吞聲認命的份兒。

西門慶暴富升官，買屋置產，家裏上上下下多多少少都分到些殘羹剩水，過了幾天好日子。就是連外面幫閒跑腿的混混兒，也得到許多好處。惟有秋菊依然在潘金蓮手下吃苦受罪，挨打挨罵，好像被壓在陰山背後，永不能翻身。

西門家中的奴婢，都有一二知己，互相照應；一旦發生事故，多少有些聲援幫助。春梅夥助潘金蓮養陳經濟，事發被賣，吳月娘命小玉監視她，休教帶走衣物箱籠，小玉反而向潘金蓮、薛姑子說情，讓她帶出許多衣物。秋菊卻沒有這等造化，她在奴婢羣中沒有知己朋友，不會勾羣結黨，又不會巴結權勢，連最接近的春梅也不會拍馬屁獻殷勤。她孤獨一人，飽受折磨，任人擺佈！

在強力之下受壓迫的人，明裏不敢反抗，暗地卻伺機報復。西門慶死後，潘金蓮夥同春梅大着膽子偷養陳經濟，被秋菊識破，報復的機會來了；可是這可憐的小丫頭沒有一點兒心計，第一次在厨房告訴小玉（吳月娘小婢），小玉馬上轉告春梅，被狠狠打了三十棍。後來她親眼看到三人夜晚在屋裏吃酒通姦，向吳月娘告密，反被罵爲「賊葬主子的奴才」，要拿棍子打她。及至吳月娘親自闖破姦情，也不念她忠心告密，給她一點兒獎賞。發賣了春梅、潘金蓮，她一樣也被發賣，去得還沒有春梅「光彩」，赤手空空，身價五兩銀！

秋菊這個不走時運的小奴才，眼看西門慶一家暴起暴落，「分羹她無緣，殺頭卻有份」！她眞是個苦命人！走筆至此，擲筆三歎！

一九八二年作品

哀「白雲」

三、四十年代，我國影壇紅小生「白雲」，於今年八月二十七日在日月潭畔服毒自盡，死後，魚池鄉公所以無名屍予以草草埋葬，筆者得此消息，感慨良深。提起「白雲」，五十歲以上愛好電影的人，看過他演的許多影片，當會記得他。他於抗戰中期參加演藝工作，勝利後走紅影壇。他的外表英俊瀟灑，風度翩翩，開口嘴角自然帶笑，博得很多影迷的喜愛，尤其女影迷們，私心愛慕他的，無法計數！

電影公司和導演們，利用他的好外型，讓他飾演花花公子、濶大少、富小開、大學生等類角色。他也很會利用他的優點，用心「裝飾門面」，曾擁有上十套大禮服，數百套西裝，百多條領帶，上百雙皮鞋，兩三部轎車的記錄。同時不斷製造花邊新聞，塑造他「風流小生」的偶像；於是，在銀幕上、銀幕下，鬧出不少風流艷事，享受許多溫香之福！

由於他的外型英俊瀟灑，生活豪華，演的盡是些風度翩翩的公子哥兒，很受女影迷的「愛戴」，「風流小生」之名傳揚全國，成了學生心目中的「青春偶像」。他大紅大紫之時，出入社交場所，身邊總有二三位小姐「護駕」，拍外景時，爲睹廬山眞面目，常被女影迷們包圍。女影迷追求他的情書，常如雪片飛來。登台演話劇，前十排常被女影迷們包去，甚至當場向他丟金飾。他的「風流艷事」，豪華生活，眞是愛煞女人，羨煞男人！最受傳聞的是：他與梅蘭芳的得意弟子言慧珠的一段情，氣死言慧珠的爸爸言菊朋。「釣」上當時上海富豪哈同的義女，美麗富有的名女人羅桑華。因而使他的星光更爲閃亮，名氣更大，生活更豪華。那時影壇有「六白」紅星：白露、白楊、白光、白燕、白虹、白雲，前五名都是女星，艷光蓋不住他這一顆男星。他的「風流」、「風光」、「豪華生活」，在我國影史上，沒有那一位「小生」能望其項背！

可是，世事滄海桑田，白雲蒼狗，花不能永遠嬌艷，人不能永遠得意！大陸變色後，「白雲」到了香港，眼看當時國語片在臺港、東南亞一帶落入低潮，他很會把握現實，以他祖籍潮州之便，與江帆、露紅、露芬、小娟（凌波）等演粵語、閩南語片。數年後，國語片走紅臺港、東南亞，他那時正當英年，沒有立卽回頭與王元龍、王豪、嚴俊等開拓國語片的新里程，不能改變他過去養成的「壞習慣」，日走下坡。一九五四年和他妹妹東方明珠組團回國勞軍，在「三軍球場」表演，他的風采雖不減當年，不過是曇花一現而已！

一九六五年他來臺定居，欲振乏力，組電影公司，拍片失敗；經商賠本；數年前復出演電視劇，昔日風采，不復再見，認識他的年老觀衆，爲他惋惜，年輕的觀衆，不知他是誰！

可歎他大紅大紫時，仰仗自己的「好本錢」，不怕沒有女人愛，不怕賺不到錢財，享盡豪華生活，人間艷福，不爲晚年着想，在鼎盛時期，留點「養老金」，而晚景如此淒涼，生前沒有一個兒女在身邊盡孝，死後沒有一個親友在靈前送終，被人以無名屍代爲埋葬。一代紅星，最後落得這般光景，能不令人唏噓，慨歎！

一九八三年作品

文忌六媚

三十年代，夏丏尊、胡適之，引介西洋作文六條目「六W」：WHY, WHAT, WHO, WHERE, WHEN, HOW。中文的意思是：爲何寫此文？此文所寫何事？何人寫此文？何地？何時？如何寫（用何種文體）。簡稱「六何」。據此六何，可寫成完整的文章，若缺其一，失之周密，會出毛病。

所以，寫文章必須具備六何（少不了六W）。

筆者讀書多年所得經驗，好文章除了必備「六何」，同時必除「六媚」。即「媚人」、「媚權勢」、「媚時」、「媚地」、「媚事」、「媚名利」。

媚卽討好，爲討好某人物，爲討好某權勢，爲討好時尙，爲討好地區，爲討好某件事，爲討好名利而寫的文章，都不能成爲好文章，不值一讀。

因爲：討好文章必多諂詞，或歌功頌德，或塗金抹粉，投其所好，不能得見「廬山眞面目」，如此文章，使人嘔吐，不可讀。

討好文章必有所顧忌，不能暢所欲言，直書原委，力盡矯揉粉飾，善惡不明，黑白不分，如此文章，使人唾棄，不可讀。

討好文章需隱惡揚善，推崇其長，掩蓋其短，只稱其美，不言其醜，讀者只能見其皮相，不能看到眞髓，如此文章，使人惡心，不可讀。

總之，文章一有「媚態」，便失之正直爽利，而多阿諛偏頗之語，如玩文字魔術，自欺欺人。這類文章，可騙愚者，不能欺智者，只能得逞一時，不能傳之永久，不值得讀，不可讀。

一九八一年作品

稿費今昔

——兼談稿費課稅

今日報載，決策當局研商所得稅制修正案決定，國民中小學教職員薪資，仍可免繳所得稅；但是，對於個人稿費、樂譜、作曲、編劇、漫畫、講演的鐘點費等收入，由現行的全額免稅，改爲定額免稅；大概以每月收入萬元以上者，爲課稅標準。此時此地，稅徵課到「爬格子」的頭上，是否會影響我們學術文化藝術的前途，筆者愚陋，不敢預測。不過，以筆者三十多年「爬格子」經驗，目前的稿費已很偏低，筆耕者已是滿腹牢騷，有些不願廉價出賣「腦汁」早已停筆，現在若再向他們課稅，不是更阻撓他們創作的興趣嗎？

提起稿費，眞是王小二過年，一年不如一年！筆者三十九年開始投稿，那時稿費千字十元，黃金三十六元一錢，上尉軍官薪餉七十八元（筆者是老兵，故以軍人待遇作比較），一篇八千字的稿子，可買二錢多黃金，可抵上尉一月薪餉，這樣的稿費可算很高，到了四十年中期，稿費提高到二十至四十元，上尉薪餉調整到一百四十八元。以最低的稿費，也是七八千字，可抵上尉一月薪俸。筆者當時給香港「人生」撰稿，千字約八元港幣，一元港幣折合六元多新臺幣，算是最高的稿費了。

一九六一年後，臺灣「文壇」欣欣向榮，文藝刊物如雨後春筍，刊物間爲了銷路，提高稿費，「招兵買馬」，這時，爬格子的有福了，一二流的報紙副刊，文藝雜誌，稿費提升到六十至一百元，上尉薪餉三百九十元。一個業餘作者，一月爬個二三萬格子，生活就過得非常寬裕。

可是，好景不常，六十年以後，工商業突飛猛進，社會大衆生活水準提高，物價暴漲，工人工資跟進，數年之間，一個普通工人，由七八百元的月薪，調整到七八千元，上升了十倍；軍公教待遇也年年調整，去年七月調整後，上尉的薪餉加上服勤加給，一月可領一萬五千元。而報紙雜誌的稿費，還停留千字三四百元，特殊的也不過六七百元，差的只有二百元。若與現在的物價上升的幅度，軍公教的待遇比，太偏低了！以千字三百元（中間）計算，四五萬字的稿費才抵上尉的一月薪餉。與二十多年前比，相差太遠了。

魯迅當年曾說：「作家好比一頭母牛，吃的是青草，擠出的是牛奶！」二、三十年代，筆潤以銀元計算，比現在高出數十倍，尚有如此感歎。今天的稿費之低，令「爬格子」者提筆心酸。「重賞之下才有勇夫」，今天的雜誌和報老闆們，欲以「雞肋之餌」，在「爬格子」的腦海裏釣巨鯨，這可能嗎？現在再抽他們的「腦汁稅」，他們還有創作的心情嗎？

一九八四年作品

曬書

尋找參考資料，打開久不開啓的書箱。夏天多雨，屋漏潮濕，箱內樟腦化盡，蛀蟲猖獗，霉氣衝鼻，趁星期天，搬到院子裏曝曬清掃。

如逢故友，格外欣喜，每次清箱曬書，總有這種感受。把書一本本拿出，攤在木板上曬，順便回憶買書時的情懷。舊夢重溫，是美好的，現在回味起來，更覺美好；是辛酸的，經過歲月的洗滌，現在回味起來，也變成美好的了。時間是一隻溫柔的手，在我們人生里程上，凡能熬過去的辛酸苦難，只要經它長久的撫摸，許多不平的往事，會變得服貼；許多痛苦經歷，也會慢慢消失，以後回憶時，縱是酸辛，也有滋味。這是我對人生與時間的體認。

不是讀書種，卻愛買書。三十年前在大陸，戎馬生涯，東奔西走，行囊裏總少不了放兩本書。隨買隨讀，看完卽丟。內戰那幾年，部隊駐紮的日子少，行軍的日子多。爬山越嶺，背包裏不容多帶東西，縱使極心愛的書，讀後也得割愛。

一九五〇年隨部隊到臺灣駐紮九曲堂，才開始收藏書，那時臺灣出版業很蕭條，書店裏賣的書，十之八九是大陸出版。第一次的半月薪餉（那時半月發一次薪），到屏東買了本上海啓明書局，粹芬閣編校的《袖珍本四書》，第二個半月薪，到高雄買了本啓明書局出版的《辭林》。四書現尚保存，辭林早已翻破丟棄。

一九五二年住景美，坐火車到臺北，螢橋下車，路過厦門街、牯嶺街，發現路邊有幾個舊書攤，有時蹲下去翻翻，有好的買了回去，那時興趣還不太濃。調防馬公三年，再回臺北，跑書攤的興趣，突然如日東昇，一週要跑好幾趟，簡直上了癮，幾天不跑書攤，如犯煙癮一般的難過。那幾年，臺北有舊書攤的地方，幾乎跑遍。牯嶺街不必說，南海路建國中學對面，植物園大門邊有好幾家很可觀的舊書攤。後來蓋科學館藝術館，搬走了。衡陽路老百貨公司附近的騎樓下，明星戲院附近的南昌街，未建中華商場之前的中華路，萬華龍山寺附近，都有可翻的舊書攤。滄海桑田，過去有一段時間，牯嶺街還一枝獨秀，現在有的移到光華商場，剩下幾家擺在路邊苦撐着！

找好書跑舊書攤，有三個絕竅。要常跑，因爲舊書攤上的書，都是論斤收購來的，不知那天有好書出現。要耐心的翻找，有些老闆不會清理，「龍蛇混雜」，只要有耐心，也許能在瓦礫裏尋到金塊。要去外行人擺的舊書攤，老闆「不識貨」，叫價論量不論質，有時花很少的錢買到很好的書。一九五九年，我在信義路三段，一家叫博儒舊書店買了幾本絕版書，價格出奇的便宜。二十年後，市面上還沒有見到這幾本書的「翻版」。

老闆能把舊書分門別類整理排列，他必是行家，是行家定會喊價，有時叫價之高，令你目瞪口呆，不敢還殺。二十年前，南門一家舊書店，一本薄薄六十頁的譯文書，喊價六十元，以現在的幣值折合是一千二百元。老闆說是「絕版書」，應值這價格。黃金有價書無價，你不能說他高抬物價。到了六十年代，牯嶺街的舊書攤，亦採取「貨賣識家」的辦法開價，舊書破字畫，開口數千元。「你愛它，不會嫌它貴」，這是老闆的口頭禪。

近幾年，臺灣出版業發達，新書如雨後春筍，書店裏滿坑滿谷都是新書，創作的翻譯的（多是照相翻版），花花綠綠的封面煞是好看。可是，對一個藏書有怪癖的人，這些易買的書對他沒有誘惑。他要找的是市面上難得一見的好書、好版本。如收藏古物的人，要尋找稀世珍品，他才寶愛。以我收藏的法國名著來說，就有：李青崖、李健吾、李劼人、沈起予、高名凱、王了一、傅雷、卞之琳、黎烈文、王夢鷗、徐霞村、徐蔚南等名家的譯本。不但可以從紙張印刷裝訂的精粗、插圖封面的設計看出出版社的魄力，主編先生的藝術眼光；還可從譯筆的信達雅，看出譯者的文學修養。

以上這些譯者來說，高名凱、李劼人的譯文詰屈聱牙，讀時十分吃力，有時一個句子達六七十字。而李健吾、傅雷、李青崖、沈起予、黎烈文等人的筆如遊龍，讀起來十分流暢。以版本說，商務出版的《猩紅文》，現在譯成《紅A字》，其紙張、印刷、裝訂之細緻，譯文之美，封面扉頁之設計，今日之版本，難望項背。

藏書是種樂趣，讀自己的藏書，是種更大的樂趣。不要有所冀望，只求讀到作品精彩處，能「於我心有戚戚焉」，或在廻腸盪氣時，不覺忘我，那便是十分美妙的享受了。若像古人抱着「書中自有黃金屋，書中自有顏如玉」的觀念去買書讀書，在今天工商社會裏，不但沒有樂趣，有時反弄得非常煩惱痛苦！

日前讀《臺副》小說〈鬻書記〉，處目前社會，讀中文系，求職難，學而不能致用，實令人同情。若因此竟憤而賣書，大可不必，未免把讀書的功利看得太執着了些。讀書的目的很多，如單鑽進「求職生活」的死巷子裏，苦惱就太多了！

清箱曬書，時而翻開一本，找出心愛的一二章，三五句讀讀，閉目重溫一下書中的情節，神遊於「太虛幻境」，實妙不可言。如此我邊曬、邊翻、邊讀，一個星期天上午很快消磨過去了。

一九八〇年作品

人才三等

「人就是人，不是神，人都不免犯錯，不犯錯的人只有二種：一種人不做不錯，只知道在現成的路上走，不知道從嘗試、錯誤中求改進，這種人或許不會犯錯，但永遠也不會進步。另一種人是少做少錯，不做不錯，犯了錯，想辦法隱瞞着，或者硬說那不是錯……不管是那一種『不犯錯的人』都不是公司所需要的……」。

這是某報副刊發表的短文〈錯〉中的最後一段文字，大意是說某君到美國留學，苦讀兩年得了博士學位，順利的找到一份工作，兢兢業業幹了一年，沒有出錯，希望老闆次年提升他，不料老闆不但沒有提升他，反而把他炒了魷魚，他問是何理由，老闆如是回答他。

某單位主管是新從美國回來的博士，學了不少美國作風，特把這篇短文影印下來發給員工，希望他們多嘗試，多犯錯，從錯誤中求進步。數月後，他的期望沒有回響，員工們仍然我行我素，「少做少錯，不做不錯，有錯推掉」，大家都如此，公家機關，他們不犯法，你不能免他們的職。

這位主管大惑不解，向一位退休的老師請教，老師告訴他：「美國的那位老闆和你的用人觀念都很正確，可是，在中國『不服水土』，依你們的觀念取人才，敢做、多做，不斷嘗試研究，而且十分小心，很少犯錯，縱使犯了錯，能虛心檢討，從錯誤中求改進，這是上等人才。敢做多做，亦能嘗試研究，但不夠細心，時常出錯，不過他能接受上級同仁的批評，知錯能改，這是中等人才。多做多錯，少做少錯，不做不錯，犯錯不認錯，或隱瞞推諉，這是下等人才，中、上人才在外國人手下做事，能發揮其長，在我國主管心目中，卻不受歡迎。他認爲你敢做多做，嘗試研究，做錯了，出了漏子，你受處分事小，連累他受過事大，這種人多討厭！」

「再則，國人一向講究『明哲保身』，大多作主管的人，抱着『不求有功，但求無過』的心理，只希望任內平安無事，天下太平，所以他喜歡用『少做少錯，不做不錯』的人；若他的屬員喜歡多做事，嘗試研究，出了錯，不是給他添麻煩嗎？同時，你做的多，表現的好，不是顯得你比他能幹，有才華嗎？所以，敢做多做，在嘗試錯誤中求改進的上、中等人才，在我國常是不受歡迎的，換句話說，在我們這裏，喜歡用奴才，不喜歡用人才，只要你聽話就行了！」

聽完老師這一番解說，這位主管如醍醐灌頂，恍然大悟！

一九七四年作品

銅像也要油漆嗎？

光輝十月，國家多慶典，僑胞歸國慶祝，外賓紛來參觀，勢必造成一年一度的熱潮。地方政府、機關學校，爲慶祝這光輝的十月，迎接外賓、僑胞，整修道路、打掃環境、搭架牌樓、張燈結綵，到處裝飾得瑰麗燦爛，光彩奪目，眞是洋洋喜氣，一片盛況。

可是，有些地方求美心切，竟把偉人銅像新塗上油漆，乍看起來，光亮新鮮，好像平添幾分美觀。仔細端詳端詳，覺得很不順眼，令人有種說不出的厭惡感受，好似一個小家碧玉，穿上華麗艶服，一身珠光寶氣，顯得怪模怪様！

夫偉人銅像，武功蓋世的英雄之類，神氣威武莊嚴，望之令人肅然起敬；立德立言的聖賢之類，風采仁慈和藹，望之令人景然仰慕。職是之故，偉人銅像越古老，越能顯示出它們的威武莊嚴，仁慈和藹。若給它們塗上一層油漆，它們的神氣、風采都被蓋住了，表面看起來，光彩鮮亮，實際上卻顯得晦暗淺薄！

臺中市北屯圓環中央的 國父銅像，火車站廣場前的 故總統銅像，九月底都塗上了油漆，而油漆的顏色不是銅色，國父的銅像塗成暗土紅，故總統的銅像塗的是淺咖啡色；前者色調平靜，沒有閃光，看着不太刺眼；後者亮光閃閃，在陽光照射下，耀眼刺目。就因爲這兩座偉人的銅像塗上油漆，使這有文化城之稱的臺中市，顯得缺乏文化修養，缺乏藝術眼光！

前日因公到臺南市，看到火車站廣場前的鄭成功銅像，民生綠園中的國父銅像，都沒有塗油漆，保持着原來的面貌，神氣迥然不同，遠遠望去，令人崇敬、仰慕。

本省許多古老寺廟的神像，被香煙燻得黧黑，廟祝與信衆們，非但不給祂們粉刷加彩，反而因其面貌多受香煙燻染，認爲他們的廟宇歷史長久，香火鼎盛，感到自傲呢。

常從影片中看到外國的古蹟銅像，都保持原有的風貌，有時清掃灰塵，十分小心，惟恐有所損傷。有時整修，極盡可能保存原有的風格。而我們的許多古蹟，幾經整修粉刷，失去原有的風貌。尤其許多偉人銅像，年年塗油漆，因油漆過厚，走了形像。顯得國人缺乏藝術修養，審美觀念，只圖表面好看！

記得已故藝術家藍蔭鼎先生，曾爲油漆銅像、粉刷古蹟，向國人呼籲，要保持古蹟的原始風格、銅像的尊嚴，千萬不可粉刷上彩、加塗油漆，並指出他在國外看到的許多古蹟銅像，都不粉刷塗漆，保存原有風貌，容易引起觀光客的思古幽情。可歎的是，藍蔭鼎先生的呼籲沒有發生一點効力。這些年來，有些古蹟仍然常被粉刷上彩，有些銅像仍然年年塗上油漆，主其事者認爲新鮮光彩就是美，其奈他何！

一九八三年作品

後生可畏

青少年犯罪的年齡，在逐漸降低，從前十八九歲的人殺人搶刼，已十分令人震驚，近來十五六歲的少年，搶刼、強暴、勒索、欺詐的事件，常在報紙上看到，好像家常便飯，不是新聞了！更有甚者，還有十一、二歲的孩子，搶奪勒索；十四歲的黃毛小子，居然智慧型犯罪，變造愛國獎券號碼，手法已可亂眞，竟能數次得逞，騙過獎券行，兌領了數千元獎金，日前才被發現落網，眞是駭人聽聞！

十幾歲的孩子，竟不怕犯法，攔路搶刼，勒索敲詐，變造獎券號碼，騙領巨額獎金，這在從前的農業社會，如聽「天方夜譚」，無法令人相信，實際也不可能發生。可是，今天社會進步，工商業發達，經濟繁榮，教育普及，這類少年犯罪案件卻層出不窮。道德的淪喪，人性的墮落，已亮起紅燈！

純潔幼稚的少年，敢鋌而走險，觸犯法網，究其根源，有以下幾點：

一、社會工商業發達，經濟繁榮，國民生活水準提高，道德觀念降低，看重現實價值，人心好逸惡勞，挖空心思賺錢享受，廉恥可以不要，生活不能不奢侈，形成笑貧不笑娼的社會風氣。青少年在這種環境成長，有些意志薄弱的，經不起紙醉金迷的誘惑，走入犯罪的歧途。

二、社會上成人犯罪的案件太多，報紙報導殺人越貨，強暴搶刼，欺詐勒索，經濟犯罪等等新聞，無日無之！這些犯罪案件，給了某些青少年啓示，一旦如法炮製，食髓知味，越陷越深，不能自拔！

三、塡鴨式的教育及高中、大專聯考，對青少年壓力太大，有些成績差的，小學畢業後，有的在國中混三年，有的連國中都不上，或當童工，或遊手好閒。「慘綠少年」最易感染惡習，泡電動玩具，抽煙喝酒，吸強力膠，賭博，看「小電影」等這些嗜好一旦上身，如吸鴉片上癮，無法擺脫。而這些嗜好，需要金錢維持，錢從那裏來？初則在家裏偸，再則向「社會求發展」，只有冒險蹈法網了！

四、問題家庭，缺乏管敎，最易產生不良少年！或夫妻都有職業，無暇管敎孩子。或父母太溺愛孩子，任他胡作非爲。或家庭中有父無母，有母無父，孩子得不到完全的親情之愛；而單一的父愛，或是母愛偏溺過份，或夫妻本身不正經，無法管孩子……等等，這些有缺陷的家庭，最容易產生不良少年了！

綜合以上四點，少年犯罪的根源，出自家庭、教育、社會，三方面有了問題。要對症下藥，從這三方面着手醫治，實非易事，家庭作父母的，從事教育工作的，管理社會福利安全的先生們，攜手合作，尋根問源，開出藥方痛下決心，三五年，或十年二十年，治好這個社會大病！

少年是國家未來的主人翁，要國家富強，先救孩子！

一九八四年作品

關於小學生告狀

一九八二年臺北市東門國小數十名學童到教育部告狀，教育官員，有關行政首長，衆口同聲急呼「小人告大人，此風不可長」。並指示學童們，對學校有什麼意見，可向校方請願，千萬不可「越級告狀」。日前日新國小五年八班二十多個學童，學東門國小的「學長」，跑到臺北市的教育局，告敎務主任欺負他們的級任導師，私設書法補習班等情事。又引起教育官員，有關首長，「小人告大人，此風不可長」的一番訓告。

可是，前者處罰了訓導主任，後者校長、教務主任、級任導師、申誡的申誡，記過的記過，(不管處罰的公平不公平）總算對社會大衆，對學童們有了交代。可見學童們所告事件是實情。

越級告狀，固然不是好事，站在教育官員、行政首長的立場，天經地義的要訓告學童們「此風不可長」，「對學校有什麼意見，可向校方請願」。可是，沒有一位官員研究過小學生爲什麼那樣大膽，敢越級告他們的師長。也沒有一位官員調查過各級學校的學生向學校請願的事件，校方衡情量理妥善處理的有幾件？假若學校處理學生的訴願，不推拖不掩飾，能明快果斷，合情合理的解決問題，誰會自找麻煩，越級告狀，受人指責呢？學童們有了切身問題，學校不給他們解決，逼不得已，才出此下策。東門、日新兩國小的案件，是最好例證。

這兩案件，僅是教育界浮出水面的冰山，他們越級告狀了，才引起社會大衆的注意，他們的團結發生了力量，才贏得公道。沒有爆發的個人案件，學生家長爲了息事寧人，怕給孩子留下不良的「後遺症」，而吞忍下去的，不知有多少。國中、高中的學生比較理智、怕事（高中有敎官管理），雖是全班對學校處理欠妥的事情，再三向學校建議，不被接納改善，自認倒楣，忍氣吞聲的，也不知有多少。筆者不敢空口白話，略舉一二如后：

十年前鄰居一男孩就讀某國小，老師在課堂上拼錯音，讀錯四聲，他居然糾正了老師，老師私恨在心，常找他麻煩，揪扯他的頭髮（這種手段痛而無傷痕），他的父母只好把他轉學，他國小國中高中均名列前茅，曾數度選爲模範兒童、模範學生。

前年臺中某有名省中，有一畢業班的英文敎師敎的不好，班上同學選出代表，一再請求校長更換英文老師。校長先是不理，後來回答說：「學生沒有選擇老師的權利」。並套用甘迺廸就職總統時的一句名言「你們不要問學校爲你們做了什麼，你們想想爲學校做了什麼。」學校爲學生選用好老師敎學，學生希望學校派好老師授課，這是十分正確的，而該校校長如此答覆那一班學生，如何能使他們心服。結果是去年大學聯考，該班學生英文成績均偏低！

再看最近日新國小另一案件，簡雲明導師體罰學童呂浩穎，經馬偕醫院急診登記單載明「頭部外傷」。校長不着力查明簡老師爲什麼要體罰呂生，呂生受傷的輕重，如何處理此事，卻極力勸說呂生家長不要出面告簡教師。同時該校家長會長從中調解，竟出此妙語：「人都難免有情緒激動之時，簡雲明也是人，所以也可能一時衝動，克制不住。」（見八日中國時報）這是怎樣在處理事情？校長只圖大事化小，小事化無，不問是非，不講原則，不正視簡教師體罰學生，是否違犯教育法規，該受什麼處分。只希望學生家長不告狀，減少他的麻煩！家長會長的話更站不住腳。一個普通人，情緒激動時，也要克制，不可隨便舉手打人，無理隨便打人就違犯法紀。何況以身教言教爲人師表的教師，情緒激動時，怎麼可以隨便體罰學生出氣？校長如此處理案情，家長會長如此調解，不是太鄉愿，太顢頇了嗎！

我們的小學生一向十分尊重老師，崇拜老師，懼怕老師，有時老師幾乎是他們心目中萬能的「神」，老師怎麼說，他們便怎麼聽；老師教他們怎麼做，他們便怎麼做，從不反抗。曾幾何時，老師的「神像」，在他們心目中變了形、走了樣；老師們爲利，「私設補習班」；爲名，教師之間勾心鬪角，發生糾紛。他們的言敎不能配合身教，學童們不能無條件的尊敬他們，崇拜他們，懼怕他們，甚至跑到教育部、教育局去上告他們！由此可見，我們的教育已亮起紅燈了。

一九八四年作品

仙姑與太空梭

十月十四日某報的社會版，報導士城「金鶴」宮主持「鳳仙」道姑，閉關「修行」一百二十天，不吃一粒米，不喝一滴水，出關後，還能與天上「金母」談話，唸咒施法作了一小時「法事」，爲世人「祈福」；並接受記者訪問，對答許多問題；報上所登出關時拍攝的照片，法像還相當福態有精神。一個人一百二十天不食人間煙火，不但形容沒有餓成枯槁，精神還這樣「旺盛」，眞是人間奇蹟，令人萬分驚異！除了「活神仙」三字外，沒有再好的字眼形容這位「鳳胎仙骨」的道姑了！

同時某報當天的國際版，有另一則「小新聞」：「華盛頓十三日合衆國際社電」：太空總署訂十月廿九日，再發射哥倫比亞號太空梭，將首航執行發射人造衞星任務。並首度載送四名太空人。……

把這兩則新聞對比着看，在這無奇不有的大千世界上，科技發達的八〇年代，讓我們大開眼界！美國太空梭試飛成功，將在太空設置太空站，展開太空軍事化的新紀元，這種科學開創的奇蹟，比數百年前咱們的神怪小說「封神榜」、「西遊記」還神奇；而在寶島的「金鶴」宮內閉關的「鳳仙」道姑，居然創造了一百二十天「絕食」的世界記錄，也比「西遊記」、「封神榜」還神奇，堪與太空梭試飛成功比美，是世界上的大奇蹟，大新聞！

不過，美國太空梭四度試飛，均有錄影，世人可在螢光幕上有目共睹，假不了。而「鳳仙」道姑在「金鶴」宮私室閉關，一百二十天不食不飲，是眞是假，只有她自己和伺候她的人心裏有數，別人不得而知，能不引起社會大衆的疑惑！

宗敎是神聖的，筆者不敢隨意汚衊，但宣揚者與信仰者，均應眞誠的訴諸於理性、情操，不可以邪魔外道，妖言怪行，迷惑信徒誤入歧途。蓋人身是有機體的血肉之軀，和其他動物一樣，離不開空氣、食物和水，三者缺一，不能生存，短期幾日不食不飲，因身體內蓄存有營養素，可供消耗，尚可忍受。而一個人體內蓄存的營養素有限，多日不進飲食補充，一旦耗盡，便要死亡，這是不爭之理。通常一個人絕食十天左右便無法支持。「鳳仙」道姑閉關一百二十天不食不飲，天天還要唸經膜拜，出關後，還能唸咒作法一小時，回答記者訪問，這都是違背自然，不合情理的！她不是欺世盜名，迷惑信衆，便是眞正的天賦異秉的「活神仙」了！「鳳仙」既有四次閉關的經驗，何不再「坐關」一次，事前請社會有心人士監督護關，每天廿四小時，輪流看守，請電視台錄影轉播，讓我們這些凡夫俗子眞正的開開眼界，認識「活神仙」。

可是，若「鳳仙」道姑要公開「閉關」，希望她千萬不要步入三十多年前，四川的那位成年累月不食人間煙火的「活神仙」楊妹的後塵，當楊妹名聞天下，「公開表演」時，大大的漏了氣，半夜出來偷東西吃，鬧出一場天大的笑話。

一九八二年作品

「斷腸紅」與「楚留香」

二十多年前，在臺北參加朋友婚禮，禮堂設在餐廳，花燭耀采，喜幛映紅，正中斗大的雙喜霓虹燈，閃閃發光，奪人眼目。圍繞在餐桌周圍的賀客，衣香鬢影，談笑風生，充滿一團喜氣。在鞭炮掌聲中，婚禮完成，男女儐相攙扶新郎新娘進入休息室，樂隊突然奏出當時最流行歌曲「斷腸紅」，哀怨悽涼的旋律，頓時籠罩整個禮堂，使幛燭減采，雙喜失色。年長的賓客因而斂容；而妙齡男女竟不知「身在何處」，忘我的隨着節奏哼起：「以前的衣香鬢影，如今是一片淒情；恁教那春花如錦，只剩下寂寞空庭」。對滿壁的龍鳳喜幛，臺上的花燭雙喜，滿堂的紅男綠女形成莫大的諷刺！此一「變調」，顯得十分的不調和，鬧出一場大笑話。

日前桃園一鄉鎮，某女士喪禮，棺柩起靈時，樂隊奏畢哀樂，接着演奏「楚留香」主題曲。因「楚留香」電視劇，目前在臺灣正一周播映一次，十分轟動，主題曲非常流行，看過的人，多能哼上幾句。此曲奏起，現場的弔客，聞之忍俊不禁，幾乎捧腹，對喪禮現場也是一大諷刺！

和，使聞者驚異，格格不入！

「喜而歌，悲而哭」，是人之常情，性之自然。喜而突哭，悲而突歌，非人之常情，失之調和是萬物共行通道。也就是說該喜時則喜，該悲時則悲，該怒時則怒，該樂時則樂；順乎人之本性，事之常情。

所以，中庸說：「喜怒哀樂之未發，謂之中；發而皆中節，謂之和。」中是萬物自然本性，論語也說：「子於是日哭，則不歌。」也是說悲喜要合乎節度，不可突悲突喜，忽哭忽笑，逆情悖性，違背常理。

因此音樂家製樂，逢喜事慶典，配以節奏輕鬆明快的樂章；喪事祭祀，配以旋律低沉淒迷的音樂。戲劇「擊鼓罵曹」，彌衡把滿腔憤怒，發洩在「漁洋三撾」上，如雷的音節，瀟瀟有金石聲，使席中客聞之慷慨流涕！演至此時，觀者動容，胸起波瀾，情節音樂配合殊妙，才能產生如此效果。「驪歌」旋律低沉幽暗，配合生離死別場面，頓生「淒風苦雨，何日再逢」效果，動人心弦。

人生之悲歡離合喜怒哀樂，均是常情，音樂家順其情製其樂，目的在烘托情景，產生效果，引人共鳴。而目下有些「喜喪樂隊」，不知「節度」，疏忽「立場」，婚禮堂上演奏「斷腸紅」，喪禮場前吹打「楚留香」，大煞風景，令人捧腹，充分證實他們「不知樂」，「不敬業」！

一九八三年作品

夜市與趕場

「夜市」是臺灣都市鄉鎮風格別致的點綴；「逛夜市」是生活在臺灣的人一種特別享受。當華燈初上，「夜市」的攤販，把日用雜物、服飾百貨、食品飲料，排列在「夜市特定區」的馬路旁，五色雜陳，琳瑯滿目，在輝煌的燈光照耀下，擴音器裏播放的流行歌曲、臺語歌曲、歌仔戲，以及極盡誇張的叫賣聲，凑合成的「夜市大合唱」，十分熱鬧，也十分招引人。

逛夜市的人，或三五好友，或一家老小，在夜市上慢慢的躑躂，仔細的觀賞。見有心愛的物件，買下來。或到飲食攤上喝兩杯酒，吃點兒自己愛吃的東西。猪血大腸酸菜湯、臭豆腐、鷄鴨鵝肉，各色海鮮，應有盡有，隨君尊便。縱使不買東西，不吃不喝，白逛逛，聽聽賣藥的郎中手舞足蹈的大吹法螺；欣賞賣蛇者殺蛇取膽，調配血酒的血淋淋表演。老闆與購買者講價的精彩鏡頭，也是一種特別的享受！

臺北市的重慶北路大圓環，萬華龍山寺華西街一帶，和士林的夜市，臺中市的公園路、中華路和忠孝路的夜市，臺南市的赤嵌樓附近民族路的夜市，以及高雄市、基隆市的夜市都很有名。尤其臺北圓環、華西街、士林和基隆的夜市，更是中外聞名，入夜以後，遊人如織，接肩摩踵，水洩不通，中視的某節目主持人李季準，曾作過專題報導。

近年我國工業發達，經濟繁榮，國民收入提高，許是「固定夜市」不適應都市偏僻地區，鄉鎮居民的需求，因而興起一種「流動夜市」，攤販們三兩百家合成一幫，選定地區，以一星期爲循環，周而復始，到這七個地區去擺夜市。由於社會大衆平日工作繁忙，需要些日用雜物什麼的，不值得爲些許小東西上市區，跑百貨公司。待逢夜市時，逛夜市順便購買。這種「流動夜市」貨色齊全，熱鬧氣氛，不亞於「固定夜市」，生意相當好。

這種「流動夜市」如同大陸北方的「逢集」，南方的「趕場」，不同的是逢集趕場的日期多，一旬有三天，分一、四、七；二、五、八；三、六、九日爲逢場逢集的日子，不像臺灣現在的「流動夜市」，一星期只有一天。

逢場趕集是農業社會營生，鄉鎮逢集逢場之日，日中而市，百物麕集，附近村民，三三五五，扶老攜幼，上場集購物。有些農家婦女把收藏的上好農產品，針線手活拿到場集上，賣了買點日用化粧品回去。如此以物易物的交易，那時十分流行。抗戰時期，洋貨奇缺，日用雜物，都是當地土產，這些土產，質料粗拙，卻結實耐用，鄉土色彩十分濃厚，尤其川湘偏邊地區，逢場時，好似土產展覽會，各種粗工細活鞋襪衣帽，雜貨布匹，擺在場上，呈現出那年代農業社會的特色，也表現了國民堅苦奮鬬的抗戰精神。

同時，那年代交通工具也很艱難，北方道路平坦，趕集的攤販，有牛車、鷄公車（獨輪人推車），和騾馬驢子馱運；窮苦的還有一條長扁擔挑運。「地無三尺平」的湘西川東，山路崎嶇，有些地方連扁擔挑運都不可能，只能背斗（揹在背上的竹編運輸工具）揹運，十分艱苦！那像今天臺灣的「流動夜市」，攤販們都有小貨車、機車代步，再則，電力發達，擺好攤位，接上鄰近的電源，馬上燈火輝煌，熱鬧起來。飲食業者，隨車帶着瓦斯鍋爐，當場煎炸蒸煮，招引顧客。這是數十年前，堆土為灶，引火燒柴的飲食攤子，做夢也想不到的。至於現在夜市上所賣的電氣用品，服飾百貨，小孩玩的「迷你樂園」電動馬，更是四十年前，趕場趕集的人不能想像的！

由於工商繁榮，人們工作忙碌，「活動夜市」給社會大衆帶來許多方便。「逛夜市」慢慢成了都市偏僻地區，鄉鎮居民的一種生活習慣。「流動夜市」的發展，有很好的遠景。

一九八四年作品

割瘤有感

數年前，後頸生一粉刺，綠豆大小，將它挑破，擠出粉漿，根據以往經驗，粉漿擠盡，冒出血水，清洗後，塗點軟藥膏，會很快好的。不想這個粉刺，比較頑強，過些日子，它又脹滿了，再擠再脹，如是者數次，後來它封了口，不再留意。

不想過了一年，無意中摸到它，變成黃豆大一個疙瘩，長在皮肉裏面，再擠，卻擠不出來，它不痛不癢，認爲不關緊要，不去理它。

又過一年，再摸到它，長大一倍，花生米樣大，還是不痛不癢，仍然不注意它。一般人都有這種心理，身上長個小東西，生個小毛病什麼的，只要「不痛不癢」，不令人不舒服，不會去特別注意它，認爲它自動會好的。

再過一年，去摸它，又長大一倍，像個小瓶塞子。然雖仍是不痛不癢，不得不重視它了。蓋頸上皮肉不多，離頸椎太近，是接近中樞神經的重要部位，它一再向裏面延伸擴張，小病不除，會成大患，萬一它進入頸椎骨髓，汎濫起來，可直達神經中樞，麻煩可大啦！上月三十日上午，到澄清醫院外科掛號，請醫師診視。張振亮大夫診視後說「要開刀切除」！約定當日下午三時動手術。

切割小瘤，雖然是小手術，張大夫還是認眞的按照手術程序進行。我俯臥在手術檯上，消毒後打麻藥針，蒙上手術巾，在兩個看護協助下，開始手術。大概頸上皮肉堅韌，下刀困難，但聽「格崩、格崩」響，張大夫用力的呼吸，也聲聲可聞。護士小姐說：「這小東西倒挺難對付呢」！後來許是取來了藥剪，周圍剪活動後，才用刀把瘤挖了出來。費時四十分鐘，他們三人累了一身大汗。一週後拆線，換了幾次藥，安然痊癒，心裏十分輕鬆。

我們人身上長瘡生病，須趁早求醫，痛苦少，易治療。若小病不注意，慢慢變成大病，再去求醫，往往會發生「太遲的悲劇」！養癰固然遺患，養瘤有時也能致命，只要它生長在要命的地方！

人身上會生瘡長瘤，國家社會也會「生瘡長瘤」。刁民、訟棍，是地方之瘤；流氓、毒犯、竊盜，是社會之瘤；貪官汚吏，是國家之瘤。他們小者，可使地方不太平，社會不安寧；大者，影響士氣，動搖邦本，喪權辱國！更令人頭痛的，人身上生瘤，一旦下了決心，可以馬上請醫生開刀割掉，永除後患，而這些國家社會之瘤，比人身上之瘤頑強千萬倍，寄語身負社會治安的官吏、各級公務機關的主管，一定要有壯士斷腕的魄力，始可手到病除，社會才得安寧，國家才能富強；否則，「養瘤成癰」，後患可大啦！

一九八一年作品

愛心與耐心

人際之間，相處融洽和好，愛心與耐心是很重要的條件之一，愛心與耐心配合得好，不但可以拉近人與人之間的感情，還可以高度發揮休戚互助的力量。尤其作父母、師長、醫生的，愛心與耐心的配合發揮，更爲重要。若配合的完美，作父母的可以教養出好兒女；作師長的可以教導出好學生；作醫生的可以使病人安心療養，早日康復；醫術藥石發揮事半功倍的效果。

蓋爲人父母者，都希望子女成龍成鳳，光宗耀祖，可是，有些父母對子女的愛護過深，期望過高，往往失之急切，缺乏耐心，而產生反作用，使兒女感到父母的愛如同烈火，在「高熱」的壓力下，他們的身心受到很大的戕害，演變成無法彌補的悲劇。

在今天升學至上，以文憑取才的社會觀念裏，學校教師，爲使自己的學生升學率高，爲學校爭取榮譽，爲家教爭取號召力，求好心切，常常鞭策學生，努力用功，尤其成績較優的學生，期望他們將來參加聯考，上榜第一志願，成爲學校的優秀「標本」，往往逼得他們不眠不休，廢寢忘食，而逼出毛病，甚至發生意外！

對醫生來說，耐心更爲重要；若醫生缺乏耐心，醫治病人，沒有查出病源，率爾處方，萬一用錯了藥，打錯了針，會把小病看成大病，甚至鬧出人命！因此，醫生的愛心與耐心配合，更甚於前二者。筆者有位朋友，前年遇到一位極富愛心，而缺乏耐心的外科大夫，給他「挖肉補瘡」，他背上的癰挖去碗大一塊肉，必須兩度植皮補肉，第一次補中央一塊，因缺乏耐心，手術早了一週，中央肉牙未長豐滿，待二度移補四週，痊癒後，周圍隆起如丘陵，中央凹下如盆地，怕有後遺症，很使他擔了一年多的心。

筆者去年割頸後肉瘤，在澄清醫院外科偵察室（兼急診室）遇到十分有耐心的張振亮大夫，他約我下午三時動手術，我兩點就掛好號，這時急診室已患人滿；我目睹他給一個六七歲的小孩縫額頭；給一個被機器輾傷手掌的人縫手；中途又送進來三個被瓦斯燒傷，一身焦黑，起了很多燎漿泡的電信工人，他指示護士給他們打針、剪破水泡、塗藥膏，自已親手繪下傷情圖，塡寫病歷卡，送進病室。隨後，接著又給一個病人右臂動手術。他把這些病人弄好送走，已是下午六點一刻，他不休息，緊接着爲我割瘤，又忙了四十五分鐘，把我的瘤割掉，給我開方打針，已是七點十分，他是如此不慌不忙，有耐心有精神的給病人治療包紮。他鎭定沉着，而能使病人安心等待，好像吃了定心丸一般。若他沒有耐心不夠鎭定，見了那麼多急診病人，稍微緊張失措，便會影響病人的心情而不安起來。由此可見，一位醫生的沉着有耐心是多重要了！

愛心與耐心的配合，看似容易，事到臨頭，作起來卻很難，全在一個人平時的修養。

一九八三年作品

強者不懼風雨

一個人的人生旅程，有時平闊坦蕩，有時崎嶇波折。當你步入坦途，你的事業鴻圖大展，你的計劃無往不利。這時，你的心裏好像懸掛着一幅麗日和風，花錦草秀，鳥鳴蝶舞的優美圖畫。你的親友親近你，求助你；你的同業（或同事）羨慕你，讚美你。你像皇冠上的珠寶，光芒四射，引人注目。這時你會欣賞眼前的美景，洋洋自得，非常驕傲。

可是，「高山之下，必有峻谷」，當你遭遇逆境，進入小道羊腸，崎嶇難行，你的事業障礙重重，到處碰壁，這時，你的心裏烏雲蓋天，充滿苦風淒雨，艷陽芳草的美景遠離而去。你的親友疏遠你，你的同業（同事）趁機落井下石，打擊你，這時你像喪家犬、落水鷄，顧影自憐，心灰意冷，也許從此一蹶不振，自毀前程！

得意時忘形，挫敗時灰心，是人之常情。惟智者強者，在運走高潮時，不但不得意不自滿，反而力求精進，更上層樓；處於逆境時，不但不灰心，不喪志，反而能在風雨中冷靜沉着，再接再厲，以堅韌不拔的意志，克服重重難關，另闢途徑，開拓遠景。

是故，朔風霜雪，只能摧殘脆弱的嬌花柔草，卻煆煉了松柏竹梅的鋼骨鐵枝。

準此，宇宙萬物，凡不畏風雨，經得起霜雪考驗，從風雨中掙扎出來，不屈不撓，而能昂然立定腳跟的，都是強者、智者、勇者。他們往往經過幾番奮鬥，在風雨之後，必能有新的面貌新的形象出現。

所以，風雨後的天空顯得特別蔚藍，風雨後的大地顯得格外遼闊，風雨後的草木顯得特別挺拔，風雨後的花朵顯得格外艷麗，風雨後的山峯顯得特別蒼翠，風雨後的河水顯得格外清明。

個人的機運如此，國家民族的機運亦如此。在一個國家內政修明，外交順利，經濟繁榮，社會安定，國民生活和樂富裕之時，若人人沉溺享樂，奢侈糜爛，社會上充滿聲色犬馬，玩物喪志的現象，一旦遭受挫折，風雨侵襲時，就經不起打擊，會走上敗亡之途！

反之，在國運順隆時，國民不浪費不奢侈，不沉溺物慾，一旦受到逆流衝擊，全國上下，才能在「風雨中生信心」，同舟共濟，團結一致，共渡難關，創造新局面。職是之故，少康以十里之地一旅之衆，能經百戰而中興。光武以河北之地，勵精圖治，擊敗羣雄而重振漢室。勾踐忍辱負重，臥薪嚐膽，生聚教訓，最後，消滅夫差。這些都是經得起風雨考驗的好榜樣。

總之，風雨只能摧毀弱者，強者不懼風雨。

一九八二年作品

魔術方塊風

臺灣地小人多，新聞傳播事業發達，「有心人」搞點新奇玩意，一經吹嘘宣傳，推波助瀾，很快形成一股風氣，流行起來。在風氣狂熱之時，被捧上九霄，身價之高，令人咋舌，一旦風消氣散，身價又跌落得一毛不值，有時連糞土不如！

十多年前「養鳥風」登峯造極之時，一對錦靜鳥價高兩萬餘，可抵當時中下級公教人員二、三年的薪水！一對小紋、胡錦，也價値數千。若問這些小小的鳥兒爲什麼這樣尊貴，身價這樣高昂？恐上帝也不能解答，眞令人慨歎「人不如鳥」！可是，風氣一旦過去（自然是有人操縱），下等鳥四姊妹之流，賣不出食料錢，殺了吃吧，那樣瘦小，麻煩手腳，只好放它們自由！

臺灣三十多年來，類似養鳥的風潮，有養羊蟲（又叫陽蟲），餵鵪鶉、養牛蛙、餵兎子、養紅蚯蚓等。鵪鶉可以生蛋，兎子、牛蛙肉鮮美，蚯蚓可賺外滙；惟有養羊蟲之風興起，實令人莫名其妙！不知那位「醫學專家」，去韓國觀光回來，帶回幾盒羊蟲傳種，說生吞羊蟲，用羊蟲糞便蒸蛋吃，可治百病，強身壯精，市面有食用說明書銷售。因養羊蟲十分方便，有一隻空奶粉罐即可，飼料是紅棗、蓮子、當歸、茯苓、甘草等十來味中藥，繁殖很快，風氣與起神速，不幾月時間，把中藥的價格哄擡了起來！筆者親眼看到一位同事爲了強身，每天早晚，活活吞下十數隻羊蟲。另一位同事爲了治病，用羊蟲糞便蒸蛋吃，大概味道不好，吃時只皺眉。結果，前者身體未見強壯，後者不但病沒有好，臉上長斑發腫，悔之不及！其實所謂羊蟲，大陸江南稻子開花時，小姑娘們養着玩兒的一種小甲殼蟲，俗稱「九龍蟲」，用稻花飼養，沒有人吃它們。不知爲何到了臺灣，「九龍蟲」這樣尊貴（吃中藥）神通廣大起來！

除了養小動物，還有許多小玩意，也能在社會上與起熱浪，風行幾年。五十年代流行的呼拉圈，颱風一般掃蕩臺灣，到處可見大人小孩，在呼拉圈裡扭腰擺臀。推銷商人當然離不開「強健身心」之說。後經醫學家指出，玩呼拉圈易傷人脊椎神經，後患無窮，呼拉圈才偃旗息鼓而去！

繼呼拉圈而來的，有飛板球、碟仙、迷你高蹺、樂樂球、科學陀螺、滑溜板，以及最近以雷霆之勢襲擊臺灣的「魔術方塊」！商人說它可以測驗一個人的智商，訓練人的頭腦，在報紙、電視上大事宣傳，來勢之猛，前所未有！臺灣很多青少年，現在正如火如荼的「入魔」！

不過，說它是個消遣的玩意尚可，說它能測驗一個人的智商，大有問題。筆者借來一枚「轉轉」，發現玩這玩意，不過是死板的竅門，類似玩「九連環」，學通竅門，玩起來就能得心應手，不需要什麼高深的「智慧」和「學問」，有「學問」有「智慧」的是購買專利權的商人，聽說早已賺了數千萬元！

「十年風水輪流轉，各領風騷三五年」，臺灣這種「風騷」事太多了！「魔術方塊」之風能「騷」好久，由它的售價狂跌，可看出些端倪，它來的猛，去的快，不信，等着瞧吧！

一九八二年作品

雹打春紅

——哀林明輝

近年高中、大學學生，或擔心聯考落榜，或惶恐學分赤字太多，被勒令退學（大學法規：必修科目重修二次仍不及格者，不及格科目連續二次達各該學期所修學分數總數二分之一者，不及格科目達該學期修習學分總數三分之二者，均勒令退學。），而自殺事件，時有所聞。見諸報端的有：大學聯考放榜前夕，一考生怕名落孫山，跳樓自殺；臺中女中一學生爲升學，受到父母的壓力太大，在一咖啡店跳樓身亡；臺北某大學一學生，擔心學分赤字太多，跳樓死亡；臺中某大學一學生已讀到四年級怕不能畢業，跳樓跌得腦漿迸出；此外，沒有被記者採訪到，僅在校園、街鄰間傳說的事件，不知多少；至於爲聯考，過度緊張，得了精神病的，更無法統計。

我國的教育走入「升學主義」的死巷，早成詬病。考生年年增加，升學的管道越來越窄。每年炎夏「考季」來臨，考生家長提心吊膽，惟恐兒女落榜，不能「成龍成鳳」（雖然考取了，將來未必會成龍成鳳）；考生本人惟恐擠不進大學的窄門，斷送了前途。（雖然考取了大學，未必有好的前途）。考生和家長爲什麼這樣重視升學聯考？因爲目前我國公私機構用人取才，以「文憑」衡量資格才能。這種「文憑主義」的人事管道，促成教育走進「升學主義」的死巷子，莘莘學子在「升學主義」的壓迫下，從國小就開始，爲升高中、升大學兩次聯考準備。同時，在「升學主義」的教育下，國中的級任教師，以他班上的學生考上有名的高中名額多，而引以爲傲；高中的校長，以他學校的畢業生，考取大學的百分比，名列前茅，引以爲榮；誰家的孩子考上有名的高中、國立大學，鄰居親友向他道賀，稱贊他會讀書，家教好；師長們爲他高興，誇獎他聰明，讀書用功；父母兄弟姐妹更是感到非常榮耀。若他在某補習班補習，補習班會發給他獎金，把他的照片大名印在廣告上大事宣揚。不管日後的前途如何，眼前卻是這樣的光彩榮耀。作父母、作子女的誰不希望這樣；相反的，放榜後，若名落孫山，情況是一百八十度轉變，別的不說，考生本人如墜下深山峻谷，失魂落魄；他的父母心如刀絞，不知如何安慰他、鼓勵他。因爲聯考放榜，落第自殺、發瘋的前例這樣多，惟恐自己的兒女步上後塵，怎能不擔心？

職是之故，升學的層層壓力，如滾雪球，越滾越大，越接近聯考，壓力越重，精神崩潰，或得了精神病，或萌短見自殺，給家庭帶來慘痛的悲劇！

這些年來，每當聯考迫近，考生緊張惶恐，已「日久成習」，有時發生二三不幸事件，社會大衆感歎一陣，教育當局，有關官員，「例行公事」的呼籲大家「不要如此看重升學」、「鑽牛角尖」，「開拓前途的管道很多」、「行行出狀元」啊，等等「官樣文章」一番，卻沒有人提出改革教育的新政策。如此這般日久天長，「習慣成自然」，在一般人的心目中，少數學生為升學發瘋、自殺，不是一件了不得的事情。

可是，日前臺北仁愛國中應屆畢業生林明輝為怕考不上好學校，跳樓自殺，卻是教育當局、社會大衆不能忽視的不幸事件，請想想，一個十四五歲的國中學童，他該是多麼珍惜他的生命，愛他的家人，但，為了升學的壓力，居然從九樓跳下自殺！這件不幸的事件未發生之前，誰能想到、誰敢料到？林明輝，若不感到升學的壓力萬分沉重，若不是萬分惶恐，考不上好學校，他怎能有這樣大的「勇氣」從九樓躍下！（走筆至此，擲筆再三。）

教育本是春風化雨的工作，培養國家的幼苗正常的生長、發育、茁壯，使國家未來的主人翁有健康光明的遠景。而我們今天的教育走進「升學主義」的死巷子，越向前走，越逼向極端，升學的壓力對莘莘學子成了嚴霜冰雹，使這些脆紅嫩綠的幼苗，遇到無情的摧殘，能不痛心！

一九八三年作品

沒落的歌仔戲

日前三官大帝聖誕，及慶豐收，村民大拜拜，請來一臺歌仔戲。鑼鼓震天，十分熱鬧。晚飯後散步，我信步來到拜神的地方，看看唱的什麼戲碼，藉以引發些思古幽情。

這天唱的「乞丐王子」，故事家喻戶曉，臺上演員十分賣力表演。可惜擴音器開得太大，鑼鼓聲響徹雲霄，震耳欲聾，（這是歌仔戲的最大缺點）。我站得很遠，看了一會，發覺臺上的角色動作，與唱白、鑼鼓有點不脗合。好像轉動機器的齒輪銜接不靈活，超前錯後，非常彆扭。

起先，以為自已站得太遠，視覺比聽覺靈敏，如看擣衣，衣杵揚起，始聞擣聲。走近戲臺去看，發現臺上的歌仔戲有了驚人的「大改革」！現場沒有敲打鑼鼓操琴的文武場，臺邊放一臺巨型電唱機，伴奏的樂器與演員的唱白，都是事前錄好音，電唱機放錄音帶，演員們在臺上依照電唱機放出的鑼鼓點，唱白，比劃表演，「對嘴」而已！有時臺上演員多，比劃的動作難免配合不上鑼鼓點，形成脫節走板不脗合的現象。

我國戲劇，熔歌舞於一爐，無聲不歌，無動不舞，最重要的是現場表演，演員的唱做與文武場配合無間，才能發揮最高效果。打鼓佬是全場總指揮，視劇情與演員表演的情形，指揮演奏，務使角色的表演與樂器的伴奏，水乳交融，天衣無縫，臺下的觀衆才看得高興。

同時，同樣一齣戲，演員各場的表演，水準不全一樣，唱腔道白可能隨時有變化。尤其丑角現場揷科打諢，常會隨機應變，多說兩句少說兩句，鑼鼓點得應變配合。總之，演員唱做表演與文武場伴奏配合，如魚與水，相互配襯，是活的。若文武場與唱白事前錄好音，在現場一桶水似的直往下放播，演員受制於電唱機，只能在臺上作傀儡式演出，這還有什麼藝術價値?已失去我國戲劇原有的風貌!

五十年代，陳若曦的短篇小說〈最後夜戲〉，描寫歌仔戲式微狀況，那時老闆尙有鬥志，要演員唱最拿手好戲「雪梅思君」，招徠觀衆，散戲時，分送女主角照片給觀衆，希望挽回頹勢。數年前洪醒夫的〈散戲〉中，歌仔戲已沒落到臺上演員隨意亂改劇情臺詞，前臺後臺鬧成一團。演秦香蓮的女演員聽到後臺兒子的哭聲，居然改詞向包大人「請假」：「啓稟大人，民婦先行告退」!簡直沒有一點「戲格」了!

這個玉山劇團有次演招牌戲「精忠岳飛」，鬥不過康樂隊的「熱情歌舞」，竟走火入魔，老闆要扮岳飛的女演員唱流行歌「梨山痴情花」，被康樂隊譏笑，老闆演員還會抱頭痛哭。後來歌仔戲揷演「熱情歌舞」成了家常便飯!

現在的歌仔戲沒落到鑼鼓點和唱白事先錄好音，只在臺上放錄音帶，演員的表演是「比劃對嘴」，這還像戲劇嗎？歌仔戲沒落到這種地步，還有什麼前途!?

一九八一年作品

中學生的作文題目

小女讀高中，兩兒讀國中，有時看了他們的作文題目，爲他們揑把汗。小小年紀，讀了幾年書，腦袋裏裝進幾許學識，對國家政事，社會民生，有多少瞭解？平時要他們傳述一件事情，寫一封信，常條理不清，詞不達意。作起文來，動輒要他們論天說地，實在很爲難他們。不是把一件事情反來覆去說不透徹，便是在書本上範文裏東抄兩句，西抄兩句，或是引證些成語、格言、口號，生呑活剝的解釋一番。東拼西湊，勉強成篇。所論之事，義理不淸，詞句不順，顚倒參差，不知所云。

作文有如烹調，材料豐富、技術好、經驗多，自然能烹出美味佳餚。中學生頭腦裏裝的不過是兩斤白菜，幾塊豆腐，三根葱，幾片薑，缺乏操作經驗。讓他們炒兩盤家常小菜，勉強可以勝任。若要他們烹調海參魚翅，燕窩蝦蟹這類名菜，他們便不知如何配料調味，無從下手了！

準此，中學生的作文命題，似應以接近他們智識領域的事物爲主。而且要淺近明顯，使他們有充分發揮的能力，再從他們作文的立義是否切題，條理是否明暢，詞句是否鮮活，結構是否嚴謹，看出他們的國文程度，作文水準。若出些經世治國，可以作爲博士論文的大題目，叫他們作，他們看了題目，如走進八卦陣，摸不到東南西北，除了亂抓拼湊抄襲外，以他們的所學所知，如何能寫出這樣的大塊文章？

一九七七年高中聯招會，出的作文題目「照鏡子」，大學院校聯招的作文題目：「一本書的啓示」。這兩題的觸角都很寬廣，考生容易發揮。尤其後者，那年鄭豐喜著的《汪洋中的一條船》，頗受青年學生們喜愛，許多考生以這本書，寫出他們的感想。作文時，一個個展眉微笑，埋頭急書。次年大學院校聯招的作文題：「憂勞可以興國，逸豫適足亡身」，這樣一個可以送到中央研究院去研究的，治國平天下的大題目，叫高中畢業生去作，太不適合。考生個個愁眉苦臉，無從下筆。（筆者監考所見）。

閱卷後，某報專文報導：一般水準尚可（這是客氣話），但眞正破題深刻的文章並不多見，有的不過百字，就草草成篇，或者反覆論理，內容空泛，更有些考生連題目都看不懂！

我們的中學生，在功課與考試的壓力下，缺乏活潑朝氣，戴眼鏡的學生甚至比不戴眼鏡的多，這是很可怕的現象。平時的作文題目，又這樣艱澀，老生常談的論東議西，長此以往眞擔心我們未來的主人翁，都變成了小老頭！

一九八〇年作品

為三升米磕頭

我友龍君，二十多年前，在某單位服務，公餘自修補習，塑造自己。胸無大志，但求一分耕耘一分收穫，不讓自己隨波逐流，因循消磨。當時國家正處在風雨動盪之中，工商業不發達，經濟蕭條，待遇菲薄，他常入不敷出，寅吃卯糧，現實拖累甚重，領悟到心靈精神提撕上昇，肉體（現實）重累下降，兩不相顧，深感其苦。

其時，一位高僧指點他：人生如登山探險，欲攀緣峻谷絕壁，必須付出極大耐心和忍力，克服現實困苦，努力向上攀登，不要任由環境擺佈，隨俗下流，只要能把握一中心思想作爲生活的主宰，心靈自然便會提撕上昇。

他記着這些金言，刻苦自勵，把人生看作一場長久的戰鬪，採「邊戰邊走」戰術，朝他的目標推進。二十多年來，雖無成就，卻也沒有被環境擺佈，隨波逐流。他喜愛讀書沉思，長進了許多知識，磨練出一雙銳利的眼光，和一個精細的頭腦，觀察世事演變，研究是非眞理，不作糊塗人，不被人欺騙愚弄。

可是，他不該自不量力，於十年前成了家，生了幾個兒女。向上攀登的途徑，原本萬般崎嶇坎坷，一人向上攀登，已經十分困苦，現在被妻兒抱着腿脚，意志不能集中，精神不能貫注，這攀登之途更為艱難，精神與現實像兩隻巨手，撕裂得他苦不堪言。

離開某單位，為了一家生計，他另找生路，年逾耳順，去打工餬口，感到是在「零售人性尊嚴」，自尊心被削剝儘盡。苦苦修練了多年的精神堡壘，一旦被現實的槍砲攻破，頓時失去憑藉。他覺得自己在「為三升米磕頭」，成日「冰炭滿懷抱」，十分的嚮往陶淵明的「不為五斗米折腰」的精神，和「歸去來辭」的豪情。

筆者得知他的苦悶，勸他認清時代和環境。陶淵明之所以能「不為五斗米折腰」，他生存的時代環境與現在不同。同時，他的故居有田園十數畝，草屋八九間，後園有楡柳、桃李羅堂前，東籬可栽菊，南山可種豆。(這些土地若在今日的臺灣，建成別墅大厦，變成了億萬大富翁呢。)有此環境，才能培養出他那種「採菊東籬下，悠然見南山」的閒雅恬淡的胸襟，和悠然自得的境界。

你今天生存的是工商社會，動亂時代，為求生活，人際之間競爭劇烈。臺灣地少人多，你無立錐之土，家無隔宿之糧，又沒有資本經商，更無長才受人聘用。一家數口的衣食住行，依靠什麼?虧你讀了許多書，眼明心細，怎麼聰明一世糊塗一時，不面對現實，好好為人工作來養家活口？還像二十年前，待在象牙塔裏作白日夢。說什麼心靈上升，肉體下降，須知「衣食足而知榮辱，倉廪實而知禮節」。你若不「爲三升米磕頭」，一家人何以度日？你沒有淵明的田園可歸，怎麼能嚮往他的「不爲五斗米折腰」呢？

一席話說得吾友大醒大悟，連連點頭，不敢再作白日夢，希望什麼心靈上昇，眼前最大的課題，是如何解決一家大小的民生問題，待一家人吃飽穿暖以後，再去講究什麼「人性尊嚴」、「自尊心」這些「面子問題」吧！

一九八一年作品

風水輪流轉

一九四八年冬，內戰失利，人心惶惶，通貨脹膨，金元券貶値，你手上的金元券上午可以兌換十塊銀元，下午也許只能兌換六元。漢口花樓街買賣銀元的攤位有數百家之多，靠買賣銀元賺取差額的人，來來往往交頭接耳，相互打聽黃金銀元的行市。時有間諜混雜其中，造製謠言擾亂人心。銀元的價格有如張了翅膀，直向上飛！

當時白崇禧將軍任華中軍政長官公署司令長官，爲安定人心穩定金融，下令衞戍司令部捕捉擾亂金融歹徒，曾抓住兩名造謠生事間諜，在花樓街口三民路槍決示衆（那是戰時當用重典）。花樓街雖然平靜了幾天，黃金銀元的價格仍如脫韁之馬，無法控制。

次年五月，長官公署撤出漢口前夕，（筆者當時在長官公署第一電臺任職）金元券已無人通用，後來銀元券上市也是一日數貶。湖南廣東廣西這時只流通銀元、毫子（小銀幣角子）和民初的銅板。部隊的薪餉副食費也改發銀元。由於銀元使用方便，平時一兩黃金可以兌換百塊銀元，這時僅能兌換五、六十元。兵荒馬亂，購物不能用黃金交易，銀元銅板攜帶使用方便，所以價格特高。

這時最昂貴的東西是食物米糧，最低賤的東西是房地產，逃亂的人吃兩碗飯兩個饅頭，可以跑數十里度過一天，房地產不能扛着跑，也不能果腹：同時擁有了它，共軍來後要鬪爭你、公審你，那時就災情慘重了！

臺灣近十年來工商業發達，經濟繁榮，國民收入日增，筆者住潭子鄉，以潭子加工區工人來說，一九七四年間，新進工人月資七百餘元，現在是三千多元，有時加班可領四五千元，其他行業的收入當然也在增加。由於國民收入多，生活水準提高，購屋置產的人日見增多，同時人口膨脹，房地產的售價月月在漲。十年前臺中市近郊的土地七八百元一坪，現在要二三萬元；自由路遠東百貨大樓的原址是成功戲院，土地出讓據說是四萬元一坪，現在那一帶的地皮要七八十萬元一坪，這價格可以買六七十兩黃金，打成金片能把一坪地封蓋起來，眞是寸土寸金！二樓店舖別墅，數年前一樓售價二三十萬，現在要兩百萬左右。雖然房地產價如此高昂，推出的新屋銷路都很好。去年底受美與中共建交的衝擊，房地產售價凍結了二三個月，現在中美新關係建立，人心又安定下來，房地產價格又開始蒸蒸日上。

風水輪流轉，三十年前黃金銀元價格高昂受人歡迎，房地產送人都沒有人要，今天黃金價廉（以物價對比），房地產卻最熱門，月月上升！此無他，那時在戰亂中，人心惶惶，以不淪入共軍之手爲最大幸運，而今天社會安定，國民生活寬裕，以住豪華別墅，用舶來品裝潢設備爲榮，房地產焉有不漲之理！

一九八〇年作品

異鄉野魂

熱愛家鄉故土，是國人數千年的傳統觀念，尤其在農業社會，這種觀念更爲強烈，很多人一生未走出家鄉百里，甚至有些婦女，一輩子不曾離開過出生的鄉鎭，他們總認爲家鄉的一切是好的，離開它，好像就不能生存。所以父教子師教弟，要他們從生到死守在家園，不要離鄉背井，出外流浪，作流浪漢異鄉人是很苦的！

因而傳說有這樣一個令人心悸的故事，某一朝代，連年征戰，邊關守卒，很多骨埋異域，作了他鄉野鬼，被當地鬼魂欺侮，苦不堪言，欲魂歸故土，沒有朝廷文書，乞求歸魂，擾得官長不能安眠，乃修本進京奏明天子，聖上見憐，降旨邊關，命守將做法事念經焚紙，超度戍邊鬼魂還歸本土，與他們祖先魂靈團聚，得以安息九泉，邊關官長才得安枕。由此可見，異鄉之客不能做，異鄉之鬼更不能作！

越南赤化，越共政府百般迫害我旅越華僑，尤其近年更變本加厲，驅迫華僑作海上難民，一船一船在海上飄流，到處被拒收留，從螢光幕上報紙上看到那些海上難民，饑餓疾病，受盡苦痛，船到香港、大馬、非島，被拒上岸，他們爲求生存，或絕食抗議，或投海作最後掙扎，因而很多無辜喪生。我炎黃子孫何其不幸，作了異域人，受盡蠻邦的殘酷虐待，他們生無投依之地，死無埋骨之土，生受辱，死受苦，無求無助，任人迫害，無力反抗，如此悽慘遭遇，令人不忍卒睹！哀哉，那些海上飄流的華僑難民！

筆者離鄉背井四十年，深知他鄉作客況味，回憶故土之香，親情之愛，手足之情，子夜夢回故里，探望白髮雙親，醒來淚濕衣枕，心痛如絞！古人詩云：「悲歌可以當哭，遠望可以歸鄉」。久作異鄉人，深知其中苦，走筆至此，感慨萬千，惟盼早日統一，得歸家園，他日不作異鄉野鬼，乃畢生之大幸矣！

一九八〇年作品

順境與逆境

傳說有這樣一個故事：「一位窮秀才死後，常陪閻王下棋，閻王看他正直信實，願幫他轉世投胎，到人間享受一生榮華富貴，問他有何願望？窮秀才吟詩一首道出心願：『父爲宰相子狀元，一妻一妾美且賢，良田數畝屋數間，一生無病到百年』。閻王問他爲何自己不當宰相作狀元？他說：『當宰相作狀元，要理朝政，十分勞心，作宰相兒子，子以父貴，我是公子少爺；作狀元父親，父以子榮，我是老封君老太爺。一妻一妾，妻賢妾美，享盡齊人之樂，而無鬩鬩勃谿；瓦屋數間居住清靜，良田數畝種植花木，陶冶性情。人生四苦生老病死，生老死皆不能免，只要免去病苦，安安樂樂活一百年，壽終正寢，這樣的人生，不是十分美滿嗎？』閻王聽罷哈哈一笑道：『世上有這樣完美的生活，願把我的職權讓給你，我去投胎吧！』」

這個故事告訴我們，人生不能盡如理想，十全十美。俗語：事不如意者十常八九。人生的行程，有時邁步在寬敞坦途，有時在坎坷中跋涉。在坦途中，是人生的順境，做事得心應手，心情開朗，胸襟寬濶，精神愉快，這時你要盡心盡力把握這良好的時機，創造一番事業，切忌志得意滿，驕傲自負。同時要想想目前的境遇是怎樣來的，若是自己的才能爭取來的，繼續努力，更上層樓，若是風雲際會得來的，更須激勵奮發，不要辜負這良好機運，否則，也許在你得意忘形之時，栽下筋斗，一蹶不振！

人生步入逆境，凡事不遂心，碰壁出紕漏，常受小人暗算，心情苦悶，精神頹喪，如在狹谷中摸索，寸步難行。這時你千萬不可灰心，怨天尤人，自暴自棄。你須鎭定冷靜，檢討逆境的來源，若是環境形成的，咬緊牙根克服它。若是自己造成的，須奮發圖強，重新振作，山窮水盡處，也許就是柳暗花明。

人生在順境中，事業步上高峯，不好自爲之，善加珍惜，一味趾高氣揚，玩弄權術，很易招致失敗！高山之後有深谷，尼克森連任總統，可說登峯造極，被「水門案」推下無底深淵，再難復起！韓信封齊王滅項羽，創下豐功偉業，只因持功驕矜，而命喪未央，遺笑後世！

人生在逆境中，事事不如意，困難重重，只要能堅忍自強，自然能衝破困境，再上坦途。蘇武被困北海十九年，在冰天雪地中成日與羊爲伍，茹毛飲血，其處境之艱苦，不難想像，可是他不屈服不灰心，終能克服艱辛，完成志節，重回漢朝，他的忠貞氣節，堅靱不拔的精神，千年萬世，受人敬仰。

不見高山不顯平原，不見激湍不顯平川，人生亦如是，不經逆境的艱難困苦，那能感受得到順境的暢通豁達，奢望人生十全十美，盡如己意，只能在夢中求得！

一九八〇年作品

「荆門」在那裏？

徐復觀先生大作：〈從顏元叔教授評鑑杜甫的一首詩說起〉，對「析杜甫的詠明妃」提出的意見非常中肯，尤其對荆門這個地方的解釋很有見地，可是引證的資料還不夠詳盡。筆者一九四五年春隨軍由鄂北老河口經興山、秭歸、巴東、恩施入川，途經王昭君的出生地。次年冬隨軍到鄂西，又到秭歸、興山、荆門這一帶走動了幾個月，到過荆門縣以南的「荆門山」（許就是杜甫詠明妃詩中所指的荆門），願提出陋見，就教高明。

鄂西有荆山脈，位於保康縣以南，與山縣東北，荆門縣西北，山脈西北接武當山脈，往東南進入當陽、荆門縣境，荆沙平原的邊緣。長約二百多公里，寬約數十公里，中有主峯名荆山，卞和就在此山中獲得和氏璧。荆山東南麓數十里外有一山，上合下開其狀如門，故名「荆門」，有「荆山之門」之意。山北卽荆門縣城，縣名由「荆門山」而來。

宜昌對面，長江南岸另有一荆門山，位於宜都縣西北，長陽縣以北，三斗坪（抗戰時江南入川之重鎭）東南，與江北的荆山遙遙相望。有些人解釋「羣山萬壑赴荆門」的荆門，指的是這個荆門山。

王昭君的出生地香溪西岸，秭歸縣城東北，興山縣以南，俗稱「皇娘坪」。筆者一九四五年春入川時，曾在此休息，當地人告訴我許多昭君進宮的傳說。「皇娘坪」不太大，百十來家村舍，數十家店舖。次年冬，隨軍到鄂西，部隊由漢口乘船，經沙市、宜昌，在香溪口上岸，沿溪北上，經興山，到荆山南麓的歇馬河，轉東南至荆門縣，荆門山，又聽到許多有關昭君的故事，香溪由昭君曾在這條溪中洗手而得名，傳說昭君洗手的那段河水，風吹不起波浪。

「皇娘坪」（昭君村）在荆門（縣、山）以西百多里，若杜甫的＜詠明妃＞是在他到江陵後所作，從夔州南下江陵，途經巫山、三峽、巴東、秭歸、宜昌，千山萬壑連綿數百里，沿江美景盡收眼底，在他腦子裏會留下印象，昭君村在江北秭歸，他寫＜詠明妃＞時，當然聯想到的是荆山南麓的「荆門山」，不會想到江南的「荆門山」，這是很自然的心態。同時，荆門山以東慢慢進入荆沙平原，夔州以下羣山奔騰到荆門，已到盡頭，杜甫看了這樣氣勢的風景才有「羣山萬壑赴荆門」的磅礴意境，也可說得通。所以，徐先生文中說「羣山萬壑赴金門」，應是指的荆門縣這一帶地方，是合情合理的，不過他不知道荆門縣以南還有荆門山而已。

一九七九年作品

主管改稿

作幕僚多年，對主管改稿一事，值得一記。

承辦人擬稿，送主管核定，發現文句欠妥，意義晦澀，修改刪增，乃當然之事。若主管文筆修養好，往往一字之增減，一句之變換，有畫龍點睛之妙，頓使稿文脫胎換骨，面目一新，所陳之事，如秋水明月，一目瞭然，可惜這種主管如鳳毛麟角，百難見一。

一般主管多愛改稿，尤其自命不凡、「官大學問也大」嘛，好像改稿是他的威嚴特權。不管擬稿人所擬稿件如何通順明暢，他總要更改一番，表示他是主管，比你有學問。否則，好像有失尊嚴。

一件文稿，修改一二句兩三字，只是「小手術」，不傷「大體」。有些主管，喜歡賣弄，又十分固執己見。逢稿必改，而且是大改特改，改得面目全非，不是臃腫不堪，便是殘缺不全。以筆者多年幕僚經驗，把這些主管改稿的大筆，可分以下幾類：

戴帽類。在文稿頭上戴頂秀才賣驢的帽子，從盤古開天地申述起，引經據典，講一番大理論，然後轉入主題。

熊腰類。在正文中繞上一截王大娘的裹腳布，左一番道理，右一番道理，上引經典，下據理論，東舉一例，西提一證，最後反正開闔作個結論。本來三五句話說明的事情，東拉西扯，累贅成百數十句。結果反賓爲主，逼得主題不知去向！

穿靴類。有主管惟恐擬辦的事情，上級不允許，結語的時候，再三臚述理由。如此辦有什麼益處，結果如何。不如此辦有什麼害處，結果又如何。辦前二條不辦後二條有什麼後遺症，辦後兩則不辦前兩則又有什麼後遺症，上引下接，左右開弓，又是一篇文章。

程咬金的斧頭類。有些主管主見很深，見稿不如己意，舉起筆來大塗大抹，如程咬金的斧頭，砍得你缺胳臂斷腿，然後他再東接西補，常常把腳裝在胳臂上，手接在腿上，令你看了啼笑皆非。

近年政府提倡公文簡化，革除舊格式，推行新格式：主旨、說明、辦法。簡單的事情，僅用主題一項說清楚的，不必用說明、辦法。能在主旨、說明兩項交代明白的，不必用辦法。同時倡行語體文，廢除冷僻字、繁文縟詞、模稜兩可的成語，眞是公文一大革新。

可是，有些年老主管，積習難返，「新瓶舊酒」處理文稿。硬把舊式事由移到主旨項下，然後一則一則塡塞說明辦法。模稜成語、冷僻字、繁文縟詞照用不誤，好似老祖母的「文明腳」，雖然沒有纏裹腳布，腳趾仍然伸不開。

一九八〇年作品

談忌諱

趨吉避兇，近善遠惡，乃人之常情。於己有利者，人皆喜之，有害者，人皆惡之。秋寒雁南飛，陰雨蟻封穴，這是動物趨吉避凶的本能。人爲萬物之靈，對近善遠惡更爲敏感，因敏感而生忌懼，進而演變成迷信。

耶穌與十二門徒於禮拜五晚餐後，被釘死十字架，本是一突發事件，西洋人以十三及禮拜五爲不吉之數，成爲洋迷信。此一洋迷信幾乎遍佈全球，四十年代白光主演一部電影「十三號凶宅」。二十年前，一美軍官打死劉自然，美軍護送兇手遠去菲律賓，引起國人激憤，打美國大使館及新聞處，碰巧此日正是六月十三日星期五，當時兩家大報新聞引用「黑色星期五，不吉的十三日」作標題。

迷信忌諱，是心理作祟，國人服喪穿白色孝服，死人面蒙白布，喪宅門口貼白紙，輓幛輓聯多用白色，白色與死亡有這些關係，視白色爲不吉利。而婚嫁、祝壽、添丁、喬遷、年節等喜慶吉日多用紅色，認爲紅色金色是大吉大利的象徵。西風東漸，現在的新娘不再穿戴鳳冠霞帔，而改着西式白紗禮服，這是一大突破，一大革新，那位打破傳統，第一次穿白色禮服的新娘，眞是位了不起的女性。

國人對迷信忌諱的事物太多，如早起見烏鴉叫，忌有惡兆；夜聞鵋鶀啼，忌有人死亡；出門遇到出殯，忌大不吉利；豬跑進家宅，認爲大不吉（認爲豬代表瘟神）；早起忌說鬼言夢；經過屋簷樹下，忌鳥糞落在身上；新婚喜宅，忌寡婦進入；喜慶吉日，忌打破碗盞等等，皆爲迷信，心理作用，說不出道理。

尤其對諧音字的忌諱，更不可思議。舌與蝕諧音，屠戶稱舌頭爲賺頭或口條；陳、程與沉諧音，船家和行水路的人稱陳程二姓的人爲「底合」；傘與散諧音，過去軍人行軍作戰不准打傘（打散）。四與死諧音，本省同胞對四字非常忌諱，認爲大不吉利，旅社沒有四號房間，理髮廳沒有四號座椅，公車沒有四號車，家宅門牌編在四號，主人心裏一定很不舒服，抽籤坐車，中到四號，心裏總是不自在。

由此可見，國人對許多事物的忌諱，或厭其形態，或惡其聲音，或強作解釋，都是心理作祟，事物本身沒有吉凶可言。有些事物，甲地認爲是吉，乙地認爲是凶，乙地認爲是吉，甲地認爲是凶；國人忌白色，西洋人喜白色；本省同胞對四字十分忌諱，而大陸中原一帶認爲四是吉利之數，因國人對偶數認作吉數，如二家喜，二仙傳道；四季平安，四季發財，四喜；六六大順，六（祿）位高昇；八匹馬，八仙上壽；十全十美，十分得意，等等全是好彩頭。四字何辜，爲何對它忌諱恐懼，在我們心裏形成「杯弓蛇影」！其實，四只是一數字，何懼之有？

一九八〇年作品

中西迷信合參

「迷信」「忌諱」這一對頑固的雙胞胎，給我們的社會人心帶來許多困擾，影響工作情緒，破壞美好婚姻等，徒生無謂的煩惱，而造成的笑話和悲劇，眞是罄竹難書。

各國有各國的迷信，各民族有各民族的忌諱，還有流行於世界的迷信，十三爲凶數，星期五是黑色的日子，連我國的小學生也知道忌諱，這個洋迷信，眞是無遠弗屆。

某大學日前舉辦自強活動，教職員工四百多人到北部旅行兩天，租了十二輛遊覽車，車子編號卻編到十六號，忌諱四、九、十三、十四等四個爲不吉號數，而被剔除。很顯然的，四與十四是本省同胞忌諱爲最不吉的數目，「入境隨俗」，當然把這兩個數目剔去。「十三」是洋迷信，耶穌與十二門徒最後晚餐的不吉數目，參加自強活動的四百多人員，其中有不少耶教徒，把十三號不編入，也勉強說得過去。惟有「九」這個數字，忌諱它不吉利，筆者孤陋寡聞，這還是第一次聽說。蓋在國人心目中，一、三、五、七、九奇數，多認爲是吉數，許多人的名字、公司商號，喜歡用這些數字，尤其以九字，被用的最多，經打聽才知，「九」與「救」諧音，「九車」常唸成「救車」。同時「九」字與本省「輾」字諧音，「九車」即「輾車」的意思。

由此一角度着眼，除掉「九號車」實在太過牽強。如此龐大的車隊旅行，主其事者在安全措施方面，選擇技術優良的駕駛人員，請遊覽公司調用性能好的車輛，事前仔細檢查，要求參加人員遵守行車安全規則等，想必事前一定顧慮的十分週到。而為了參加人員的心裏安全，特別把四、九、十三、十四等號車剔掉，如此多方關注，誠見其用心之良苦。

不過，聽說車隊到了「十分瀑布」，第七號車突然抛錨，不能再行駛，車內人員分配到其他車上。由此可見，在車輛選用檢查方面，還是百密一疏，好在車子趕到十分瀑布停車場抛錨，車上人員馬上有適當的安排。若七號車在第二天基隆到北濱公路的山道上脫隊抛錨，這一車的人將如何處理呢？七號不是不吉數目，竟然抛錨，明年某大學再舉辦自強活動，「七號」是否也像四、九、十三、十四號被列爲不吉利數目而剔除呢？

國父革命成功，建造民國，呼籲革除惡習，破除迷信，而迷信如惡疾纏身，呼籲破除了數十年，還牢牢的纏繞在我們的社會人心中，似無良藥！堂堂國立大學，應倡導破除迷信，而在舉辦教職員工自強活動編車號，居然「中西迷信合參並用」，忌諱：四、九、十三、十四等數爲不吉號碼而剔除。高級學府竟如此迷信忌諱，一般鄉愚村夫，出外旅行，不知迷信忌諱到如何程度呢！

一九八〇年作品

筆戰

近日常在報紙副刊上看到分析研討古人詩詞的文章，（筆者寫此文時，臺副正刊登臥雲先生的〈釋銀字兼論蔣捷一剪梅詞異文的問題〉）只要參與討論者不強作解人，客觀冷靜心平氣和的交換意見，找出問題的癥結，研討個水落石出，讓讀者得到些眞實學識，確是一件好事。否則，硬要自以爲是，不虛心採納別人的意見，甚至犯了錯誤，惱羞成怒，作人身攻擊，便失去研討學問的本旨，打起筆墨官司，變成筆戰了。

提起筆戰，近三十年來，臺灣出現過幾次，曾震動士林，十分熱鬧。一九五七年，教育部第二屆文藝獎金二萬元頒給陳含光先生，師大教授李辰冬先生批評陳含光先生的詩文不能得此獎金，文章刊出之時，正當陳含光先生壽終正寢之際，而引怒陳之家人親友，責李教授不該鞭屍，有失厚道，發生筆戰。對陣雙方皆當代名士，陳方印發傳單，辱罵李辰冬；李方有恃無恐的是陳已去世，本人不能爲文，他的親友學生扛屍上陣，越鬧越臭。結果李方獲勝，次年文藝獎金二萬元，由李教授陣中人領得。

一九六二年文星雜誌發動中西文化論戰，爲首大將李敖、居浩然與衞道諸君子任卓宣、張鐵軍、胡秋原、鄭學稼、徐復觀等，厮殺得血氣（含血噴人之血氣）冲天。後來涉入人身攻擊，算老賬，掏陰私，李敖與胡秋原先生還上了法庭，唇槍舌箭對陣數次，勝負難分。

一九六七年，第二屆中山文藝獎金五萬元，頒給《文學十家傳》作者梁容若，學術界許多人評論《文學十家傳》的內容不夠得獎水準，同時牽引出抗戰時日本軍人在南京大屠殺後，梁容若在淪陷區作文化漢奸，寫賣國文章〈支那文化與日本文化〉，替日本鬼子講話：「這次的事變，正是給支那民族以最後教訓！」更沒有資格得中山文藝獎，而點燃戰火。中山獎評審委員會不願認錯，拚命藉詞反攻，學術界人士趙滋蕃、高陽、胡秋原、許逖、徐高阮、沈野、曾湘石、徐復觀、林正夫等，大張義纛，鳴鼓筆伐。雖然社會與論支持他們的義舉，可是，結果梁容若沒有退還獎金，評審委員某君利用特權迫使「陽明」雜誌停刊，還鬧到中央日報社去，不許副刊再發表有關評論《文學十家傳》的文章。這眞是當代的「儒林外史」，很値得文學史家們大書一筆。

由以上三次聞名的大筆戰看來，兩次是爲文藝獎——直說是爲名利而起，教育部與中山文藝獎皆爲國內外聞名的大獎，二十年前的二萬元與十年前的五萬元，是一相當誘人的數目，縱使得獎人的作品有此水準，也難免引起某些量小人的眼紅；假若評審頒發得欠公正，或得獎人的人格有問題，就難怪遭物議了！

近來兩起爲研討詩詞爭論的事件，〈詠明妃〉問題已解決，〈一剪梅〉將近尾聲，爭論時雖有一二位先生的文詞帶火藥氣味，但尚未離題太遠，亂飛帽子，作人身攻擊，氣氛還算平和，沒有大開筆戰相互辱罵，更沒有人別有用心，借題打筆墨官司，作成名的捷徑，這實在是好現象。

一九八〇年作品

為何斬鷄頭？

每當選舉期間，常有候選人互相攻擊，對揭瘡疤，在是非難明，黑白難分之時，到廟前斬鷄頭發誓，表白自己心跡。去年縣、市長、省議員選舉，基隆、臺中兩市的市長候選人，為了宣傳戰，牽涉人身攻擊，隱私名節，要到廟前斬鷄頭發誓，幸好臺中市的某市長候選人，被親友勸阻，沒有去發誓，救了一隻鷄命。基隆市金姓市長候選人，不聽勸阻，終於到城隍廟，當衆活生生斬下一隻黑公鷄頭，報章雜誌還拍下照片為這一殘忍的鬧劇大肆宣傳。

斬鷄頭發誓，是神權時代，農業社會，市井之流的迷信勾當。看熱鬧的人興風作浪，當事人失去理性，好像着了魔，焚香拜神，禱告發誓，當衆揮刀斬鷄頭，場面十分火爆。發誓者斬下鷄頭，好像表白了心跡，對觀衆有了交待。其實，他發的是眞誓假誓，以後有無報應，只有天知道！

現在科學昌明，人際之間發生是非糾紛，必須求證講理，才能眞象大白。解決的方法很多，若訴諸法律，由法院依法審理。若私下和解，是非黑白說清楚了，哈哈一笑，化干戈爲玉帛。否則，死纏歪理，是非黑白無法澄清，發誓斬鷄頭實不能解決問題。若你是淸白的，不發誓斬鷄頭，任他去中傷，忍受點寃枉，你心裏卻坦然無疚。若你不是淸白的，你爲勢所迫，發僞誓斬鷄頭，雖然欺騙了衆人的耳目，卻欺騙不了你自已，你心裏總是痛苦的。

縣市長、省市議員、鄉鎭長、縣市議員候選人，都是受過良好教育，爲地方有名之士，在競選期間，爲了宣傳拉票，不擇手段，譁衆取寵，造謠中傷政敵，製造是非，顚倒黑白，甚至表演出發誓斬鷄頭這種迷信低級的鬧劇，實是對現代文明社會的一大諷刺！在友邦人士看來，是落後野蠻的行爲，被他們拍下照片帶回國去，更是貽笑異邦，損傷國家形象。同時，政府大力倡導破除迷信，若這種發誓斬鷄頭的候選人當選了，他們怎能爲民表率，當地方首長呢？

鄉鎭長、縣市議員競選期間，候選人之間發生互相攻擊，是非糾紛的事情，勢所難免，但願你們理智冷靜，以正當的途徑解決你們的是非，不要再表演發誓斬鷄頭這種迷信醜劇。請問：鷄何故爲你們的是非而斷頭喪命？

一九八一年作品

明搶暗偷

三百六十行以外，有種行業，不用腦不出力，東抄西襲他人好文章，拼湊成篇，變成他的「著作」，不但可以騙稿費，有時還能欺世盜名，操這種行業者，名之曰：「文抄公」！

小偷竊盜他人財物，是犯法勾當，被捉送警，要吃官司。文抄公剽竊他人文章，也是偷竊行爲，可是，六法全書上沒有說明他違犯何條何款，被人舉發，遭人不齒，丟人不丟錢，不算損失。文抄公穩賺不賠，名利雙收，這樣便宜的事情多好，難怪古今中外很多「作家」「文豪」，樂於此道！

賊偷有上中下三等，文抄公亦有上中下三級，上焉者，抄襲他人文章的神理精華，使其「脫胎換骨」，鮮露痕跡，惟識家有眼力者始能辨別。中焉者，選擇他人文章的精彩片段、章句，東拼西湊，「集腋成裘」，使數家言變成一家言。下焉者，不分精華糟粕，全篇照抄，僅只把原作者的名字，換上他的大名！

上級文抄公，能把人家的文章精華脫胎換骨，「舊品翻新」，重新組合，需要費一番功力，被人識破，勉強自圓其說是「模仿」，還會令人同情原諒。中、下級文抄公，或東剽西竊，或全篇照抄，都是偷懶取巧，欺世盜名，已令人不齒，一旦被舉發，還強詞奪理，說是「巧合」，死不認賬，更爲可恥！

可嘆今日文抄公，上焉者不多見，寡廉鮮恥的二三流「文偷」，剽竊他人作品，浪得虛名，還恬不知恥，自封爲「大作家」，自吹爲「偉大作品」！如文化漢奸梁容若，抄襲前人評論，湊成《文學十家傳》，在自序中自圓其說：「寫傳記本來是抄書」，居然得到第二屆中山文藝獎，引起士林公憤，口誅筆伐，竟有某些教授、「文豪」爲他撐腰，而引發一場大筆戰。然而事實勝於雄辯，梁某的《文學十家傳》，是「抄編」，不是著作，已成鐵案。再則，他去年「舊病復發」，又作文奸，從美國投奔中共，作了北平師範大學教授。眞爲當年偏袒他的袞袞諸公丟人現眼！

抄襲伎倆，由紙上搬到螢光幕，更爲低級。日本的連續劇，整套照抄，雖一再被人指責，製作人仍然「我行我素」，蓋抄襲人家劇本，省錢省事，又可大賺廣告費，何樂而不爲！

尤其以滑稽短劇爲號召的一些綜藝節目，許多短劇抄襲相聲、傳奇、笑話，甚至近期出刊的雜誌上的幽默故事等等。主持人和演員，在一段短劇結束後，十分得意的向螢光幕前的收視者飛眉擠眼，那股子把人家的刷鍋水當鷄湯喝的勁兒，着實令人發嘔！

我國的文藝，許多「作品」「節目」，在這樣明搶暗偸的抄襲下產生，除了自欺欺人，會有什麼遠景！

一九八三年作品

名人何其多！

有篇西洋短篇小說〈出了一本詩集的人〉，描寫主角到處宣傳他出了本詩集，逢人贈送他的詩集，向不認識他的人，自我介紹他是詩人，汲汲求名之心躍然紙上，令人失笑。

吾友無忌君，薄有文名，年前上了某出版社的《當代名人錄》，逢友人聚會，便欣欣然說他最近買了幾本書，其中兩本是《當代名人錄》，因爲他的大名被榮幸選入，言下十分得意，驕矜之色如陽光照面。

擅長歌功頌德的某「作家」自許比朋輩「技高一籌」，應尊稱他是「大作家」，然而無人知其心願，如此稱呼他。一次聚會大醉，朋友開車送他回家，酒後吐眞言，「我是大作家」！一句一淚，一路哭叫到家！

三代之下，無不好名者，尤其文人，相輕而自重，自古至今，欺世盜名，爭名互誹的糗事，罄竹難書！蓋名利相聯，相輔互生，常因名成而利就，擁金可買名。從前的文人，一旦揚名士林，博得聖上的恩賞，得寵封官，平步青雲，榮華富貴，光宗耀祖，何等得意，成名能如此尊貴，怎不誘人？

現在從事文藝者，一朝闖出萬兒，不但他的作品一時洛陽紙貴，大賺鈔票，還可到處去演講、開會，大發宏論，指導他人如何如何。大有我是當今「大文豪」、「藝術大師」之概，你們都該崇拜我，成名如此美好，能不迷人？

蕭伯納未成名時，稿件投出，到處碰壁，得諾貝爾獎後，出版商爭向索稿，他把從前退回稿件拋給他們，他們還如獲至寶。

印象大師梵谷，生前時運不佳，僅賣過一張畫，生活依賴弟弟文生資助，窮苦一生，死後藝名大噪，一幅畫值數十萬美金。可是身後之名，對他生前的窮困有何助益？成名如此重要，難怪有心人不擇手段，苦苦追求！

現在工商社會，「名」不獨對文人如此重要，其他行業亦如是，尤其演藝人員，「知名度」對「事業」的影響，無與倫比。同時由於傳播事業的發達，宣傳的招式花樣百出，鬧花邊、假自殺、當廣告模特兒，已司空見慣，有些爲「出奇致勝」，女星剃光頭鬧出家，犧牲色相，拍「攝影專集」，男星也要亮出父母給他的本錢，脫光衣服，尤以近日的「封面女郎」更爲「出色」，兩位女星穿梆漏底，遭人物議，被禁演半年！是偷鷄不着！（試問見不得人的照片從何處來？）

大概「名人錄」「名人傳記」什麼的有如「藝術攝影專集」，可使出版商大賺鈔票。吾友龍君日前接到某「名人傳記中心」一函，請他提供中英文資料和照片，上「名人榜」。他握着信函，涕笑皆非，文丐一個，家徒四壁，邀他上「名人榜」，不是風涼他嗎？再看信中所說，去年已有三千五百人「上榜」，書重五公斤，眞是皇皇巨構。今年再增加「新名人」，怕不有五千名人，臺灣彈丸之地，僅此一家，竟錄有這樣多的「名人」，其他各家合計起來，「名人」總有數萬，臺灣寶島，人文薈萃，由此可見，然而，吾友龍君，他說「我非名人」，把信丢進垃圾桶。

一九八三年作品

勢利眼

W委員八十大慶，T教授接到請柬，晚上要到官邸赴宴拜壽。是日下午，T教授買了一份壽禮，附上名片，親自先送去，到了官邸門口，一個佣人上下打量他一番，沒有讓他進去，接過壽禮，送他一個紅包。因他平素衣着隨便，不修邊幅，佣人把他當作他家的佣人，或是商店的店員。他不便解釋，接過紅包微微一笑就走了。

晚上，他洗頭吹風刮鬍子，換上西裝革履，穿上外套，去W府拜壽，來到衣帽間，佣人畢恭畢敬的躬身來接外套，他一看，正是下午收禮送他紅包的佣人，說了聲謝謝，掏出紅包送給他，佣人接過紅包，不由一怔，抬頭看看T教授，臉像那紅包一樣紅了！

勢利眼，以衣冠取人，是人之常情，古今皆然。蘇秦初說秦王失敗，回到家去，形容枯槁，面目黧黑，家人見他如此落魄，妻不下紝，嫂不爲炊，父母不與言。及至他遊說六國成功，封相擁金，榮歸故里，父母張樂設宴，郊迎三十里，妻側目而視，嫂匍伏而行，跪地叩拜，他們爲何如此前倨後恭，只為季子現在位尊多金。親情骨肉之間，尚這樣勢利，何況他人！

所以，一般人心理，看人衣着華麗，氣慨軒昂直覺的認為你「混得不錯」，對你生三分敬意。若你衣着隨便，不修邊幅，以為你倒楣落魄，景況不佳，自然的會鄙視你。尤其在「佣人」們面前，更為顯然。

職是之故，社會上混生活的人，尤其在大都市中，要注意衣着儀容，引起別人的「好印象」。家裏縱使沒有隔宿糧，出門總得有身像樣的行頭「亮門面」。尤其今天工商繁榮，笑貧不笑娼的社會，人們要衣着更為講究。一身裝備花費數百萬元，不算稀奇，加上近年演藝人員的奇裝異服，舶來服飾品的流行，更是爭奇鬪艷，窮奢極侈，人們的勢利眼，衣着取人的標準，越發提高了！

從前農業社會，中原一帶農民，卻不這樣，越是大財主，衣服越是鼈腳，夏天一身土布褲褂，冬天一條棉褲，一領撅屁股小襖（襖的後襟太短，腰中一紮，翹在臀部上），頭上一頂毡窩，腰圍一條草繩，這種人物，家裏準有良田數十頃，騾馬成羣，與都市「場面上」混飯吃的「荷花少」恰恰相反，前者惟恐人家看出他有錢，怕被敲詐綁票；後者怕人家以為他窮，拚命裝扮「充殼子」。

不過，現在是工商社會，財主着撅屁股小襖，「掩飾門面」的時代已成歷史，衣着取人的世態人情，逼你不得不隨波逐流，出門時整整衣冠，照照鏡子，看看自己有幾分「人樣」，免得被「勢利眼」看扁了你！

一九八二年作品

去美國生孩子

某小姐去美國得了碩士學位，回國後嫁了個留美的博士，他們有了愛情的結晶，這個未來的小寶貝造化大啦！父母是純美式的博士碩士，他是純美式的博士碩士血統。將來光臨到這世界上，必定鴻福齊天，命高北斗。在臺灣這小地方出生，萬分委屈了他，也萬分委屈了博士爸爸，碩士媽媽。於是準爸媽商量的結果，準媽媽到美國去，讓小寶貝降生在美國，使他「落地鍍金」，作了美國公民，回臺後，銜着奶嘴，便可傲視國人，因爲他已是美國人了。

望子成龍，望女成鳳，乃天下父母心，不但值得同情，還應該鼓勵。蓋作父母的想要子女成龍成鳳，必得好好教育他們；若全國作父母的都希望子女成龍成鳳，好好管教子女，則社會上沒有不良少年，少了許多殺人搶刼的勾當，社會便安定太平多了。

不過，若作父母的望子成龍，太過份了，認爲自己的子女出生在本國，感到「屈辱」，千方百計讓準媽媽懷着個大肚子，遠涉重洋，把小寶貝降生在美國，作個美國公民，才引以爲榮，認爲小寶貝將來容易成龍成鳳，未免有些走火入魔。

準媽媽抱着大肚子越洋過海，到美國去，讓未來的小寶貝「落地鍍金」，不自今日始。五〇年代，某明星在香港婚後有孕，請求移民機構，以難民身份去美國生產，好讓未來的兒女取得美國籍。當時國內各報紙，以大花邊報導此一新聞，曾引起許多人的羨慕，也受到很多人的指責。

某明星之前，有無爲未來的兒女取得了美國籍，準媽媽特地遠涉重洋，去美國生產的「壯舉」，筆者孤陋寡聞，手邊沒有資料。若某明星是此「壯舉」的創造者，她的頭腦眞是太聰明了！現在患「媚美狂」的人太多，步某明星後塵的準媽媽，想必一定很多，不過她們沒有某明星的知名度，不那麼「招風」，沒有記者、報紙爲她們捧場罷了！

某明星以難民身份去美國生孩子不足爲奇，而效顰者也認爲去美國生孩子，使自己的兒女落地便成「美國人」，是成龍成鳳的捷徑，想法未免天眞又可憐！儘管你們的兒女落地就成了美國人，除非他們能變成金髮碧睛白皮膚，否則，這種「黃種贋品」的假美國人，在眞「純血統」的白種美國人的眼裏，你們仍是「異類」，受輕視的有色人種，他們將來在精神心靈上受的傷害，非筆墨所能形容，還不如老老實實作個中國人的好！

一九八三年作品

孰貴孰賤？

科技進步，工商發達，世上許多東西，隨着科技的需要，工商的索求，人們生活的取捨，價值觀念不時改變。昔者視爲至寶，今日一錢不值；往日賤如糞土，今天成了無價之寶。十年河東，十年河西，風水更遞；窮光蛋也許一夜之間變成億萬富翁；億萬富翁可能一夜之間變成窮光蛋！

以握世界經濟之命脈的石油來說，在科技不發達的農業時代，還沒有「石油」這名詞，人們也許叫它「地漿」，或是「地油」，不知它有什麼用途，誰土地裏冒出這東西，誰倒楣。它這氣味難聞，黑胡胡黏絲絲泥漿似的東西，旣不能吃，又不能用，容易着火成災，污染了田地，不易清除，這塊田從此不長青苗，變成一塊廢土！那年代，誰不恨它？可是，科技日新月異，近年不但可從石油裏提煉多種油料外，還可分爲上中下油，分解提煉出許多工業原料，於是石油成了「世界工業之寶」！許多工業少不了它，人們日常生活許多用品少不了它。十年前，產石油的非洲黑朋友們，不知天高地厚，爲了爭取市場，還削價競銷呢！一九七三年中東戰爭，他們吃足了苦頭，才醒悟過來，以這「世界工業之寶」作武器，喊出「禁運」，並大漲價！十分靈光，迫使戰爭幕後大老闆們忙「叫停」！從此，黑朋友們有福了，七八年來，他們就要這塊王牌，逗得歐美那些開發先進國家暈頭轉向。他們賺足了金鈔，還不時來次會議，加點價碼，牽着世界經濟的鼻子走！這幾年，石油的漲跌，輸出的多寡，成了世界經濟盛衰的溫度表，眞是空前的出足了鋒頭！

在農業社會，尤其我們中國保守勤儉的農民，以擁有幾塊上好良田而自慰自豪（北方以產小麥高粱爲良田，南方以種稻水田爲良田），因爲良田可供給他的衣食溫飽，可傳給他的子孫。然而今天時移勢異，由於近幾年臺灣工商業突飛猛晉，社會繁榮，建廠房蓋住宅，在在需要土地，於是「炒地皮」這一新興行業，如火如荼的興旺起來。由都市到近郊，延伸到山林鄉野，大炒特炒。政府擔心民生「吃」的根本問題，怕水田日漸減少。除都市計劃之內，禁止稻田作爲建築用地。因而，可作爲建築用地的沙石地，山坡地，突然身價百倍，好多地主變成了大富翁。年前出了個「童話」式的新聞，弟兄幾個分家產，哥哥們分走了上好水田，一位老實的兄弟分到的是山坡石沙地。當時他吃了大虧，現在他這塊地被規劃在都市計劃內，成了建築用地，石沙地變成了「黃金地」，價值上億！這位老實兄弟一夜之間成了全國聞名的大富翁，新聞上了報紙的頭條！

不久前，臺中縣大里鄉地官與建築商勾結，偷天換日，把稻田變更爲旱地，建築「××商城」，大興土木。東窗事發，一干人犯固然依法治罪，苦了些不明底細的購屋訂戶，遭到「池魚之殃」，損失錢財！把上好水田改爲旱地出售，在數十年前，誰會相信！

臺灣有些地方是沙田，（如彰化芬園鄉一帶），盛不住水，只能種地瓜和土豆，收入有限。這些土地是眞正的「瘠田」，這些土地的主人，多是窮苦農民。不想他們也有時來運轉的一天，二十年前，臺灣種植蘆筍成功，蘆筍最適宜生長在這種沙地上，蘆筍可以裝罐頭，製筍汁外銷，又可作菜料內銷。幾年時間，這些「筍農」，多變成了財主。他們的沙地不比水田遜色，也許一畝田種蘆筍賣的錢，比種稻子多出數倍，這是他們祖先做夢也想不到的！

至於我們萬物之靈的人類，有些「價值」的改變，更爲神奇！在農業社會，教育不普及，文盲多，在「萬般皆下品，惟有讀書高」的傳統觀念裏，一個讀書人，能十年寒窗，一舉成名，馬上與榮華富貴拉上關係，自不必說。就是一個讀過幾天書，能打算盤、記帳、寫個田地契約什麼的人，在農村裏便可名重一方，被尊稱爲「先生」。不必說的太遠，四十年前，在偏僻的城鎭裏，能讀個中學，在政府機關裏作點事，也很「了不起」，頗受人尊重的。可是，臺灣自光復後，近三十年來，教育普及，人才濟濟，博士碩士到處可見，大學畢業找不到工作的人多得很。被尊稱爲「清高」的，作育人才的大學教授，待遇也不過月入兩萬餘元，不如一個技術工人！

相反的，在過去傳統觀念裏，被目爲忘八、戲子、吹鼓手的，下三流中的戲子，是上不得臺盤，被人看不起的人物，今天卻大大的「翻了身」，「走火」得很，被尊稱爲「明星」、「歌星」。一旦被捧發紅發紫，身價之高，令人咋舌。有位「帽子歌星」，一晚賣唱所得，可抵百里侯的數月薪俸，大學敎授吃兩三年的粉筆灰！他們這類賣唱的「星星」們，在今天社會，是日入最高的人物。因而，有許多父母「恨不生女作歌（明）星」！

人與物的價值觀念，如此千變萬化，貴賤尊卑，更遞移位；社會風氣，道德標準，人心傾向，時時受其影響。（如大學生鋌身走險，殺人越貨，開應召站，獲取不道德錢，不知爲恥。）造成很嚴重的社會問題！這問題是「冰凍三尺」，要從根本解決，十分困難！

總之，時代在變，社會在變，人心在變，生活在變，價值觀念在變。你說是貴，他說是賤；你說是卑，他說是尊；何者爲貴？何者爲賤？何者爲卑？何者爲尊？把孔聖人從地下請出來，怕也說不出個所以然來！

一九八三年作品

後門是非多

看《水滸》、《金瓶梅》，讀到王婆撮合西門慶與潘金蓮通姦，往來武家後門穿針引線，不禁掩卷歎息。古今許多是非、災禍，是由「後門」發生！

專制時代，重視禮教，婦女保守，一般中上宅第裏的少婦小姐，頭門不出，二門不邁，常年藏居深閨，又有守門，護院，更夫日夜防守，應該十分嚴密。可是，許多事情，往往百密一疏，有了「後門」的存在（包括邊、角門），一些竊盜姦淫的勾當，便從這「方便之門」暢通無阻。

過去常走後門的人物，莫過三姑六婆。她們舌燦蓮花，善於阿諛，死的能說活，活的能說死，見人說人話，見鬼說鬼話，慣與宅第中婦女交往，又會勾結女傭丫嬛，偸情賣姦，作胎打胎，求神問卦，魔法邪道等敗德喪行之事，多由她們從中捉弄。金瓶梅中的王婆、薛嫂子，紅樓夢中的馬道婆，是其中典型。

僧道販夫之流，拆白幫閒之輩，光棍眼子等混混兒，也常走「後門」，與奴僕暗通機關，詐騙財物，拐賣人口，包攬訴訟，無所不爲。有時勾引人家子弟吃喝嫖賭，爲非作歹。甚至勾結匪盜，內應外合，殺人越貨。紅樓夢中，薛蟠能在梨香院中，與賈府紈袴子弟聲色犬馬，會酒觀花，聚賭嫖娼，因梨香院另有一門通街之故，至於惡奴夥盜，妙玉遭刼，更是「後門」招來的災禍！

從前的千金小姐，成年累月身藏綉樓，難與外面異性接觸，就是家中奴僕小廝，也難一睹芳容。她們的婚姻由父母之命，媒妁之言而成。但有時她們的愛情，卻發源自後花園，約會在後花園，私奔自後花園，後花園當然可通「後門」。這種才子佳人「後花園愛情」故事，是我國舊小說戲劇的「愛情模式」。也可說是「後門模式」。在從前風氣閉塞的社會裏，深宅大院中，小姐們想談戀愛，除了從「後門」引進她們的情人，在後花園約會，還有什麼地方可供談情說愛？這種「後門愛情模式」，西洋小說戲劇也常採用。最具典型的是沙翁的〈羅密歐與朱麗葉〉。羅密歐由「後門」翻墻爬樓，與朱麗葉幽會，而鬧得兩人殉情。

時代進步，思想開放，現在的男女可以自由戀愛，公開徵婚，「後門愛情」已成歷史。可是「後門」的是非比從前更多！政治、外交、經濟、人事、教育、法律、考試等等，凡不能見天日的勾當，都可由「後門」出入完成。而今天幹這些「後門」穿針引線的人物，不再是三姑六婆，幫閒光棍之流，是那些「白領階級」看似「正人君子」的掮客、黃牛！二十年前中醫師特考，「後門」漏題案，主委羞愧上吊身亡；青年公司「後門」冒貸案，牽出好多人身敗名裂！近日中縣土地「後門」變更地目，商人、地官都被收押，可憐許多購屋訂戶，成了熱鍋螞蟻！

「後門」有時神通廣大，然多是非，多災禍，少走爲妙！

一九八〇年作品

特產與古蹟

筆者住在潭子鄉頭家村，這裏的特產烏葉荔枝，肉嫩核小，特別甜潤，聞名全省。每年成熟時，中豐公路兩旁，從市界（臺中縣市交界處）到瓦窰村，約二公里多長，三步一攤，五步一棚，擺着一簍簍火紅的荔枝，賣給過往行人。

可惜頭家村的荔枝園不多，產品有限，不能大量向外運銷，沒有麻豆文旦那樣出名。近年自潭子糖廠改建加工出口區後，附近衞星工廠如雨後春筍，人口一天天增加，不幾年工夫，頭家村的荔枝園砍伐了大半，建設工廠新社區，若再繼續砍伐下去，烏葉荔枝將會有絕種之虞！

日前王夢鷗先生來臺中中興大學演講，他的幾位高足陪他去冬瓜山觀賞吳家花園。吳家花園的大宅第、墓園，及百年歷史的大荔枝園，聞名遐邇。與霧峯的林家花園，同是中縣有名的古蹟。聽說吳家花園已售給建築商，要拆除舊宅，砍伐荔枝樹，蓋別墅建社區，他們十分惋惜。

霧峯林家花園殘缺不堪，板橋林家花園已失舊日面目，現在冬瓜山吳家花園將要改建社區，臺灣的古蹟一天天少了。

十多年前，臺南拓寬公園路，砍掉兩旁的鳳凰樹，藍蔭鼎先生曾爲那些鳳凰樹請命，呼籲不要砍伐，保留那些鳳凰木，不但給都市點綴些綠意，花開時還可增添一些綺麗風光。筆者在臺南住過六、七年，每年夏季，中山路、公園路、小東路兩旁的鳳凰木開放鮮艷的紅花，連綿如雲，多彩多姿，十分美觀。可惜藍先生沒有成功。前年計劃拓寬屏東到恆春的公路，要砍除路兩旁的椰子樹，又有人呼籲，保留那些椰子樹翠綠闊大的葉子，迎著海風，俯仰招展，才能顯出亞熱帶的情調。結果如何，未見新聞報導。

常在銀幕、螢光幕上，看到歐洲許多國家，刻意保護他們的古堡、王宮、競技場、殘垣斷壁、古寺破橋，以及私人的舊宅園等古蹟，讓他們的後代子孫，外來的觀光客去觀賞憑弔，認識一些他們祖先的歷史文化，古建築的風貌。

我們現在極力推行文化復興，保護古蹟也是復興文化的重要一環。若把那些大宅園拆除掉，或是讓它們自毀自滅。將來我們（生活在小家庭裏）的後代子孫，聽說他們的祖先數代同堂，百數十人口的大家庭，會疑惑那樣多人的大家庭，那裏有那樣大的房子住，怎麼睡，怎麼吃？除了在書本上看到大宅園的畫圖相片外，從那裏知道他們祖先實際生活的概況，更不要說去瞭解那些古老建築的風采和藝術價值了。

一九八〇年作品

三民版大辭典

劉振強先生於民國四十二年創辦三民書局，時逢經濟蕭條，書局業務發展不易，辛苦經營多年，始有起色。五十年代，編印教科書及三民文庫，聲名遠播，深受教育界、文藝界推崇，書局業務因而日見興隆，進益頗豐。劉先生爲回饋社會，以其多年出版經驗，意欲在復興文化大業上略盡棉薄，乃於民國六十年開始策劃編印《大辭典》。

《大辭典》編纂委員皆爲教育界名流，蒐集資料十分豐富。爲求字體正確美觀，版面淸晰大方，特由日本購進最新製模機，費時數載，字模始刻完竣；鑄字印刷用鉛，竟達七十噸之多；至於編纂委員、分類編輯、校對、印刷手民等，計數百人；由策劃編纂到出書問世，共十四年，耗資億餘，如此創舉，出版界罕見。

《大辭典》收錄一萬五千餘單字，詞彙十二萬七千餘條，引文、釋文一千六百餘萬字。單字音標有國語注音符號、國語注音符號第二式、威氏（Wade-Giles System）音標、切語、直音及詩韻，新舊兼顧，使用方便。

一部字典的好壞，視其所收錄的詞彙是否充實，引文、釋文是否詳細。《大辭典》收錄的詞彙十分豐富廣泛，引文、釋文非常詳細。如「一」字，蒐集辭彙五百餘條，引文、釋文六萬餘字，佔篇幅二十多頁，比一般字典多一倍；詞條中如：「一枝草一點露」、「一府二鹿三艋舺」帶地方色彩的俗語、地名；「一次方程式」、「一年生植物」、「一般公認會計原則」等專有名詞；一般字典多不收錄，而《大辭典》將其錄進。

再如「南」字，佔篇幅十餘頁，引文、釋文三萬四千餘字，亦比一般字典多一倍；詞條中如「南京大屠殺」日本侵華慘酷事件；「南山可移，判不可搖」法律成語；「南鷂北鷹」形容詞彙；「南鯤鯓代天府」臺灣廟宇；以及歐美港口、大草原，如「南安普頓」、「南達科他」等名詞，在一般字典中難見，而《大辭典》均收錄。

其他如「心物二元論」、「心物合一論」、「心物平行論」、「丢丢銅」、「推廣教育」、「摩爾斯電碼」（並附原始符號及國際標準符號對照表）、「絕熱耐火物」、「杜魯門主義」、「杜思妥也夫斯基」等罕見的名詞，一般字典不錄進，而《大辭典》都收錄。

《大辭典》附錄部份亦十分充實，佔篇幅五百餘頁，約十六萬字。除一般字典常見到的「中國歷史紀年表」、「中華民國憲法」、「度量衡」、「注音符號索引」等資料外，特別錄入「世界各國面積人口首都一覽表」、「各式注音符號對照表」；尤其「威氏音標索引」，方便友邦人士使用。

三民版《大辭典》，它的問世，我認爲：對文化界、教育界是一大貢獻。

一九八五年作品

時代的寵兒—歌星

寵兒，是受人偏愛縱容的一種人物。出現在家庭中，他的家人把他當寶貝看待，他想摘天上的月亮，家人恨不得馬上給他搭個天梯；出現在社會上，他擁有許多特權，處處要「高人一等」，有時甚至連法律也讓他三分。這種人物，你只能關愛他們，不能責備他們，因而養成他們的驕橫狂妄，常常做出些離經叛道的事情，令寵愛他們的人哭笑不得。

一個時代有一個時代的寵兒，什麼社會產生什麼樣的寵兒。戰國時代，羣雄爭覇，國與國間，今友明敵，反覆無常，縱橫辯士應運而生，遊說各國，深受歡迎。他們就是這時代的寵兒。蘇秦、張儀爲其中翹楚，尤其前者，憑著「三寸不爛之舌」，竟獲得六國封相的尊榮！

魏晉之時，士大夫崇尚老莊，喜好無爲之說，排斥實務，於是，「清談之士」成了這個時代的寵兒。知識份子，閒着無聊，三五結羣，大談玄理，（就是現在的「蓋」，）惟恐語不驚人，什麼「矛頭淅米劍爲炊」，「百歲老翁攀枯枝」，「盲人騎瞎馬，半夜臨深池」等等，都是子虛烏有的「蓋」語，於人於己均無益。知識份子都成了「蓋仙」，不務正業。終於把大晉朝「清談」掉了！

義和團引起八國聯軍，清廷吃了敗仗，洋人在中國神氣了，各地興建教堂，如雨後春筍。假洋鬼子拉着洋鬼子的衣角，也抖了起來。假教堂洋神父及傳教士的勢力，欺壓同胞，騙財騙色。陪洋鬼子在街市行走，昂首濶步，不可一世，路人見之，急急走避。這些假洋鬼子，也可說是那時代的寵兒。

假洋鬼子到了抗戰初期，在筆者故鄉，還享有許多特權。有時他們與人發生糾紛，輸理不敢對簿公堂，往教堂一跑，請洋人「主持公道」，（其實洋人根本不出面）他們有理無理，都操勝算。那年代偏僻鄉鎮的教堂有如上海濱口的租界，享盡「特權」，你與傳教士拉上點關係，遇到爲難事，請他出面說句話，便可解決。由此可見，告洋狀從前就有，不過那時的人告洋狀，只是鷄毛蒜皮的私人小事。現在的假洋鬼子告洋狀，有時能動搖國本，損害國家民族的利益，不止是「寵兒」了！

臺灣自從有了電視，鬻歌者有福了，從前在康樂隊歌舞團跑碼頭的隊員。在歌廳轉場子的歌手，一變都成了「歌星」！身價百倍，成了今天社會的寵兒。三個電視臺綜藝節目多，鬻歌者供不應求，各臺招兵買馬，有時相互挖角，更把這些歌星捧上三十三天。造化好的，到日本去「深造」一年半載，成了寵兒中的寵兒，名氣更大。

」由於近年臺灣工商業發達，社會安定，富商巨賈及社會大衆，把這些鬻歌者，寵得不知天高地厚！前年高雄某慈善機關舉辦籃球義賽，某女歌星開球，不過是亮一亮相，舉手抛一下球，相得益彰的事情。她竟索價六萬，否則免談！這位名歌星有次不守交通規則，翻越馬路欄杆，還振振有詞說是爲了「趕去錄影」！（違規是應該的！）有次在板橋某歌廳唱歌三支，索酬七萬，某縣長感慨系之的說超過他的半年俸祿。某男歌星在臺中一夜豪賭，輸掉數百萬元，治安機關要追查，他對電視臺有關方面拍胸脯說，「臺中方面早已擺平」！事後不了了之，眞被他擺平了。還有些歌星常酗酒鬧事，妨害社會安寧，治安機關對他們「網開一面」。他們如此受社會縱容「寵愛」，焉不驕橫狂妄，玆事生非！

時代眞是不同了，數十年前，戲子之流（當包括鬻歌者，今日所謂演藝人員，）在三敎九流中，與王八、剃頭、吹鼓手、擦背修腳者，同列爲下三流中，是社會輕視的行業，提起賣唱的他們，就會聯想到「婊子無情，戲子無義」這句話。而今天社會開放，賣唱者身價轉變一百八十度，社會大衆對他們如此寵幸縱容，他們不知自愛，反而這樣驕狂，打擊污染我們的社會人心，實在不是好現象！

什麼樣的社會，產生什麼樣的寵兒，「歌星」們今天受社會如此「寵愛」，正反映我們社會的心態。這樣的社會心態，應該請一位良醫，好好的把一把脈。

一九八一年作品

又生搭背

一、中醫、神妙的草藥

一九四五年春，第五戰區司令部，由老河口順漢水往漢中撤退時，我們一百多位無線電信技術人員從老河口東北楊莊出發，南走興山、巴東、恩施，到四川黔江參加軍政部無線電報話大隊集訓，接受美式V一〇〇報話兩用機訓練，準備大反攻時，分發前方部隊工作。

漢水上用大木船並排搭了臨時浮橋，部份後勤部隊乘船沿漢水上行，戰鬪部隊過橋順老白（老河口至白河）公路行軍，向均鄖轉移。南陽已失守，情勢緊張，車馬黃塵滾滾奔騰中，夾雜着許多隨行的難民，父呼子啼，一幅活生生兵荒馬亂圖，狀至悽慘。

我們行至石花街，轉入巴河道（巴東到老河口），往恩施進發，巴河道雖是當時中原入川的重要捷徑，但山路崎嶇，不能行車馬，出川走中原的藥材土產，中原入川的日用百貨，都是雇腳伕，用背兜背着，或是用扁擔挑着行走。我們這批同學都是二十歲左右的青年，已接受了一年多的軍事教育，腿腳很健，一日走六七十華里，是家常便飯。

過紫金洞夜宿開封域，帶隊官與上級聯絡，得到指示，漢奸賣給日軍情報，透露我們的任務，日軍將派飛機追擊轟炸，我們改變下一站的目的地歇馬河，繞道走金斗、歐家店，里程加多，腳力加快，飲食冷熱不飽，夜宿睡眠不足，天不見白出發，常邊走邊打瞌睡，同學們精力消損甚重。

我的體力本來欠佳，過棕子嶺，發覺左背上生一小火癤子，中藥店買張膏藥貼上，以爲幾天會消。不想它一日一日加重，而我每天照樣爬山越嶺（那一帶盡是大山）行走數十里。過了巴東，在馬鹿池休息三天，出發前夕，癤子出了頭，次日宿綠叢坡，一位同學爲我清洗換膏藥，發覺出了三個頭，第三日宿高店子，換膏藥時，已是六個頭，膿血模糊，爲我清洗的同學緊張了，扶我找到一家中藥舖，請一位大夫爲我診視，說是多日來冷熱交迫，飲食不定，勞累過度，因此生了搭背，給我配了包冰片藥粉敷搽之後，再貼膏藥。帶隊官看我生此毒瘡，身體虛弱，爲我雇一伕子，背兜上綁一塊長方木板，我坐在板上，讓他背着走，恰似中原元宵節玩花燈的「背裝」，同學們看了，一直發笑。

我們走小道，山路高低難行，上山下山顛簸一天，到了住宿地熊家崖，同學扶我下了背兜，雙腿痠麻如癱瘓，兩人抬着我到一民家住宿。坐一天背兜，比走一天路還勞累，次日出發，我寧願自己行走，不再雇伕子背了。

就這樣，咬着牙，經恩施、咸豐，走了十多天，最後總算到了黔江，暫住桃子壩。這時又有一位同學受不住寒熱，後頸窩上生一疔瘡，俗叫「砍頭疔」，川省同學稱「對口瘡」，也是極厲害的毒瘡，紫烏烏腫得像一個大棗子，痛得他日夜呻吟喊叫。

我們是通信兵第五團的一批學員，到這裏受訓的，還有通三團，通六團的學員，聽到我們生瘡的消息，有位四川同學，祖傳秘方，頗知草藥醫理，來為我們診治。他看了我們的瘡勢，走到屋後山上採取草藥，十幾分鐘後下山來，已嚼好一些草藥在手掌中，他不用清洗瘡口，這時我的瘡口潰爛已有二寸多寬，三寸多長，在我的瘡口吐些口水，用手指塗勻，然後把嚼爛的草藥塗在瘡口周圍，似一道堤防，再用一片爬籐葉子，用火烤軟，蓋在瘡口上。另一位同學的對口瘡，周圍也塗上草藥。他說，不出兩週，保你們好。

他這樣的醫治方法，在西醫的眼裏看來，簡直是胡鬧，不用藥水消毒，而用口沫塗抹瘡口，實在太髒！塗上去的草藥，沒有清洗，用口嚼爛，亦不可思議。然而，他的醫術神妙無比，不是我親身體驗，也不會相信，二日後，瘡的周圍發癢，開始去腐生肌，他一天換一次藥，瘡口一天天縮小，眞的十二三天封口痊癒了！那位同學的對口瘡，敷上草藥，三日後自動破頭出膿消腫，半月內，也好了。這不是蓋的，當時目睹我們生瘡的同學，目前在臺灣的，少說還有二十多位。

二、西醫、快刀、利剪

俗語：「瘡怕有名，眼怕無名」。有名的瘡多爲惡毒大瘡，難治，如搭背、脚背花、砍頭疔、鵝掌疔、夾肢癰、口鼻三角疔等，皆是有名大瘡。生此瘡者，常有生命之虞。無名的眼疾不好醫，不怕你害風眼、火眼、熱眼、白翳、內障、青光，只要有名，便可對症下藥，有治癒的希望。無名的眼疾，不易下手診治，很難收效，尤其從前西藥不發達，一人若得無名眼病，往往一輩子醫不好，甚至失明。

一九四五年春我第一次生搭背，當時年輕無識，不知其中厲害，任自逞強，忍耐痛苦，行軍半月，也許當時年輕力壯，內毒不大，沒有十分惡化，到了黔江，幸遇那位川籍同學，藥到瘡癒，妙手回春。後聽長輩談及此瘡的厲害，常要人性命，痛定思痛，提高警覺，以後凡遇這些生名瘡的部位紅腫發炎，及早設法治療，恐成大患。不料流年不利，今春又生搭背，幾乎送命！

三月廿日左右，右上背紅腫，開始生一指頭頂大一疙瘩，少許癢痛，貼了兩天臺南有名的「老人牌草葉膏」無效，急忙到臺中林森陸橋旁建國路一家頗有名的中醫專門外科治療。一則三十五年前，我第一次生搭背，是草藥治好的。再則這家中醫外科在臺中頗有名望，很相信他的醫術，接連敷了幾日藥膏，吃了兩付藥，未見生效，而瘡口潰爛地方一天天擴大，頭兩天右臂如觸電，痛苦之極，同時體內高燒，日夜不得安眠，精力消耗甚重。內人看了瘡口，十分懼怕，問醫生有無緊要。醫生說，沒有關係，他治癒過很多這種瘡（本省同胞稱為蜂窩），安慰我放心繼續治療。又過數日，他們仍用原藥膏敷，而瘡口疼痛未見減輕，潰爛地方繼續擴大，高燒未退，夜晚輾轉床第，不得安枕，形體憔悴，暗忖病勢非同小可，想轉請西醫。四月六日晚換藥時，醫生說瘡口中心有茶杯蓋大一塊皮肉已死，他們不會打痲醉藥針，無法割除這塊死肉，要我找家西醫外科，去打針割除死肉，言外之意，他們是治不好我的瘡，要我去找西醫。

次日，住進陸軍八〇三總院。搭背本是有名毒瘡，第一次是中醫草藥治好的，這次卻是中醫拖壞了，發炎潰爛地方約一巴掌大，又是生在筋脈穴道上，整隻右臂幾乎痲痺，瘡口中央有一大塊死肉，下面不知潰爛多深，中年人生此大瘡，實在危險。古時死於此瘡的人，不知多少！我非杯弓蛇影，以防萬一，七日子夜，趁孩子們睡熟，我把身後事對內子作了一番交代。

住院時，洪總醫師察看瘡口，責備我不該找中醫，糊了什麼中藥，潰爛得這樣厲害。主治醫師孟大夫次日換藥時，用夾子按按瘡口，痲木的死肉那樣大，他只是搖頭。下午吳總醫師看病房，問我的病情，聽了孟大夫的說明，他皺了兩下眉，臉上的微笑，頓時滑落。我知道情況嚴重，這時也只好聽天由命，等待大夫的診治。

住院兩日，高熱未退，注射了二十大瓶葡萄糖，七大瓶氯化鉀，體溫才恢復正常，打了幾十針盤尼西林，始控制住瘡勢擴延。打針多是見習護士，技術欠熟練，兩個臀部硬了拳頭大兩塊，有些實習護士注射時手發抖，動了針頭，許多針眼發炎，左邊臀部像個爛梨，每天數次用熱水敷。

住院的外科病人多，大夫少，第二天孟大夫指示一位見習醫師給我換藥。他照着孟大夫的教導，清洗、上盤尼西林藥粉、蒙上紗布。他對我說，瘡裏面膿多，常露出紗布外面。可是他不知道如何處理那塊死肉，也沒有向孟大夫報告，而藥粉灑在死肉皮上，滲不到下面潰爛的地方。是故，天天吃藥打針，清洗換藥，而膿一天天加多，痛苦一天天加重，瘡裏面仍在潰爛，我仍在生死邊緣掙扎！

一週後，一天晚上妻爲我換汗衫時，發現紗布滑落，暴露出一半瘡口。急忙去護理室請值班護理官看，請來值班醫師江大夫，在護理室給我換藥。搭背是少見的瘡，那位護理官看了我的瘡口，連叫「精彩！精彩」，我心裏卻直叫「慘重！慘重。」大概是她沒有見過這樣大的瘡口，她叫過精彩後，又補上兩句：「爲什麼這樣嚴重！」

江大夫爲我清洗時，他同護理官看到那塊灰灰的死肉，兩人商量應該把它弄掉，上藥才有用，於是，江大夫開始用剪刀剪那塊死肉。護理官打電話請孟大夫來。

那天是四月十四日，正是寒流過境，我光赤着上身，抱着件毛衣，俯在椅背上，讓江大夫慢慢剪除死肉，剪到活肉時，血流如注，痛的我直冒冷汗！

剪到一半，孟大夫來了，他察看過瘡口，指示江大夫繼續剪，務必把中央一塊死肉都剪掉。待江大夫剪掉周圍，提出那塊死肉，妻驚恐的滿頭大汗。那塊死肉下面爛了指頭粗兩個坑，裏面盡是膿！

江大夫清除膿水，用紗布浸「優碘」塞入坑內，四週再塗「優碘」，蒙上紗布。我感到輕鬆了許多，這才度過危險期，有了轉機。

可是，這時妻卻十分恐懼，認為很危險。沒有剪除死肉前，她只看到外面紅腫一大塊，沒有看到裏面潰爛的情形，所以她不怕。及至剪除死肉，看到剪去碗大一塊肉，半寸深，中央還有兩個坑，她害怕了。我對她解釋，剪除死肉，藥力可直接進入潰爛的地方，得以去腐生肌，這才是轉機，有了希望，她始放心。

十八日晚間，又輪江大夫值班，他再為我剪去一圈死肉。二十三日下午，孟大夫帶我到手術室，徹底清除死肉，準備過兩天植皮。小手術室內有七、八位見習護士，覺得奇怪，有人說，清洗一個瘡口，何必到手術室來，在病室不行嗎？孟大夫答說，待會兒你們看了瘡口，再說夠不夠「資格」到手術室來。我俯在手術臺上，孟大夫揭去瘡上的紗布，那幾位見習護士看了，驚得直「唉呀」！問孟大夫這是什麼瘡，怎麼這樣厲害？「CARBUNCLE」孟大夫告訴她們。

前兩次剪肉，很痛苦，這次「大清除」，想必比前兩次更痛苦。我問孟大夫要不要打麻藥針。他說不必，打了麻藥針，剪到好肉時，我不知痛苦，把好的肉剪去太多不好，現在的瘡口已經夠大了！

孟大夫把瘡口消毒後，開始「修剪」，未出所料，剪得血流如注，痛得我把牙咬的吱吱嚮，眼淚直往肚內流。那幾位見習護士看了我痛苦情形，十分同情，叫我盡力忍耐，有兩位上前來握住我的雙手，一直安慰我不要緊，快好了。

「修剪」完畢，清洗上藥，蒙上紗布貼好膠布，我已痛得精疲力竭，半天站不起來。「CARBUNCLE」是罕見病例，中國醫藥學院、弘光護專、省立臺中護校等校的學生到醫院來實習（有的一週來兩天），許多學生特別來訪問我，問我生瘡的經過情形。還有幾位同學特別來幫助大夫給我換藥，要親自目睹我的瘡口，得以了解實情，每位同學看後，都很驚訝。

四月二十五日，第一次植皮，用電刀從右大腿上起出三塊皮移植在瘡口的中央。雖是小手術，卻是細功夫。背和腿都打了痳藥針。電刀像電鋸般喳喳響着從大腿上走過，雖是上了痳藥，還是隱隱作痛。孟大夫慢慢把起出的皮移植到瘡口，塗上「甘油」，蒙上紗布，腿上上好藥，裹上繃帶，然後扶我坐好，把瘡口用繃帶綑好，三天後換藥。

痳藥過後，大腿痛如火燒，背上緊緊綑着繃帶，手臂不能移動，側仰臥均不可得，只有趴俯着，壓得胸口不能出氣，只好坐起來俯在床邊休息，數日不能安眠，其中況味，非筆墨所能形容。妻日夜在床前陪我。現在瘡口是不太痛苦，擔心的是移植的皮是否能長上去？若長不上去，問題就大了。

感謝上天保佑，一週後，植上去的皮變成淡紅色，活了，心上的石頭落了地。

五月九日，二次植皮。這次從左大腿上起皮，電刀壞了，孟大夫用手割，只有幾位護士小姐協助，她們的力量不夠，拉不直腿上的皮，割的厚薄不均，同時有些地方痳醉不到，刀子割過時，火辣辣的痛！

這次比上次麻煩，移植的皮切成小塊，魚鱗片似的，一片一片鋪在周圍空隙地方，然後每片與好皮縫上兩針，以免換藥時被紗布黏走。皮片滑軟，很難下針，孟大夫邊縫邊對護士小姐們說，這是細工，如同繡花，要眼尖手細。有些地方麻藥不到，過針拉線，把生皮吊了起來，痛得我直抖。

這次植皮，費時兩個半小時，手術室內雖有冷氣，孟大夫卻累得滿頭大汗。因為是用手割皮，沒有電刀割皮均勻平薄。回到病室數小時後，左大腿起皮的傷口還在流血。孟大夫重新上「優碘」換紗布，到第三天換藥時，紗布上仍然滲透了血，由於天熱，已經有了「氣味」。

由於第一次植皮很成功，這次植皮，每片都縫上兩針，不會脫落，我很放心，只等它長活，導引下面的生肉再長出皮來，沒有分泌物，結了疤，就可以出院。

現在由於心情開朗，每天打維他命，又多增兩餐食品，瘡口用的英製凡士林紗布，效果很好。到二十七日，植上去的皮已長牢結疤，不須再蒙上紗布，觀察三日後，三十日出院，共住了五十三天。

這次搭背生的部位在右肩後稍下的上背，正是筋脈穴道地方，潰爛太深，剪去很多肉，傷及筋脈，出院已四十多天，還有部份疤尚未脫。右肩右臂仍痠痛無力，活動不便，尤其不能向後轉彎，稍一用力，上臂肌肉痠痛如絞，醫生說，若要「復原」，還要數月。

我命多災，數度從九死一生的「關口」闖過，聽父親說，二、三歲時長口瘡，滿嘴膿疱，兩片嘴唇都上下翻起，不能飲食，瘦如骷髏，父親對我放棄希望，不再醫治。結果我從奄奄一息中好了。三十二年夏天，一晚，被狼在頸上咬一口，差一米釐，傷及血管，脖子腫得比頭粗，抗戰時缺乏醫藥，鄰居都說我沒有救了。睡夢中被狼咬到的剎那，我心裏有這樣一個意念：「我這一生算完了。」半月後，毒散腫消，我又活了。三十六年夏，我在陸軍整編六十六師服役，在山東金鄉羊山集一役失利下來，由於飲食冷熱不定，患惡性痢疾，日夜下數百次，下時連從床上翻身下床的時間都來不及，我要住野戰醫院時，衞生隊長坦白對我說，你的病這樣厲害，隨着部隊，我給你好藥吃，說不定會痊癒。你若住進野戰醫院，那裏缺藥，又無人照顧你，就十分危險。我還是住進野戰醫院，確實無藥又少人照顧。一日，我到從前住宿的房主家，主婦用「馬屎菜」（本省同胞叫豬母菜）給我治好了。一九五五年冬天，一晚，我一人夜遊北部某山，（我喜歡一人遊山玩水）失足跌落崖坡，滾下數百公尺，部隊會同警方找尋兩日不着，以爲我凶多吉少，不想五天五夜後，我甦醒過來，被一農民發現，報警送還部隊，同仁都說是奇蹟！

這次生搭背，所受之苦，平生未體驗過，總算得天之幸，渡過死亡邊緣。「生死由命，富貴在天。」我數度從生死邊緣走過，朋友們開玩笑說：「大難不死，必有後福。」福倒沒有，應是罪還沒有受完！

一九八〇年作品

病中思親

流年不利，事多違心！稍不留意，小事會化成大事；小病會變成大病。有時無中生有鬧些是非，令人哭笑不得！

年前，右上背有銅錢大一塊皮膚發癢，初以為是癬，搽癬藥水，不生效。但過幾日它自動好了。有時出汗後，它又癢起來，抓抓它又不癢了。洗澡後，請妻查看，有無癥狀。妻看後說沒有癥狀，與好皮膚一樣。它既無癥狀，不發炎紅腫，只是有時發癢，又以為它是汗斑，癢時搽點藥，不癢時，便不理它，不料它竟成了大病，住院兩月，幾乎送了命！

躺在醫院的床上，回想住院前夕，以防萬一（因中年人生搭背，常有生命之虞，何況我的瘡口有塊死肉皮，影響治療。）向妻交代後事的情形，念及家中的三個兒女（為擔心他們看了我的瘡口駭怕，醫院受到傳染，不叫他們到醫院來看我），十分感傷；及至夜深夢回，思念起故鄉的雙親，更是百感交集，心裏萬般慘痛，不由自主的流下淚來。多年未落淚了，飄泊異鄉的中年人，在病榻上思親的淚，眞是酸楚、悽涼啊！

離別父母已三十六年，不通音信也有三十三年，父親今年高齡整九十，母親八十二，若還在人世的話，早已鬢髮蒼白，老態龍鍾。拜別父母時，我僅十七歲，今年已五十有三，若能再相聚，怕是互不相識的了！大陸暴政殘酷，三十多年沒有音信，恐今生今世難能再見面了！

我一九四四年三月離家，頭年春天，父親生腳背花，這是有名的毒瘡，附近西寺恩廣老和尚給他醫治，我每天到小西門外採摘青桐果（榨桐油的桐果）。老和尚是父親的好友，在瘡未破頭前，取青桐漿乳塗搽瘡的周圍，防其毒向外擴延，一週後，瘡破頭，恩廣老和尚用嘴吮吸膿血，大概十分痛苦，父親咬牙握拳，通身汗如雨淋。

恩廣老和尚，善治疑難雜症，他自己調製藥膏丹散，效果很好，我小時生瘡長癤子，都是他治好的。父親生的腳背花，雖是有名毒瘡，他先用青桐漿制止毒擴延，破頭後，他接連兩日用嘴吮吸膿血，根除內毒，敷上藥，一週左右就痊癒了。可是父親經此折磨，消瘦了很多。

那幾年父親頗不如意，他是次子，兄弟五人，三叔四叔早故，全部家產被大伯吸鴉片賣光，祖母同大伯住，靠賣鴉片謀生。一九三四年大伯去世，後事由父親處理，祖母卽與我們住。次年，父親爲五叔完成婚事，一九三九年郥陽鬧霍亂、腦膜炎、瘟疫，死人無數，有的全家五六口在數小時內死光。母親生病數月，祖母去世。次年姐姐出嫁，接二連三事故，一切費用都由父親一人擔負。一九三九年八區專員郥縣縣長易人，父親的工作丟了（那時人事不上軌道，地方幹部，好像是聘任，沒有退休、資遣制度；縣長易人，直屬縣府的一二級主管跟着更換），家景頓時顯得拮据。抗戰末期，淪陷區逃來鄖陽的人口年年增加，法幣貶值，百物昂貴，一人維持一家數口的生計，實在很難。也許是他老人家心情、精神不好，腳上才生背花的。

一九四四年三月，我考取軍訓部附設通信兵第五團無線電教導大隊，在老河口楊莊受訓。夏天，父親來信說背上長搭背；受訓期間，我不能請假回家看他，這次的瘡也是恩廣老和尚給他治好的。秋天，姐姐同姐夫隨農民銀行來老河口，星期日我去她家，她告訴我，父親生搭背痛苦萬分，流了很多淚；情況危急時，很想要我請假回家一趟，但怕影響我的學業，在給我的信中，僅輕描淡寫的提了一筆，反而訓勉我用功學習，不要爲他擔心，由恩廣給他診治，很快會痊癒；聽後，心如刀絞。

我是長子，父親一向十分愛我，對我期望很高，離家赴老河口前夕，再三叮囑我，在受訓期間，不管怎樣苦，要克服它，好好學習，完成學業。無線電信工作是種高級技術（在那年代確實是），將來很有前途。抗戰時期，軍人生活很苦，每人每天十三兩八錢主食（多是包穀——玉米，磨粉去皮還得消耗），副食費很少，每日兩餐，一餐一個窩窩頭，六人共半鉢菜湯，根本吃不飽。而我們的訓練進度，半學業半軍事，上午上學科，下午上術科。光靠一天兩個窩窩頭，體力無法支撐，必須「另加補給」，家裏每月滙錢來，中午休息，晚上上自習後，買個饅頭或是燒餅啃啃。父親頭年長腳背花，這年又生搭背，兩度病磨，身體損傷很重。家裏那樣拮据，按時給我滙錢，還要擔心我的健康和學業，他當時精神上的負荷如何沉重，心情如何憂悒，不難想像。回想起來，心裏無限酸楚！

「福無雙至，禍不單行。」一是年冬，我在石花街實習，父親來信說，母親患倒血山，很想念我，要我請幾天假，回家看看母親。實習是訓練期間最重要的階段，實際上機工作，爲期僅三月。那年我十七歲，很念家思親，接信後，十分焦急，要請假回家看看母親。在敎官面前哭了半個多小時，他始終不准。這次沒有請准假回家，數月後畢業，又到四川再受訓；抗戰勝利後，緊接著內戰，隨部隊東奔西走，再沒有機會請假了。一九四七年冬，故鄉赤化，音信斷絕，更不能回家了。就這樣，從一九四四年春拜別父母，至今三十六年有餘，沒有再見慈顏，也許從此成了永訣！

一九四五年春，我第一次生搭背，那時年輕體健，不覺怎麼痛苦，十天半月與父親通一封信，寄一點錢給我治療，精神上也有安慰。同時，那時年輕玩心重，許多同學在一起說說笑笑，雖然身上有病痛，日子倒過得很快活。這次生搭背，地方在筋脈穴道上，肉體的疼痛百倍於三十五年前，心情的鬱悶更難以相比。父親生腳背花、搭背那兩年，他是五十三、四歲，湊巧我今年也正是五十三歲。那時他肩負五口之家，正當抗戰末期，物質缺乏，生活艱困，工作又不如意，幸好是在本鄉本土，多少有些親友照顧和安慰。我今天也是負擔五口之家的生計，也是流年不利，生活窮困，不幸的是我今天漂泊異鄉，「孤軍奮鬪」，處境十分悽涼。回憶當年父親的困苦，想想今天我的窘境，心裏更爲慘痛！

第一次植皮前，剪去瘡口碗口大一塊肉，潰爛半寸深巴掌大，情況很嚴重。妻看後十分緊張，她嘴不說，表情我看得出來。她每天兩趟送飲食到醫院來陪我；植皮後，她日夜守住我，兩人幾夜不能安眠，擔心植上去的皮，是否能長上去。今年一女一兒正準備考大學、考高中，又操心他們的學業和飲食、健康。擔心自己的病痛，掛念家中的兒女，一顆心幾乎被撕得粉碎。看見同病室的兩個病人擡往太平間，心裏不禁恐懼起來；萬一我有了不測，家中的生活、孩子們的教育如何解決，後果眞是不堪想像。每天醫生換藥，未說植皮成功之前，一顆心眞如熱鍋螞蟻，惶恐緊張至極！

子夜，病室十分沉寂，妻疲憊打盹之際，我趴俯在床邊，回憶前塵，想及父親生搭背，母親患倒血山，渴望看到我的心情，比我現在掛念兒女更深百倍。我現在的家距醫院數公里車程，要看他們，半小時後他們就可到我的病室裏來；當年我在三百多里外受訓，要回趟家，得走五、六天，在兵荒馬亂的抗戰時期，不是易事。母親明知我回家一趟很困難，可是她卻叫父親寫信要我請假回去，可見她當時是如何的想念我啊！

我是個極戀鄉土的人，在外漂泊這些年，常思念雙親、夢回故園。來臺雖然已三十年了，不因離家歲月的增長，懷鄉思親的情思減少，反而更爲殷切；尤其，在艱困病苦的時候，思念父母，恨不能插翅歸去。明知這是妄想，往往情不由己而淚濕衣枕！

二次植皮，情況良好，兩週後瘡口結疤。出院前夕，妻說在我危急之時，她在家向觀世音菩薩及祖先神位前許下心願，保佑我平安康復，全家焚香膜拜。

出院後，我們還願，一爐清香，數樣水果，全家焚香膜拜。在給祖先上香禮拜時，我想將來光復大陸，如能和父母團圓，我要好好盡點孝心，彌補這些年的思念之情；萬一父母仙逝歸天，就到他們的墓前多焚化些紙錢，以盡人子之心！神州何時光復？我何時得歸故園？祈禱蒼天保佑，早償心願。

一九八〇年作品

右上背生一癰（俗名搭背、搭手、背花；本省同胞稱蜂窩），三月底發作，誤投中醫，頭破潰爛，八九天時間，由一元硬幣大瘡頭，竟「發展」到小碗口般大。發高燒，飲食無味，數夜不得安眠，幾天的折騰，精神體力消損甚重，元氣大傷。四月六日換藥時，某中醫說我瘡口茶杯蓋大一塊死肉皮，沒有痲醉藥，無法割除。表示他已束手無策，要我去找西醫治療。

次日住進陸軍八〇三總院榮民病室，經數度抽血檢驗，連日打盤尼西林消炎，注射二十多瓶葡萄糖、氯化鈉後，始將擴張的瘡口控制住，體溫降低，一週後剪除死肉；再過一週，初度從大腿上割皮移植到中間暴露的瘡口。待肉芽長平後，再度植皮週邊的空隙。這時才脫離險境。

住院後不願驚動朋友們，僅打電話告訴老友姜貴先生。蓋癰爲有名大瘡，中老年人長此大瘡，常有生命之虞，若發生萬一，總該有一二朋友知道我怎麼離開這個世界的。姜貴先生七十餘高齡，電話中再三請他不要來看我，他居然於次日下午來到病室探望。當日黃昏，又有事前知道我要住院的陳教授癸淼兄賢伉儷，百忙中抽空來醫院慰問。兩日後徐秉鉞兄從姜貴先生處得到消息，遠從中興新村趕來看望。十七日子夜筆者住的眷村一排房子慘遭回祿，次日上午童世璋先生閱報，擔心寒舍受到波及，打電話到我辦公室探問，始知我住院，中午即來看我。過了兩日，他的夫人帶着孫女也來探望。鄰床有車禍折臂斷腿者，在床上「方便」，常赤露下體；對床患胃癌者，形如骷髏，令人生懼。筆者再三電話請女同事們不要來看我。可是，爲了表示她們的關心，仍勇敢的來到這可怕的病室探望。朋友同事們對我的關懷，給我帶來的慰藉，禿筆無法形容。

由於我背上的癰「發展」兇猛，潰爛的範圍有巴掌大，半寸多深，情勢嚴重。外科李主任、吳總醫師頗爲關心，幾次察看瘡口情形，指示如何用藥。主治大夫孟繁崗先生，天天察看病情，親自爲我清理瘡口、植皮、換藥。住院時首先看到我瘡口的洪大夫，也很關心，每次見面，必問我瘡口的情形是否有進步。還有江國楨醫師，兩度爲我剪除死去機能的肉皮，潰爛的地方得以去膿生肌，轉危爲安。這幾位「神手」，聯合把我的生命從生死邊緣救了回來。使我的瘡病，漸漸走向痊癒坦途。

住院已四週，今晨換藥，內子看後告訴我，移植的皮已成紅色（活了），右邊空陷的新肉長起很多。聽後，一股康復的希望塡滿胸懷，感到無限的興奮。想這二十多天來，朋友同事們的關心慰問，大夫們的細心診治，護理小姐們的熱心服務。心靈深處，如沐春風。如飲甘露，感到無比的溫暖和安慰，在此向他們致萬分的敬意和謝忱。

附錄

反映社會人性的小說

——閒談《碧海青天夜夜心》

姜貴先生在臺灣寫的長篇小說，最受讀者推崇的，首為《旋風》，次為《重陽》。有人評論這兩部小說是反映我國近數十年來動亂時代的大書，尤其《旋風》，評論文字十餘萬言，早已集篇成書《懷袖集》。可是，姜貴先生在臺灣寫的第三部長篇小說《碧海青天夜夜心》（以下簡稱《碧海》）他自己最偏愛的一部小說，卻很少受人注意，縱使研究他作品的人偶而提及，也只是聊聊數語，略微帶過。其實《碧海》在文學上的價值，應與《旋風》《重陽》等量齊觀，無分軒輊。羅體模先生在〈論姜貴小說主題〉提到《碧海》時說：「姜貴小說世界中最迷戀過去的人物乃是耿自修和姚六華（《碧海》中男女主角），這部八四〇頁的長篇小說是篇詳盡的心理研究，臚述一個本質上未脫稚氣的年輕人，為了要扮演男子漢大丈夫而作的努力。」姜貴先生感到「深獲我心」。可見他對此書之偏愛。

《旋風》和《重陽》反映的是中國共產黨在大陸初期「造反」，慘酷鬥爭的所作所為。這兩部書所提出的問題，與其說是中國的政治與人權問題，毋寧說是世界的政治與人權問題。因而許多學者想藉這兩部書，去瞭解一些共黨的特性與本質，所以才這樣受人重視推崇。而《碧海》是部社會人性小說，描寫幾個小人物的不幸遭遇，故事的架構又是以婚姻愛情爲骨幹，一般初看這本小說的人，以爲它寫的是兒女之情，把它當作一般愛情小說看，所以不能和反映數十年動亂時代的《旋風》《重陽》相提並論，這是不中肯的。其實《碧海》所反映的社會層面和人性心理的剖析，比前兩書猶有過之。

《旋風》、《重陽》描述的是共產社會的結構形態，和它摧毀人性的殘酷手段。《碧海》反映在傳統社會偏狹觀念及世俗頑固思想下，幾個小人物的不幸遭遇，他們的人性尊嚴被凌遲，精神的折磨，心靈的委屈，是社會問題，四十年前有，現在有，未來還有。他們所受的打擊和不公平待遇，社會各階層時時都會發生。比如書中女主角姚六華作過風塵女人，如同政治人物貪過汚變過節(戴過紅帽子)，任你以後怎樣想改過自新，重新作人，用盡三江水，也洗刷不去你以往的汚點，讓人家不輕視你。再如書中另一女主角聶雙雙，她是童養媳，公婆命未婚夫送她去賣笑，賺皮肉錢來改善家庭經濟狀況，得以買田置產。可是他們「喝了紂王的水，反罵紂王無道」。羞辱她毒打她，罵她是「婊子」！她受的虐待和委屈，如政治場中常見的「兎死狗烹，鳥盡弓藏」同一類型；句踐復國後，賜死文種，宋太祖得了天下，首斬鄭子明，同樣地令人不寒而慄！

讀者若是從這些角度這些層面去欣賞《碧海》，你便會發現它很有深度，很值得一讀再讀。

陰盛陽衰的失敗婚姻

國人傳統的婚姻觀念，是男主外女主內，「嫁女必須勝吾家，娶婦必須不若吾家。」同時男的學識才能一定要比女的好，這樣匹配，丈夫容易駕馭妻子，容易美滿，容易白首偕老。否則，若妻子一切比丈夫高明，丈夫不易駕馭她，這婚姻就不易美滿，不易長久。這種婚姻觀，簡單說就是「陽盛陰衰」的模式。數千年來，國人依着這種模式，作父母的爲子女尋找配偶。這種模式的婚姻，不一定都很美滿，可是，這種婚姻，丈夫容易駕馭妻子，容易白首偕老，卻是實情。若再注入現在的新思想，雙方「情投意合」那就更好了。反之，若是「陰盛陽衰」，情不投意不合，這婚姻註定失敗。《碧海》中的耿自修和藍薇珍的匹配，就是這樣失敗的！

耿自修在襁褓中，父親爲革命犧牲，寡母把他和遺腹子弟弟自齊撫養成人。只有母親撫養大的男人，若是鄉野草民，缺乏禮教，母親對他不加雕琢，任其自由發展，將來長成，好似山野樹木，榦大枝粗，強壯無比，他的個性會像水滸中李逵，粗壯豪放，率直任性（借用商隱逸的〈宋江與李逵〉），若生在都市，母親對他呵護備至，過份溺愛，將來長成，如同溫室盆花，他的個性會像耿自修，「柔弱寡斷，溫順無剛」。

耿自修在溫室中由母親呵護長大，認爲世界上最愛他的人只有母親，他最愛的人也只有母親。他一切聽從母命，讀會計，做銀行小職員，甚至他的終身大事，都由母親一手安排。母親說他聰明內斂，忠厚溫和，但失之文弱，在社會上難與人競爭，要給他娶一個堅強的媳婦來輔助他，彌補他的缺點。選擇了和他青梅竹馬一起長大，讀體專的大表姐藍薇珍給他作妻子。這個堅強的媳婦是體專學生，短跑冠軍，閨房裡不見脂粉首飾，卻攞滿優勝錦標。她是女中丈夫，充滿青春活力，身材健美，比耿自修大三歲高二吋，麗質天生，一對大眼睛又黑又亮，不加修飾，已嫵媚動人。這樣一個健美明朗的妻子，配上一個溫和文弱的丈夫，已犯「陰盛陽衰」之大忌，怎麼會美滿，怎能不失敗？

所以，薇珍的父母首先不贊成這件婚事，但經不住自修母親再三說服和懇求，他們念及她青年孀居，勉強答應。

耿自修對這位比他年長身高的表姐，一向百依百順，十分崇敬，在下意識裡根存着自卑感，當母親提到要給他討薇珍的時候，他的反應十分驚異：

「耿自修對于這位爽朗的大姐，一向具有好感。他保有着她每次（在運動場上）獲得勝利所攝的照片，……表面上他也崇拜這位體育明星的輝煌成績，但私心傾倒的卻是她的一雙玉腿……。

他做夢也不會狂想過，這雙玉腿終有一天會成爲他的結婚對象。從身材和個性的任何一面着眼，都絕難引人起這樣的念頭。

他把母親的選擇，試向自己的腦子塞了又塞，終于塞了進去。」（頁八一）

藍薇珍也知道這種婚姻不會美滿，直截了當的反對：「我喜歡自修弟，但結婚，那怎麼成啊。」（頁八一）

他們的婚姻，事前兩造未取得默契，全由耿母一人主張，這樣的婚姻，對男女當事人都是極大的難堪。

婚後，雖然耿自修待薇珍仍然像大姐，百依百順。薇珍也虛心遵照姑母的意思去做，對內對外，應付一切。可是，他們的婚姻缺乏「情投意合」的土壤，兩人感情不但不容易往下扎根，而且在他們心底蘊藏着極大的矛盾和衝突。

原因是耿自修對薇珍沒有夫妻的愛情，只有表姐弟的友情，甚至他心裡需要的妻子像母親一樣的關愛他，這是他柔弱個性的使然。

前面說過，國人的傳統觀念，作丈夫的一切要比妻子高強，是要作妻子的依賴丈夫，讓丈夫感到男人的自尊，覺得自己是個丈夫。而耿自修恰相反，他不但不能滿足作丈夫的自尊，更有不能擡頭之感。而薇珍呢，她是新女性，生長在上海那種開放社會，身高體健，崇尚時髦，走在時代的前端。她本來比丈夫高二吋，出門逛馬路，穿上三吋高跟鞋，比丈夫更高了，這樣的一對夫妻走在馬路上，太不配襯，所以，婚後不久，爲「鞋子問題」，引發了破裂的導火線：

「母親是舊派，梳S髻，着紫繡花鞋……薇珍燙髮，當然不梳S髻。但母親卻希望她着繡花鞋，作個半舊派少奶奶的打扮。薇珍學體育，主張健美，是個時髦小姐。在家裡着繡花鞋還罷了。上街，她一定要着三寸高的高跟鞋。不然，便覺得不夠派頭，走不出去。……自修也不算矮了，但和薇珍在一起，他顯得渺小，併着肩一路走出去，頗有陰盛陽衰之感。

……在有意無意之間，不願意和她一起上街……薇珍從此倒不着高跟鞋了，但心裡可能很委屈。……………薇珍忽然賣掉她的股票，獨資創設了一家「體育用品公司」，早出晚歸，把全副精神都用到她的公司上面。接着她又組織了一個女子籃球隊，自任隊長，時常帶着隊到香港南洋一帶比賽，一去數月。

她的公司和球隊都有可觀的盈餘，她更具信心……等到自修大學畢業，薇珍想請他做她的會計主任，被母子兩個拒絕之後，這個紛擾達到了高峯，爲這件事，薇珍對母親失去了應有的禮貌，說了不該說的話。」（頁八三—八四）

從以上這段原文中，可以看出耿自修夫妻琴瑟失調的關鍵。婆媳之間觀念有「代溝」，夫妻之間身材有「逆差」，薇珍只好忍着「削足適履」之苦「裝矮子」，夫妻之間還是不能行動一致。她只有把精神寄託到事業上。而丈夫又不願與她合作。寧爲銀行小職員，不做她公司的會計主任。夫妻情投意合，需互諒互助，不只是要「夫唱婦隨」，有時也要「婦唱夫隨」，才是美滿婚姻。藍薇珍在耿自修母子眼裏有什麼地位？她感到很屈辱和苦惱。

同時，由於耿自修和薇珍從小一起長大，薇珍以大姐身份照拂他，日久天長，她在自修精神上形成一種母性的鎮壓力量。加上薇珍的個性比他堅強，體形比他高大，比他富有事業心，胸襟比他開朗，在這種種「陰盛陽衰」的情況下，他不能在薇珍面前做大丈夫，滿足他做男人的自尊。母親在世時，有母愛的護助，他還可以勉強忍耐。母親去世後，他就要逃脫這個家（枷），遠離薇珍。於是，他藉到煤礦公司爲由，離開上海，逃亡徐州，他們的婚姻從此名存實亡。

愛情的補償——耿自修與姚六華

一個人的精神受斂束久了，會產生一種反抗的下意識。對某件事物欲得到而未得到，或得到而不能滿足，會產生一種補償心理。這種反抗的下意識和補償心理，在姜貴先生的作品中，常有深刻而細膩的描寫。

耿自修一離開上海脫離了家（枷），如困獸走出鐵籠，埋在他心底的李逵，便活躍了起來（商隱逸語：我們每人心裏都有一個李逵）到了南京，從未涉足風月場所的他，一下火車，便坐上黃包車直放夫子廟，在烏衣巷夢一般的跟着領港走進一家青樓，召個彩雲姑娘（聶雙雙）陪宿一宵。而且初次體驗了「硬打硬上」的「男歡女愛」。

作者在後面特別交代耿自修與聶雙雙這一夜只是「乾舖」，「乾舖」不「乾舖」無關緊要，要緊的是耿自修初離家門，與薇珍分別的頭一天，便夜宿青樓。他的家世出身，母親的教養，和薇珍的關係，立即破產。他這一行爲，實是對她們大大的不敬，也可說是大大的反抗和報復。母親在世時，一天他爲業務去參加一個晚宴，晚宴設在一家「堂子裏」，他就不習慣，不能接受，不等終席而退。現在離家第一天，便主動的到青樓召妓陪宿，這是何等的轉變！這是反抗的下意識和補償的心理作用，也是長久受約束後的解放反射作用。在作者另一部小說《曲巷幽幽》裏，息秀才長久受傳統禮教的約束，平日裝正人君子，一次娘子離家三天，他便「自我解放」，與鄰居私娼偷情，誤中「仙人跳」，幾乎家破人亡！與耿自修的召妓有異曲同工之妙。

耿自修到了徐州，認識身材比薇珍還高的，窯姐花六寶（本名姚六華）。作者對他的補償心理，刻劃的更爲細微：

「……她（姚六華）對耿自修展覽了她那一雙發育勻稱的修長的玉腿。耿自修在一瞥之下，立卽感到一陣輕微的暈眩，像一個飄渺的夢境，他所嚮往的一個雲繞的仙山。他熟悉那般的瑤草琪花，嗅得到那種似有若無的清芬，然而可望而不可卽。那不就是薇珍嗎？薇珍不也有着同樣動人的一雙玉腿？從薇珍那裏得來的空虛，至少目前這一刻，可以由這個軀殼填補。……」（頁六六——六七）

「……但如果能忘掉曾經塞出金銀，而又不把她當妓女看待的話，剩下來的百依百隨，便足夠使他顯得堂堂丈夫氣，至少威風一面，仍舊是可貴的。他從未在女人身上得到過這樣東西，那感覺自然是新鮮的。」（頁八七）

耿自修私心十分傾倒薇珍的一雙玉腿，這雙玉腿已是他的妻子，他應該滿足，爲什麼還會有

「從薇珍得來的空虛，想從花六寶的軀殼上來塡補」這種需要呢？

男女結合，不只是單純的兩人生活在一起，行周公之禮，傳宗接代就算圓滿。夫婦之間的完美境界，應是兩人精神融洽，性生活美滿。這兩個條件實爲一體，能相輔相成，也能彼此破壞。耿自修與薇珍的結合，情意不投合，精神不融洽，夫婦的情慾自然不能美滿，他才感到空虛。現在遇到姚六華，身材比薇珍還高，也有薇珍一雙修長的玉腿，於是補償心理油然而生，拿她來塡補薇珍給他的空虛。這種塡補心理，在福羅拜爾的「情感教育」中，毛漏與阿爾魯夫人，和風塵女子女將軍的三角戀愛，也有類似的描寫。

巧在姚六華出身「北里世家」，她因身材高人一等，個性與衆不同，在煙花陣裏打滾十年未能走紅，也沒有遇到過知心恩客，心裏一向空虛寂寞。認識耿自修後，他不把她當賣笑人看待，她受寵若驚。兩個空虛寂寞的心，相互安慰，相互補償。於是二人墮入情網。耿自修在她面前樹立起男人的自尊，她對他也百依百隨，而且還兼有母親和薇珍那種母式的關懷。她使他作了大丈夫。

在我國傳統觀念裏，女人做妓女是最下賤無恥的行業。一個女人是自願的或是被迫的一旦做了妓女，好像政治人物一旦被視爲思想有了問題，如同掉進泥坑，她這一生便葬送在羞辱中了。縱使她以後跳出火坑，重新做人，也很難洗掉她以往的羞辱，歸還她的淸白之身。

作者在《碧海》裏塑造了兩個這樣不幸的女人姚六華（花六寶）和聶雙雙（彩雲）。她們的遭遇，令人讀後，無限同情，無限感慨。

認識了耿自修，姚六華受到賞識，否極泰來，她感恩知遇，跳出火坑，依耿自修爲歸宿，開始重新作人。

可是，一個淪落風塵十年的女人，想「脫胎換骨」，談何容易，她必須極盡忍耐，委屈自己，遷就別人，縱使如此，也只能收到事倍功半的效果。

她到棗莊第一次陪伴耿自修，耿自修事先不知有此安排，傷了自尊，大發雷霆，把她攆了出去。

若是良家女子，那能受這種侮辱。就是臉薄氣傲的青樓「姑娘」，也忍不下這種氣，而姚六華忍受了。

「好吧，我出去。」花六寶故意涎着臉，像哄孩子似的說：「等會你消了氣，我再來。」

（頁六八）

後來，耿自修氣消了，向她道歉，她的答話多可憐：

「……我才不呢，祇要你不嫌棄，多少給我留一點面子，讓我能過得去，就算你擕帶我了。」

（頁七四）

賣笑的女人就是這樣不被當人看待，召之卽來，揮之卽去，受辱挨罵，還得向客人賠笑臉說好話。

姜貴先生對耿自修姚六華這兩個可憐人物，前者在妻子面前不能做丈夫，後者身陷火坑多年不能擡頭，兩人由互相利用，互相安慰，互相依靠，演變成互相傾愛，寫得十分細膩，現在看耿自修怎樣把姚六華納入心中塡補薇珍的：

「火車搖動，把耿自修剛端在手裏的一杯葡萄酒撒得一手，矮茶几上放着沒有收走的濕毛巾，花六寶拿過來給他擦了。一邊說：

『這回你甜到手了。』

『我的心更甜。』

花六寶默然，翻上眼去看他一眼，忽然滿面含笑的低聲說：

『我和你一樣。』

耿自修便覺心神一蕩。眞情的自然流露，會使任何年齡的飽經世故的人回到他們的青春時代，於不知不覺間，那是最值得珍貴的。這一刹那間的花六寶，突然就是薇珍。……」（頁一三〇）

「少女似的羞容出現在花六寶的臉上，使耿自修一時回到他的蜜月之夢。但他也知道，這不是薇珍的替身，更不是她的化身。在形似脫節的空虛之間，她只是一個塡補。靠這個塡補，他免於立卽崩潰，他便讓她塡補了。」（頁一三三）

對姚六華來說，十年羞辱的風塵生涯，她的心靈受創纍纍，現在遇到耿自修，縱使被他利用爲「塡補」，也深感萬幸。耿自修帶她赴宴，她第一次不被人當作「姑娘」看待，勉強她喝酒，她便感到萬分高興和安慰：

「酒席散後，回到招待所，她高興極了。往軟椅上一靠，伸個懶腰，說道：『跟着你，我初次做了另一個女人了。沒有強喝自己不要喝的酒。』（頁一〇三）

我知道我配不過你。但我要儘量儘量依從你。你要怎樣我就怎樣。你是我的依靠，我跟定了你。」（頁一〇五）

「希望有一天，我能得到你對我眞眞實實的滿意。那樣子，我這十年屈辱，才勉強算折得過了。不然，我會死不瞑目。」（頁一五九）

後來，姚六華眞的獲得了耿自修的心，她的目的達到了。然而，這只是他們兩人的事情，耿自修的家人，廣大的社會，也像耿自修一樣，忘掉她過去的風塵生活，平等看待她嗎？這個難題，要克服它，是如何的困難。

雖然耿自修愛她，把她看得與母親妻子並重。但她不敢奢望與薇珍並肩，她自屈爲黑影，尊薇珍是太陽，薇珍到徐州來看耿自修，她認爲太陽一出現，黑影就得消失，她是這樣的惶恐和感傷：

「自從看見她回來，心裏一直悽悽惶惶的，最好我不要再見她（薇珍）。看見她，我自慚形穢。平常，我一直覺得自己還有點人樣兒，敎她一比，才知道我連醜小鴨都不如。遲遲疑疑地走進甬道，一陣輕微的『身世飄零』之感，襲上心頭。冥冥中如有神，他與我何寃何仇，何恨於我，定要把我投生到賣笑人家，使我墮落溷濁，永遠不能清白做人。……」（頁二七五——二八八）

她萬萬沒有料到，薇珍不但沒有看輕她，反而優容了她，甚至不讓她自居婢妾，願與她姐妹相稱。

薇珍如此「寬宏大量」，她處處退讓不敢越分。她比薇珍大兩個月，卻故意說小兩個月。她比薇珍略高一點兒，卻說是自己的頭髮梳得高。在上海過年，當着耿自修和薇珍的家人面前，她總是掛着笑臉，叫耿自修少爺，薇珍少奶奶，時時堅守禮節。

她是這樣的忍讓、委屈、馴順，終於得到薇珍的信任，這方面她是成功的。可是，在廣大的社會裏，人們可不那樣寬厚。她極想忘掉往日風塵的屈辱，重新好好做人，別人卻偏要揭她的瘡疤，一次被人指認出她是「花六寶」時，她心裏這樣悽楚欲絕的說：

「受辱，不能沒有限度。你知道我要好好做人，好好活下去。誰妨礙我好好做人，誰不讓我好好活下去，我不放過誰。受辱，受辱，我受辱應該有個完！」（頁七八七）

正因爲如此，才顯得耿自修對姚六華的愛，多麼珍貴。有了耿自修的愛，不但補償了她十年的風塵屈辱，更鼓勵她重新好好做人，她怎能不以全心全力抓牢它。

薇珍懷孕要耿自修回上海，徐州的一般朋友都十分贊成，只有她私心裏反對。聶雙雙離婚後到徐州來找耿自修，她如臨大敵，千方百計使耿自修與聶雙雙隔絕。同時不擇手段拉攏卓不羣給聶雙雙，以除後患。被卓不羣掀開底牌羞辱她一頓，她還不死心；卓不羣受傷在危急中，她還在爲此事費心機。及至聶雙雙參加了敵後工作，她才放下了心上的石頭。

在鄭州，她不願跟隨達天明的醫院去參加抗日工作，要和耿自修在一起。在隨棗戰役中，耿自修幾次要晉見張自忠將軍，到第一線去採訪，她心裏總是不願意耿自修到危險的前線去。

失去了耿自修，姚六華便失去人生一切依賴和希望，所以她用盡心機把耿自修和自己拴在一起。

筆者每看到姚六華如此緊抓耿自修，便聯想到襲人利用種種手段籠絡寶玉；小人物欲攀龍附鳳高舉遠引，小鳥想飛上高枝作鳳凰，都是如此用精力費心血！

姜貴先生寫姚六華這個人物，較寫耿自修藍薇珍更費心血，他對這個人物注入的感情，與他其他作品中的人物都不能相比。尤其對姚六華的最後結局，費盡心力，明的暗的都埋下伏筆。

在棗莊參觀煤礦，對相命學有研究的礦總工程師給姚六華看了個相，說她早歲坎坷，但是：

「以後過了三十，轟轟烈烈，大大有一番事業。」

說了又表示懷疑：

「奇怪，一個太太有什麼轟轟烈烈的事業呀？可是，不能沒有，註定有，眞奇怪！」（頁一一〇）

這是暗的伏筆，過去的女人所謂事業，有時指名節。姚六華三十歲那年，在老河口殉情自殺，和耿自修的愛情「大團圓」，這就是她的事業！這與福羅拜爾在《波法利夫人》中寫愛瑪臨死時聽到瞎子唱歌。左拉在《娜娜》中寫娜娜初次看到扛屍者諸巴吉，心裏有惡劣反應，最後扛屍者眞的扛了娜娜的屍。《紅樓夢》中寫王熙鳳最後要「衣錦還鄉」，都是相似筆法。（都帶宿命色彩）。

在徐州，有一天姚六華和耿自修遊燕子樓，兩人讀了白居易和關盼盼的詩之後，姚六華有很大的感觸：

姚六華覺得全身有點發軟，手扶在耿自修的肩膀上，略略閉起眼睛，躲過一陣輕微的暈眩。莫名其妙的離奇的感觸忽然浮上心頭，一時她彷彿以爲她就是關盼盼，而她的耿自修恰好是張尙書了。她身體搖晃，顯然有些慌張，如果不是架在耿自修的肩膀上，說不定她會跌倒。「見說白楊堪作柱，爭敎紅粉不成灰。」那樣的情景，有近殘忍。對於小樓幽居的「未亡人」，自難怪其「瑤瑟玉蕭無意緒，任從蛛網任從灰」了。……姚六華黯然神傷的輕聲說：

「身爲妓妾，不該有那十年的樓居生活。要是跟隨尙書早早一死，那該有多乾淨。」（頁七五五——七五六）

這是明的伏筆，寫得十分細膩「幽美」，後來耿自修負傷鋸腿身亡，她毫不猶豫的「跟隨」他去了。在遺書中還特別提到遊燕子樓往事，學關盼盼寫了一首絕命詩。

對姚六華的人生來說，作者給她安排這樣的結局，也算是死得其時，死得其所，不如此，她將何以度其餘生。在爭取耿自修的愛情方面，她是完全勝利的。比藍薇珍、聶雙雙得到的太多。可是，人生不會十全十美，她沒有爲耿自修生過孩子，是她的最大遺憾。爲耿家綿續香煙，承先啓後的重擔落在藍薇珍身上，讓這位婚姻失敗的女主角披上一層光彩，這也算是一種「補償」。

堅強勇敢的女性—藍薇珍

姜貴先生在《碧海》裏塑造了一個堅強而完美的女性，她就是藍薇珍。

藍薇珍身材高大，體格健美，是運動健將。她思想新，眼光遠大，胸懷開朗，聰明機智，勇敢果斷，有丈夫氣概。可惜這樣一個完美的新女性，卻是《碧海》裏失敗婚姻的女主角。

她和耿自修從小一起長大，他們有深厚的友情而沒有愛情，她本不願嫁耿自修，但旣和耿自修結了婚，便盡量照着姑母的希望，做個好妻子。甚至忍受「削足適履」之苦「裝矮子」。在十里洋場的上海，一個健美時髦的新女性，叫她出門不着高跟鞋，這是個很大的犧牲。爲了家庭的和氣，她屈從了。這是她遷就耿自修。

夫妻間感情觸礁，她把精神轉投到事業上，耿自修卻不支持她，母親去世後，他還要求她把公司收掉，專心做主婦。她雖沒有完全聽從丈夫，卻也作了很大的讓步：

「把她的籃球隊委人代管，又把公司的營業時間，定得和自修銀行的辦公時間完全一樣，免

得丈夫回到家來不見太太，覺得家不像個家。」（頁一四六）

然而耿自修仍不滿足，他把母親去世留給他的空虛，推到薇珍身上，他要換環境，到徐州去。

儘管薇珍受了這些委屈，她還是希望耿自修留在上海，維持他們完整的夫妻關係。在車站臨別時，她還想留住他，發出這樣的呼喚：願意把她的公司讓給他，要他做經理，她做會計主任，可是，耿自修硬着心腸走了。

耿自修到徐州不久，憑她的機智，在電報的幾句話中，斷定丈夫有了外遇，馬上趕到徐州。及至得悉丈夫與姚六華的關係後，她忍着痛楚，把一缸醋當酒喝下肚去，大大方方的優容了姚六華。

愛情是絕對自私的，不容第三者插入。薇珍並非不撚酸，她要顧全大局，不願意把丈夫的心從她心裏連根拔走。鬧起來必無好結果，這是她識大體的地方。同時，她優容姚六華，還爲了她那時尚未生育，希望姚六華能爲耿家傳宗接代：

「『……大家平等相處，推心置腹的先做朋友。等她生了孩子，我另有辦法。……』

『因爲有了你（姚六華），才改變了他的獨佔觀念。他自己有兩個女人，自然不方便再怪我經營公司和籃球隊……才消除他對我的自卑。年齡、身高、事業、社會活動，許多方面，他下意識的總以爲他不如我。自從有了你，他知道我仍然像從前一樣的愛他，他才體會到他有値得我愛

的地方，於是提高了自信，人堅強起來了。』（頁三〇〇——三〇一）

『……自從姑媽去世，我無形中成了一家之主。眼看着兄弟兩個，一個鬧左傾，除了要錢要錢，再也看不見人；另一個把自己放逐到徐州，算是和我鬧分居』

『……這個時候，我要不從大處着眼，一家三口人，各走各的路，好好一個人家，還不等於離散了？……我既爲一家之主，就不得眼開眼閉。』」（頁三九一）

從以上這段擲地有聲的文字中，可看出薇珍對耿自修多瞭解，對他們家庭問題多清楚，對她自己的處境多明白，她的優容姚六華是多明智。

薇珍是女中強者智者，對家務事業她都處理得很好，對國家社會，也有她獨到的見解：

「……你太自私，要把我像個掛錶一樣，一直揣在自己的懷裏，單給你一個人享用。我開體育用品公司，我組織籃球隊，你不贊成，還消極抵制。就不想想，我一人健美有什麼用？我們要向這一方面提倡，要我們全國的女人都夠我這樣的標準，要我們強種強國，才是我們的直正目的呀。」（頁三九〇）

這是她秉善天下的胸懷，可惜耿自修不能瞭解。

徐州一別，與丈夫兩年不見，擔心他在戰地的安危，把小孩留在上海，薇珍帶着醒悟回頭的小叔，萬里迢迢，經香港、重慶、寶鷄輾轉到老河口來看望耿自修。正當耿自修負傷鋸腿，傷勢惡化，在生死邊緣掙扎之際。若是普通的女子，恐怕早已精神崩潰，支持不住。然而薇珍堅強如常，一再安慰自修，替他完成他們在青島許的心願。最後丈夫去世，姚六華殉情，她給他們處理善後，自己勇敢的擔負起重擔，繼續她未走完的路。她答覆自齊說：

「承先啓後，我有更大的責任，我要回上海去撫育孩子。他是更新的一代，是你們身後的無數人之中的一個」（頁八四一）

從以上這些分析中，薇珍是個什麼樣的人，我們不難瞭解。她是《碧海》中最堅強完美的人物，也是最痛苦傷心的人物，然而，她是勇者智者，敢於面對現實，繼續奮鬪下去。她與耿自修的失敗婚姻，她有錯嗎？

聶雙雙的最後超越

《碧海》中的四個主角，聶雙雙是最可憐最不幸的，她的犧牲，她的屈辱，她的悲痛遭遇，令人不忍卒讀。作者一定是在極沉痛的心情下創造這個人物的。

聶雙雙自幼失去父母，流落到一個農家做童養媳，公婆家貧，把她押到南京烏衣巷做「搖錢樹」。她忍辱受苦賣笑七年，爲公婆家賺了不少家財，得到自由，和未婚夫成婚。她滿心高興，以爲從此脫離苦海，重新做人，和丈夫公婆過平靜生活。可是事與願違，她萬萬沒有料到，婚後公婆丈夫對她的凌辱比她賣笑更甚，她忍受賣笑七年之苦所期待的希望全部破碎！請看下面原文：

「賀客散去之後，新郎醉醺醺地撞到洞房裏來。一把抱住她，就親了個嘴說：

『小賣×的，今天晚上輪到我打你的茶圍了。』

聶雙雙一陣羞愧難當，心怦怦跳。這樣的侮辱，她不曾在心理上作任何準備，一時竟至手足失措……

天剛放亮，她便下床，匆匆梳洗了，去上房拜見公婆。她在他們臉上發現了未見過的痲木，以往的客氣和關切忽然不見。

聶雙雙暗暗納罕，實在想不透這樣的變化，究竟原因何在。但七年賣笑生活，當然算不得光榮，她便更加小心、謹愼。她想，我要表現得好，好的表現是取得敬愛的唯一方法。

從這一天起，她不再吸煙，粗衣惡食，從事操作，默默含笑，從無怨恨。（頁三四九——三五〇）

一天爲燒飯，婆婆誤會生氣，被丈夫打得癱倒地上，到了晚上她低聲下氣的對丈夫說：

『早上，惹你生氣，眞對不起。』

丈夫瞥她一眼，沒有說什麼。聶雙雙又道：

『你是我的丈夫，我是你的人。我不明白的事情，你可以告訴我嗎？』

丈夫點點頭，聶雙雙又說：

『一家人不喜歡我，口口聲聲叫我賣×的，到底什麼意思？』

『你沒有賣過，難道叫錯了?』

『賣是賣過。』聶雙雙實在氣悶不過，『但當時是爹媽的意思呀。……再說，這些家當，不都是我賺了來的嗎?』

『沒有人喜歡你兩個賣×錢，你知道人家當面叫我什麼!』

『啊，原來一家人有得吃，又嫌我賣這賣那，名譽不好聽。』聶雙雙不免生氣，『眞也太沒良心，旣然吃屎就不該嫌臭!』

不想這句話又惹惱了丈夫，揪住她的頭髮，沒頭沒臉，打得鼻子口裏冒血……。

從此，每日打罵。聶雙雙挨了些日子，知道已經沒有辦法挽回。想到七年以來，自己一片癡心，把丈夫當作一個歸宿，不想落到這一個結果……」（頁三五一——三五三）

「喝了紂王的水，反罵紂王無道。」這比喻也許不恰當。由以上原文中，可知聶雙雙受的是什麼樣的侮辱和凌虐。她除了離婚跳出這個「火坑」，沒有第二條路。

姜貴先生非常相信宿命論，對聶雙雙這個人物的命運，十分同情，在小說一開始，他便借用耿自修的思想傳達了出來：

「拉着姑娘的手；端詳一下，耿自修意在奉承的惋惜的說：

『你很漂亮，幹這個可惜了。』

姑娘忸怩一下，嘴裏嗡了一聲……然後說：

『再一個月，我就自由了。』
『幹了幾年？』
『七年。』
『自由了以後，怎麼樣？』
『結婚。』
『同誰？』
『同我的未婚夫，從小訂婚的。』
『他幹什麼的？』
『在鄉下種田。』
耿自修拉過她的一雙尖細柔軟染着紅指甲的小手來吻了一下……心裏卻留下一個大大的疑團。七年風塵生活，如果你能返樸歸眞，嫁爲農人婦，眞算得是一個偉大的女人了。
『就怕，就怕你不能。』
他這樣想，卻沒有說破。」（頁六——七）
聶雙雙本人倒能返樸歸眞，忍辱受屈，一心想好好做人，可是公婆丈夫（當然還有她周圍的人羣）不讓她這樣做。這是聶雙雙的悲劇。社會上類似這樣的悲劇多得很！（走筆至此，擲筆三歎！）

聶雙雙離婚後到徐州去投奔耿自修，把耿自修當作她最後的一線希望。怎奈耿自修不能愛她，加上姚六華從中百般阻礙，她和耿自修連見面的機會也很少。又一次失望的打擊，她心灰意冷之極，最後只好皈依天主，做了白衣天使，參加敵後工作，做了「無名英雄」。

聶雙雙這個不幸的人物，只有卓不羣（《碧海》中的一位高人）瞭解她，誇讚她是個「高人」。卓不羣被漢奸打成重傷，聶雙雙看護他，臨別時，卓不羣要送她一枚鐵線戒子，因這枚戒子，是一把殺了一千零九個人的兇刀改製而成的其中一枚。這一〇〇九的號數，便成了幸運符，凡戴這把鐵刀改製的戒子的人，便能逢凶化吉。然而聶雙雙卻把它扔了，說它：「害過一千多人的性命，它再能使人幸運，我也不要它。」說罷，倉皇而去。這時卓不羣才恍然大悟，認識聶雙雙是個高人。

己所不欲，勿施於人。聶雙雙的公婆丈夫依靠她七年賣笑，他們才有好日子過，結果她落得如此下場。拿一千多人的性命和鮮血凝結成的幸運符，她不願意接受，把自己的幸福建立在別人的血肉上。這也許就是她高人的地方吧。

文弱優柔一公子

記得有人說過，一部小說的成功，最主要的關鍵在人物，人物若寫活了，故事自然生動，情節自然感人。在這方面，姜貴先生的筆有如「魯班之斧」，功力獨到。他刻畫《旋風》《重陽》

中幾個主要人物，有血有肉，跳出紙面。他描寫《碧海》裏的幾位主角，更爲細膩生動，如見其人。尤其寫男主角耿自修文弱優柔，遇事不能立斷喜怒不能克制，更爲突出。

耿自修在棗莊首次見到姚六華，怪人家未經他的許可而有此安排（召妓陪伴）氣得甩茶杯撵走姚六華，抱頭痛哭。旋卽又向姚六華道歉，留她同榻共眠。在徐州，他要參加軍訓，卻不能早起出操，也氣得直流眼淚。抗日戰起，薇珍一人在上海，處理家務和公司業務，而且懷了孕，要求他回上海。徐州的朋友都勸他回去，他捨不得離開姚六華，左右猶豫，舉棋不定，讓薇珍懷着耿家唯一的後代，一人在上海奮鬪。他卻在徐州和姚六華「熱戀」互相補償。這許是作者對他的最大貶謫。

同時，耿自修的大少爺派頭，愛好虛名，作者刻畫的十分幽默。他一到徐州辦事處，第一件事問宿舍裏有無抽水馬桶和浴室，（三十年代，在內陸是大排場）聽說沒有，馬上叫趕造一套。整修自華樓，藏嬌姚六華，第一件事也是張羅着造一套抽水馬桶和浴室。他認識了青幫老大饒華廷，由於他是煤礦大老板，人又生得俊美，手面闊綽，爲人正直，饒華廷認爲「投緣」，拉他入幫，並肩「通」字。

加上他與姚六華的關係（妓女從良大老板闊少爺）一時聲名大噪。他便十分得意，認爲離開了薇珍，馬上就能有所作爲，在徐州要闖出一番事業。殊不知他在徐州的「事業」，只是空中樓閣，一切依附於饒華廷，實際沒有一點作爲。甚至他後來做了戰地記者，帶着外室、小厨房、車伕等一班跟隨，眞是大少爺從軍，氣派十足。但他的採訪工作，卻沒有特殊表現。張將軍認爲他是大少爺從軍，怕他跟着司令部是個累贅，始終不願接見他，讓他到第一線去。而他卻在戰役結束，敵軍撤退時中彈受傷，草草結束了他的事業和生命。令讀者對他敬之不足，惜之有餘。

可是，作者的筆是公正的，對耿自修優良的一面，寫的也很用力。他有堅貞不二的愛國情操（自修父親乃革命先烈），待人方正誠實，對事是非分明，同時他不失童稚之心，直爽可愛。

抗戰前夕，有很多人搖擺不定，不是左傾（俄），便是親日。棗莊煤礦總經理，便是一極端親日份子，他認爲：「我們中國寧亡於日，勿亡於共。」耿自修聽了十分驚震，說他這是漢奸思想。對總經理這樣說：

「爲什麼你不想把國家致於富強，使它既不亡於俄，又不亡於日，難道這樣子不好？」（頁六〇）

抗日戰起，耿自修馬上率先匯一萬元銀元（約合現在臺幣數百萬元）到上海去勞軍。徐州緊急時他寧願把他的產業棗莊煤礦炸毀，不留給日本人利用。

祝總工程師自抱奮勇回棗莊炸煤礦，願與饒華廷留在敵後工作，把家眷託耿自修照拂，耿自修給祝總工程師的信中，有這樣幾句肝膽重義的話：

「……自今而後，修必事尊夫人如母，令千金則修之姊矣。惟願公壽高而彌健，以俟河山再造，爲盛世人瑞。則今日艱辛，適應他年回甘。修方少壯，豈敢自惜其頂踵乎？」（頁七〇〇）

聶雙雙心愛耿自修，離婚後到徐州，要以他爲歸宿。耿自修不愛她，但同情她的遭遇，送她到達天明醫院療傷。姚六華惟恐她分佔耿自修，極力撮合聶雙雙與卓不羣。耿自修不顧把自已不吃的蘋果往別人嘴裏塞，反對姚六華這種作法。而姚六華總放不下聶雙雙，卓不羣反間計被漢奸識破打成重傷，耿自修要姚六華去伺候卓不羣，姚六華卻叫聶雙雙去看護卓不羣，耿自修脹紅了臉，半天才說：「我不能支配她。而且，我不贊成。六華，你常想得太多，現在作戰，你還是一點不改。」（頁六九三）

總之，天下沒有十全十美的人，耿自修除了有時耍點少爺性子，遇事優柔寡斷，個性文弱一點外。他是個正直無私，忠厚誠實，心懷仁慈的大好人。後來他當了記者，能極力改造自己，勉強適應戰地艱苦生活，也就很難能可貴了。

東隅桑榆

一部八百多頁的小說，不能沒有缺點，《碧海》失之結構鬆弛，情節繁雜，作者亦不否認。尤以耿自修在徐州與青幫頭子饒華廷的一段周旋，寫得太累贅。不過，再讀之下，大有「失之東隅，收之桑榆」之感。從另一角度着眼，我們可以由饒華廷領導的幫會作的「地下工作」，和在敵後打游擊協助國軍抗日的種種作爲，可以瞭解些許四十多年前，另一羣社會人物，血性漢子，對國家民族的貢獻；以及他們的一套處事作人的「規矩」，忠義豪氣，對社會人心的影響，在今天的社會裏，已是「空谷足音」了。

《碧海》確是一部好書，應與《旋風》《重陽》鼎足而立，是姜貴先生的三大巨著。此書已出版十多年，從未像《旋風》《重陽》那樣受人重視，是很可惜的。願拙文能生「拋磚引玉」作用，希望愛好姜貴先生作品的先生們，多注意一下《碧海青天夜夜心》吧。

一九八〇年作品

滄海叢刊已刊行書目(八)

書名	作者	類別
文學欣賞的靈魂	劉述先	西洋文學
西洋兒童文學史	葉詠琍	西洋文學
現代藝術哲學	孫旗譯	藝術
音樂人生	黃友棣	音樂
音樂與我	趙琴	音樂
音樂伴我遊	趙琴	音樂
爐邊閒話	李抱忱	音樂
琴臺碎語	黃友棣	音樂
音樂隨筆	趙琴	音樂
樂林蓽露	黃友棣	音樂
樂谷鳴泉	黃友棣	音樂
樂韻飄香	黃友棣	音樂
樂圃長春	黃友棣	音樂
色彩基礎	何耀宗	美術
水彩技巧與創作	劉其偉	美術
繪畫隨筆	陳景容	美術
素描的技法	陳景容	美術
人體工學與安全	劉其偉	美術
立體造形基本設計	張長傑	美術
工藝材料	李鈞棫	美術
石膏工藝	李鈞棫	美術
裝飾工藝	張長傑	美術
都市計劃概論	王紀鯤	建築
建築設計方法	陳政雄	建築
建築基本畫	陳榮美 楊麗黛	建築
建築鋼屋架結構設計	王萬雄	建築
中國的建築藝術	張紹載	建築
室內環境設計	李琬琬	建築
現代工藝概論	張長傑	雕刻
藤竹工	張長傑	雕刻
戲劇藝術之發展及其原理	趙如琳譯	戲劇
戲劇編寫法	方寸	戲劇
時代的經驗	汪琪 彭家發	新聞
大衆傳播的挑戰	石永貴	新聞
書法與心理	高尚仁	心理

滄海叢刊已刊行書目(七)

書名	作者	類別
印度文學歷代名著選(上)(下)	糜文開編譯	文學
寒山子研究	陳慧劍	文學
魯迅這個人	劉心皇	文學
孟學的現代意義	王支洪	文學
比較詩學	葉維廉	比較文學
結構主義與中國文學	周英雄	比較文學
主題學研究論文集	陳鵬翔主編	比較文學
中國小說比較研究	侯健	比較文學
現象學與文學批評	鄭樹森編	比較文學
記號詩學	古添洪	比較文學
中美文學因緣	鄭樹森編	比較文學
文學因緣	鄭樹森	比較文學
比較文學理論與實踐	張漢良	比較文學
韓非子析論	謝雲飛	中國文學
陶淵明評論	李辰冬	中國文學
中國文學論叢	錢穆	中國文學
文學新論	李辰冬	中國文學
離騷九歌九章淺釋	繆天華	中國文學
苕華詞與人間詞話述評	王宗樂	中國文學
杜甫作品繫年	李辰冬	中國文學
元曲六大家	應裕康 王忠林	中國文學
詩經研讀指導	裴普賢	中國文學
迦陵談詩二集	葉嘉瑩	中國文學
莊子及其文學	黃錦鋐	中國文學
歐陽修詩本義研究	裴普賢	中國文學
清真詞研究	王支洪	中國文學
宋儒風範	董金裕	中國文學
紅樓夢的文學價值	羅盤	中國文學
四說論叢	羅盤	中國文學
中國文學鑑賞舉隅	黃慶萱 許家鸞	中國文學
牛李黨爭與唐代文學	傅錫壬	中國文學
增訂江皋集	吳俊升	中國文學
浮士德研究	李辰冬譯	西洋文學
蘇忍尼辛選集	劉安雲譯	西洋文學

滄海叢刊已刊行書目(六)

書名	作者	類別
卡薩爾斯之琴	葉石濤	文學
青囊夜燈	許振江	文學
我永遠年輕	唐文標	文學
分析文學	陳啓佑	文學
思想起	陌上塵	文學
心酸記	李喬	文學
離訣	林蒼鬱	文學
孤獨園	林蒼鬱	文學
托塔少年	林文欽編	文學
北美情逅	卜貴美	文學
女兵自傳	謝冰瑩	文學
抗戰日記	謝冰瑩	文學
我在日本	謝冰瑩	文學
給青年朋友的信(上)(下)	謝冰瑩	文學
冰瑩書柬	謝冰瑩	文學
孤寂中的廻響	洛夫	文學
火天使	趙衛民	文學
無塵的鏡子	張默	文學
大漢心聲	張起鈞	文學
回首叫雲飛起	羊令野	文學
康莊有待	向陽	文學
情愛與文學	周伯乃	文學
湍流偶拾	繆天華	文學
文學之旅	蕭傳文	文學
鼓瑟集	幼柏	文學
種子落地	葉海煙	文學
文學邊緣	周玉山	文學
大陸文藝新探	周玉山	文學
累廬聲氣集	姜超嶽	文學
實用文纂	姜超嶽	文學
林下生涯	姜超嶽	文學
材與不材之間	王邦雄	文學
人生小語(一)(二)	何秀煌	文學
兒童文學	葉詠琍	文學

滄海叢刊已刊行書目(五)

書名	作者	類別
中西文學關係研究	王潤華	文學
文開隨筆	糜文開	文學
知識之劍	陳鼎環	文學
野草詞	韋瀚章	文學
李韶歌詞集	李韶	文學
石頭的研究	戴天	文學
留不住的航渡	葉維廉	文學
三十年詩	葉維廉	文學
現代散文欣賞	鄭明娳	文學
現代文學評論	亞菁	文學
三十年代作家論	姜穆	文學
當代臺灣作家論	何欣	文學
藍天白雲集	梁容若	文學
見賢集	鄭彥棻	文學
思齊集	鄭彥棻	文學
寫作是藝術	張秀亞	文學
孟武自選文集	薩孟武	文學
小說創作論	羅盤	文學
細讀現代小說	張素貞	文學
往日旋律	幼柏	文學
城市筆記	巴斯	文學
歐羅巴的蘆笛	葉維廉	文學
一個中國的海	葉維廉	文學
山外有山	李英豪	文學
現實的探索	陳銘磻編	文學
金排附	鍾延豪	文學
放鷹	吳錦發	文學
黃巢殺人八百萬	宋澤萊	文學
燈下燈	蕭蕭	文學
陽關千唱	陳煌	文學
種籽	向陽	文學
泥土的香味	彭瑞金	文學
無緣廟	陳艷秋	文學
鄉事	林清玄	文學
余忠雄的春天	鍾鐵民	文學
吳煦斌小說集	吳煦斌	文學

滄海叢刊已刊行書目(四)

書名	作者	類別
歷史圈外	朱桂	歷史
中國人的故事	夏雨人	歷史
老臺灣	陳冠學	歷史
古史地理論叢	錢穆	歷史
秦漢史	錢穆	歷史
秦漢史論稿	刑義田	歷史
我這半生	毛振翔	歷史
三生有幸	吳相湘	傳記
弘一大師傳	陳慧劍	傳記
蘇曼殊大師新傳	劉心皇	傳記
當代佛門人物	陳慧劍	傳記
孤兒心影錄	張國柱	傳記
精忠岳飛傳	李安	傳記
八十憶雙親 師友雜憶 合刊	錢穆	傳記
困勉強狷八十年	陶百川	傳記
中國歷史精神	錢穆	史學
國史新論	錢穆	史學
與西方史家論中國史學	杜維運	史學
清代史學與史家	杜維運	史學
中國文字學	潘重規	語言
中國聲韻學	潘重規 陳紹棠	語言
文學與音律	謝雲飛	語言
還鄉夢的幻滅	賴景瑚	文學
葫蘆・再見	鄭明娳	文學
大地之歌	大地詩社	文學
青春	葉蟬貞	文學
比較文學的墾拓在臺灣	古添洪 陳慧樺 主編	文學
從比較神話到文學	古添洪 陳慧樺	文學
解構批評論集	廖炳惠	文學
牧場的情思	張媛媛	文學
萍踪憶語	賴景瑚	文學
讀書與生活	琦君	文學

滄海叢刊已刊行書目(三)

書名	作者	類別
不疑不懼	王洪鈞	教育
文化與教育	錢穆	教育
教育叢談	上官業佑	教育
印度文化十八篇	糜文開	社會
中華文化十二講	錢穆	社會
清代科舉	劉兆璸	社會
世界局勢與中國文化	錢穆	社會
國家論	薩孟武譯	社會
紅樓夢與中國舊家庭	薩孟武	社會
社會學與中國研究	蔡文輝	社會
我國社會的變遷與發展	朱岑樓主編	社會
開放的多元社會	楊國樞	社會
社會、文化和知識份子	葉啓政	社會
臺灣與美國社會問題	蔡文輝 蕭新煌主編	社會
日本社會的結構	福武直著 王世雄譯	社會
三十年來我國人文及社會科學之回顧與展望		社會
財經文存	王作榮	經濟
財經時論	楊道淮	經濟
中國歷代政治得失	錢穆	政治
周禮的政治思想	周世輔 周文湘	政治
儒家政論衍義	薩孟武	政治
先秦政治思想史	梁啓超原著 賈馥茗標點	政治
當代中國與民主	周陽山	政治
中國現代軍事史	劉馥著 梅寅生譯	軍事
憲法論集	林紀東	法律
憲法論叢	鄭彥棻	法律
師友風義	鄭彥棻	歷史
黃帝	錢穆	歷史
歷史與人物	吳相湘	歷史
歷史與文化論叢	錢穆	歷史

滄海叢刊已刊行書目(二)

書名	作者	類別
語言哲學	劉福增	哲學
邏輯與設基法	劉福增	哲學
知識·邏輯·科學哲學	林正弘	哲學
中國管理哲學	曾仕强	哲學
老子的哲學	王邦雄	中國哲學
孔學漫談	余家菊	中國哲學
中庸誠的哲學	吳怡	中國哲學
哲學演講錄	吳怡	中國哲學
墨家的哲學方法	鐘友聯	中國哲學
韓非子的哲學	王邦雄	中國哲學
墨家哲學	蔡仁厚	中國哲學
知識、理性與生命	孫寶琛	中國哲學
逍遥的莊子	吳怡	中國哲學
中國哲學的生命和方法	吳怡	中國哲學
儒家與現代中國	韋政通	中國哲學
希臘哲學趣談	鄔昆如	西洋哲學
中世哲學趣談	鄔昆如	西洋哲學
近代哲學趣談	鄔昆如	西洋哲學
現代哲學趣談	鄔昆如	西洋哲學
現代哲學述評(一)	傅佩榮譯	西洋哲學
懷海德哲學	楊士毅	西洋哲學
思想的貧困	韋政通	思想
不以規矩不能成方圓	劉君燦	思想
佛學研究	周中一	佛學
佛學論著	周中一	佛學
現代佛學原理	鄭金德	佛學
禪話	周中一	佛學
天人之際	李杏邨	佛學
公案禪語	吳怡	佛學
佛教思想新論	楊惠南	佛學
禪學講話	芝峯法師譯	佛學
圓滿生命的實現 (布施波羅蜜)	陳柏達	佛學
絕對與圓融	霍韜晦	佛學
佛學研究指南	關世謙譯	佛學
當代學人談佛教	楊惠南編	佛學

滄海叢刊已刊行書目(一)

書名	作者	類別
國父道德言論類輯	陳立夫	國父遺教
中國學術思想史論叢(一)(二)(三)(四)(五)(六)(七)(八)	錢穆	國學
現代中國學術論衡	錢穆	國學
兩漢經學今古文平議	錢穆	國學
朱子學提綱	錢穆	國學
先秦諸子繫年	錢穆	國學
先秦諸子論叢	唐端正	國學
先秦諸子論叢(續篇)	唐端正	國學
儒學傳統與文化創新	黃俊傑	國學
宋代理學三書隨劄	錢穆	國學
莊子纂箋	錢穆	國學
湖上閒思錄	錢穆	哲學
人生十論	錢穆	哲學
晚學盲言	錢穆	哲學
中國百位哲學家	黎建球	哲學
西洋百位哲學家	鄔昆如	哲學
現代存在思想家	項退結	哲學
比較哲學與文化(一)(二)	吳森	哲學
文化哲學講錄(一)(二)(三)(四)	鄔昆如	哲學
哲學淺論	張康譯	哲學
哲學十大問題	鄔昆如	哲學
哲學智慧的尋求	何秀煌	哲學
哲學的智慧與歷史的聰明	何秀煌	哲學
內心悅樂之源泉	吳經熊	哲學
從西方哲學到禪佛教—「哲學與宗教」一集—	傅偉勳	哲學
批判的繼承與創造的發展—「哲學與宗教」二集—	傅偉勳	哲學
愛的哲學	蘇昌美	哲學
是與非	張身華譯	哲學